LE STRAMBE E MIRABOLANTI AVVENTURE DI REEL PAYN

PREFAZIONE

Questo è stato un libro molto particolare da scrivere per me. E' nato come uno scherzo sull'applicazione di Wattpad: il titolo originale dell'opera porta il nome "A White Hair Secret" e doveva essere una simil-parodia del genere young adult. Abbiamo infatti dei personaggi portati talvolta all'eccesso, senza freni, con cui la protagonista deve relazionarsi per forza di cose, cercando di non perdere il senso della ragione. E' strano vedere quest'opera diventare un libro, ma sono stata molto contenta di poterla tenere tra le mie mani una volta finita.

L'opera ha visto la sua conclusione in un periodo per me molto difficile emotivamente: ho sofferto di depressione e ho dovuto effettuare una profonda autoanalisi, aiutata da uno specialista del settore della psichiatria e della psicoterapia. Si può effettivamente dire che questo sia il prodotto della mia fantasia mescolata coi sentimenti negativi portati dalla malattia. Non so se sarà all'altezza delle aspettative o se sarà un libro che volerà nel cestino dopo poche pagine, ma so che nel mio cuore avrà sempre un posto speciale per quello che rappresenta.

Non mi resta altro che augurarvi una leggera e soddisfacente lettura.

Buon Viaggio.

Giulia Brentali

PROLOGO

"Assolutamente no" tuono con le braccia incrociate. Ho la schiena appoggiata alla sedia e mi sta per scoppiare la testa.

"Sei l'unica di noi che può farlo Reel, non puoi rifiutarti" mi spiega Scott. Sono nel suo ufficio da mezz'ora e per tutto questo tempo ha provato a convincermi ad accettare questo incarico.

"Avrete altri diciottenni in grado di indagare, no?!" sbuffo. Guardo la mia figura nel riflesso della vetrina degli alcolici di Scott. Gli occhi verdi mi illuminano la faccia, mentre i capelli biancastri mi ricadono sulle spalle. Molte volte mi domando di che colore sarebbero diventati se da piccola non avessi assistito a quell'esplosione da così vicino.

"Si da il caso che ci sia solo tu nelle vicinanze" mi guarda il mio tutore legale.

Sbuffo sonoramente e getto indietro la testa.

"Perché se devo indagare su una ragazza scomparsa non posso semplicemente andare sul posto normalmente ma devo fare cose tipo andare a scuola, fare i compiti o avere relazioni coi miei coetanei?" chiedo, scocciata.

"Perché non siamo la polizia, siamo l'FBI. Per la precisione ti ricordo che tu fai parte di un reparto speciale" dice esasperato, "e poi ti farà bene stare un po' con dei ragazzi della tua età. Sono tre anni che lavori per noi senza fermarti".

"Non mi serve fermarmi. Inoltre io odio i miei coetanei" dico seria.

"Non ne hai mai frequentato uno, come puoi dirlo?"

"Ho fatto le mie ricerche. Gli esemplari femminili sono soliti a sniffare smalti e a guardare perline luccicanti da migliaia di dollari per tutto il tempo, mentre gli esemplari maschili puzzano, ruttano, emettono peti. Entrambi bevono alcool e tentano di riprodursi nei più svariati posti. Ti sembrano notizie confortanti?" dico annoiata.

"Reel, non starai esagerando?"

"Oh no Scott. Ho indagato anche su alcuni profili campione. Facebook e roba così... la maggior parte sono idiozie, mescolate a video di gattini"

"Strano, pensavo che avresti classificato anche i video di gattini come idiozie"

Alzo gli occhi al cielo.

"I gatti piacciono a tutti Scott"

"Beh, adottane uno quando sarai nel New Jersey. Ti sentirai meno affranta" mi prende in giro. Uffa. Non ci voglio andare in quel posto.

"Non ho ancora accettato" borbotto.

"Te l'ho detto, stavolta non è opzionale" mi rimprovera, "hai voluto la bicicletta, ora pedala ragazzina"

Sbuffo di nuovo. Potrei gonfiare una mongolfiera a forza di sbuffi oggi. Stupide missioni obbligatorie.

"E va bene, va bene... quando parto?" chiedo annoiata.

"Domani mattina presto. Mi raccomando, sii discreta"

"Discreta è il mio secondo nome"

"Si, il problema è che il tuo primo nome invece è *bomba ad orologeria*"

"Cosa vorresti dire?" chiedo, infastidita.

"Reel, una volta hai minacciato un bambino con una pistola dalla tua finestra solo perché stava giocando col suo amichetto"

"Erano molesti! Cosa avrei dovuto fare, sedarli col teaser?" chiedo, inclinando la testa.

"Gesù, cosa ho fatto di male..." si lamenta il mio tutore.

"Secondo te Gesù era nero? Voglio dire, in Palestina sotto il sole... chissà se sapeva ballare come le tribù dell'Africa.."

Si. Quando mi annoio comincio a parlare a vanvera. Sono abbastanza molesta, ma Scott mi vuole bene comunque. E poi ora gli servo.

"Reel forse è meglio che vai a prepararti" dice, passandosi una mano sulla faccia. Quest'uomo perderà la ragione a forza di starmi dietro.

Mi alzo, rubo un lecca lecca dalla sua scrivania e dopo averlo scartato lo metto in bocca. Lecca lecca alla fragola. I miei preferiti. Esco dal suo studio e gli faccio un cenno di saluto con la mano. Evviva. Una missione spaccapalle obbligatoria.

1. PARTENZA

"Io! Reel Payn! Ho dato molto al mondo... ma il mondo non mi ha restituito il favore.." vado avanti nel mio teatrino. Mi piace il dramma, lo ammetto.

"Santo Dio, non stai mica andando in guerra" si lamenta il mio tutore, "vuoi muoverti a scendere quelle dannate scale? I ragazzi sono fuori che ti aspettano"

Gli lancio un'occhiataccia.

"Non osare interrompere il mio dramma" rispondo, "comunque, stavo dicendo... Oh mondo crudele! Io sarò forte e andrò incontro al mio destino..."

"Reel!" sbotta Scott.

"Che c'è?!"

"Adesso basta con questa sceneggiata, muoviti o salgo io a prenderti!"

"Uff, tu sei un uomo anti-divertimento" sbuffo.

Lui geme alzando gli occhi al cielo, e io rimango a guardarlo. Se non fosse per questo nano con gli occhiali da nerd io sarei sola al mondo adesso. Gli devo tutto, ma certe volte dovrebbe rilassarsi di più. Nonostante io gli voglia un bene enorme, non posso andare in mezzo a quei cosi puzzolenti e a quelle altre cose dal cervello gallinomorfo.

"Ops, forse ho dimenticato le mutande... sarà meglio che torni di nuovo a controllare"

"Non ti azzardare signorina!"

Scott ringhia e lo vedo rincorrermi su per le scale facendo due scalini alla volta. All'improvviso mi afferra e mi carica sulla schiena come un sacco di patate.

"Mollami! Potrei davvero aver dimenticato le mutande!"

"Beh, i tuoi nuovi compagni ne saranno felici"

"Vuoi farmi violentare?! Sei un patrigno crudele! Non ti preoccupi per la tua figlioccia?"

"L'ultimo che pensavi ci stesse provando con te è finito in ospedale con una scapola lussata, il naso sanguinante e un occhio nero. È per gli altri che mi preoccupo se mai"

"Dovevo difendermi! Quello mirava a violarmi!"

"Chiederti un fazzoletto e dirti che sei carina non è mirare a violarti, Reel, è fare conversazione" dice a fatica, portandomi di peso fuori di casa.

"Non si sa mai" dico, sfregandomi il mento, ancora a penzoloni.

Scott mi posa a terra e poi si mette due mani sui fianchi. Sembra molto più vecchio di quanto non sia. Avere trentacinque anni e dimostrarne quaranta non è molto carino.

"Promettimi che non farai niente di stupido"

"Dovresti cambiare occhiali, sembri strabico con questi addosso. Devi trovarti una donna, non puoi andare in giro trasandato"

"REEL PER L'AMOR DEL CIELO"

"Okay, okay..." sbuffo, entrando in macchina, "starò attenta".

"Mi raccomando"

"Lo sai che sono la migliore" dico, facendogli l'occhiolino e tirando su il vetro dell'auto, in modo che non si possa vedere all'interno.

New Jersey, sto arrivando.

2.VICINI RUMOROSI

Dopo quattro ore di macchina, in cui il mio culo è diventato ufficialmente sediliforme, finalmente arriviamo nel piccolo paesino di Bedminster. Diecimila abitanti, villette ben tenute, si può dire che sia il posto ideale per chi ama la tranquillità. Ci fermiamo davanti ad una casa piuttosto carina: muri bianchi, finestre con veneziane, tetto grigio, si può dire che sia decisamente nel mio stile. Spero che i vicini, dato che l'intera via è costellata di case identiche alla mia, siano degli amabili vecchietti che amano il silenzio, perché altrimenti potrei avere qualche problema. A differenza di ciò che dice Scott, non sono qui per fare amicizia o per usare i miei coetanei come cavie da laboratorio. Devo concentrarmi sulla ragazza scomparsa.

Entro in casa, e i miei colleghi mi aiutano a portare le valige fino a dentro. Il salotto è collegato alla cucina, e se da una parte ho un divano a *L* gigantesco con una TV assurdamente grande, in cucina c'è una penisola enorme fatta in marmo nero, con un frigo di ultima generazione già saturo di roba da mangiare.Saluto i miei colleghi e decido di esplorare il piano superiore: due bagni, uno sgabuzzino e una camera da letto con un letto da una piazza e mezza pieno di cuscini. Ho pure la televisione in camera.Se qualcuno mi avesse detto che questa sarebbe stata casa mia altro che lamentele, sarei venuta qui di corsa.

Sento il telefono fisso della casa squillare e sollevo la cornetta.

"Allora che te ne pare?" chiede Scott, con aria soddisfatta.

"Ti sei fatto perdonare a dovere" ammetto, continuando a guardarmi in giro.

"Felice che ti piaccia. In cucina, sopra alla mensola, troverai una busta arancione con dentro le specifiche della missione. Inoltre nel baule ai piedi del letto c'è l'artiglieria nel caso ne avessi bisogno. Mi raccomando Reel, massima discrezione"

"Puoi giurarci" dico, dirigendomi verso il baule.

"Ci risentiamo tra un paio di giorni. Tienimi aggiornato"

Metto giù il telefono e quando apro il contenitore la mia felicità sprizza alle stelle. Non andrei mai in giro senza le mie bambine, e qui c'è tutto quello che mi serve: un Magpul FMG-19, un fucile della TrackingPoint modello 338 TP con sistema BoltAction, un Kriss Vector, una FN five-seven, un XM25 CDTE, coltelli vari e dispositivi di localizzazione. E poi la mia bambina: l'Armatix iP1, la pistola che non spara mai contro il proprietario grazie al suo sistema digitale che necessita dell'orologio e della mia impronta. Oggi è un bel giorno per me.

Scendo in cucina dopo aver richiuso adeguatamente il baule, e trovo la busta di cui mi aveva parlato Scott pochi minuti prima. Quando la apro vedo che al suo interno ci sono tutti i rapporti di polizia fatti sulla scomparsa della ragazza, più una tabella generale di informazioni.

Nome: Sarah

Cognome: Jones

Altezza: 1.65 m

Capelli: biondi

Occhi: azzurri

Segni particolari: nessuno

Davvero molto di aiuto. Grazie FBI. Potevo arrivarci anche da sola. Dietro ad essa vedo spuntare un altro foglio. Sta volta c'è allegata una mia foto.

Nome: Eleonore

Cognome: Parker

Altezza: 1.60 m

Capelli: bianchi

Occhi: verdi

Segni particolari: nessuno

Mi hanno chiamato *Eleonore*?! Mi stanno prendendo per il culo vero? A questo punto potevamo chiamarmi *Ermenegilda*, già che c'erano.

Sorvoliamo su quello schifo del mio nuovo nome, meglio.

Decido di mettermi al lavoro e di cominciare a sfogliare i documenti della polizia. Non c'è niente di interessante nel leggere i rapporti, ma purtroppo è una parte fondamentale del mio lavoro. Va fatto anche questo.

Riesco a rimanere concentrata sul mio compito per un paio d'ore, finché un rumore assordante di una chitarra non mi fa saltare dalla sedia. Ma che diavolo...?!Salgo in camera mia e mi affaccio alla finestra: nella casa a fianco un ragazzo biondino e senza maglia sta strimpellando un brano con la chitarra elettrica a volume troppo alto. È muscoloso e ha dei tatuaggi niente male su una spalla e su un fianco. Per quanto sia attraente però, la sua musica mi urta.

"Beh?! La vuoi finire?! C'è chi sta cercando di lavorare qui!" Urlo, affacciandomi alla finestra.

Lui sembra non sentirmi neanche.Sono indecisa se seccarlo con la mia pistola di fiducia o dargli il beneficio del dubbio. Decido di seguire le raccomandazioni di Scott sulla discrezione, per cui afferro uno dei tanti peluche sopra alla mensola vicino al letto e lo lancio verso il ragazzo, colpendolo in pieno.

Lo vedo rimanere un attimo allibito, dopodiché finalmente si accorge della mia presenza.

"Alleluja! Oltre che molesto sei anche sordo! Abbassa quel volume amico!" gesticolo, infastidita.

Santo Dio, spero non mi scorreggi in faccia adesso. Non so neanche come comunichino gli adolescenti, ma sono inquietanti.

"E così tu saresti la nuova vicina" dice, mettendo giù la chitarra e affacciandosi.

"Già, e ho le orecchie sensibili" mi lamento.

Lo vedo scoppiare in una risatina divertita. Questo tizio deve essere decisamente stupido.

"Anche per me è un piacere fare la tua conoscenza" ridacchia.

Sollevo gli occhi al cielo e faccio per dirigermi di nuovo in cucina.

"Sono Mason comunque" urla, vedendomi andare via.

"Bene Mason, mettiti qualcosa addosso e cerca di fare silenzio adesso, grazie" urlo a mia volta, sparendo dalla sua visuale.

Ci mancava solo il vicino troglodita.

3.PRIGIONE CONTIENI-BAMBOCCI

Per fortuna è sabato e comincerò ad andare a scuola solo questo lunedì. Sto cercando di godermi gli agi della casa mentre rifletto su come poter risolvere questo casino. Sicuramente la scuola sarà il posto chiave per raccogliere indizi, dato che stiamo parlando di una ragazza di diciassette anni. Scott dice che le ragazzine a quell'età considerano la scuola come una specie di passerella di moda. Per fortuna grazie al mio lavoro mi sono risparmiata anni e anni di sofferenze in questo senso. Non mi è mai importato di ciò che pensavano gli altri, e tutt'ora la cosa non è di mio interesse. Se avessi dovuto dare peso a tutti i giudizi della gente ora sarei rinchiusa in una clinica psichiatrica. Per non parlare di tutte le assurde domande sul colore dei miei capelli. Avrei potuto tingerli, ma non ho mai voluto. Mi ricordano un momento particolare della mia vita, e soprattutto fanno parte di ciò che sono ora. Non voglio cambiarli solo per piacere a degli inutili civili.

Sono svaccata sul divano in felpa e tuta, quando sento qualcuno suonare il campanello. Mi alzo controvoglia e vado ad aprire la porta: davanti a me, stavolta vestito, il vicino rumoroso mi rivolge un sorriso perfetto. Vedo che ha in mano il peluche che gli ho tirato dietro stamattina. Peccato, speravo lo tenesse come monito. Qualcosa mi dice che questo ragazzo sarà una gran seccatura.

"Ehi, scusa, stavo uscendo e ho pensato di riportarti il tuo pupazzo già che c'ero"

Gli rivolgo uno sguardo annoiato.

"Puoi tenerlo. Regalalo alla tua dolce metà" taglio corto, chiudendogli la porta in faccia.

"Ehi aspetta! Non mi hai neanche detto il tuo nome!" esclama sbalordito, al di là del legno della porta.

"E non lo saprai mai" dico, facendomi sentire.

Accidenti, perché non può ignorarmi e basta? Non sono mai stata in compagnia di gente della mia età, ma ho visto molti film, e in tutti i film che ho visto le ragazze strane venivano emarginate e trattate tipo fantasmi. Sarà mio compito diventare uno di quei fantasmi. Non voglio ritrovarmi gente che ficca il naso nei miei affari come il mio vicino.

Passo tutto il weekend in panciolle, a godermi gli agi della casa e a studiare un piano per capire da dove cominciare. Le informazioni raccolte fino ad ora parlano di una situazione piuttosto caotica: sembra che la ragazza si trovasse in un locale con delle amiche e se ne sia andata all'improvviso. Da lì nessuno l'ha più vista. Nessuna ripresa delle telecamere, nessun indizio. Sarà più complicato del previsto.Purtroppo, il lunedì si presenta come un'incudine sopra alla mia testa e mi ritrovo su un pullman in mezzo a ragazzini pieni di testosterone e feromoni, armata di zaino e voglia di ghigliottinare metà popolazione del New Jersey.

Quando arrivo nella struttura che in teoria dovrei chiamare *scuola*, noto che il suo aspetto si avvicina di più a quello di un ospedale in decadenza. Mai una gioia Reel, mai una gioia.

Cammino a passo lento e svogliato verso l'entrata della maledetta prigione contieni-bambocci e in men che non si dica mi ritrovo a camminare per i corridoi, stracolmi di persone e armadietti.

"Questo è troppo anche per me" borbotto. Voglio tornare alla sede centrale a far esplodere cervelli.

"Ciao! Tu devi essere Eleonore Parker" sento dire da una voce dietro di me. Quando mi volto, una ragazza bruna dagli occhi eccessivamente grandi mi sorride. E questa chi diavolo sarebbe?

"Seh ... sono io" borbotto. Madonna mia, che schifo questo nome.

"Io sono Molly Young e sono la rappresentante degli studenti per quest'anno! Mi è stato chiesto di accompagnarti in segreteria per sbrigare alcune questioni burocratiche e per farti conoscere il nostro direttore" squittisce.

Come fa ad essere così felice alla mattina? Secondo me tira di bamba, non c'è altra spiegazione.

"Si.. quello che hai detto tu"

Lei mi rivolge uno sguardo stranito. Si, lo so, sono pessima a socializzare, non posso farci niente.

"D'accordo, seguimi" sorride di nuovo. Ma perché diavolo è così felice?!

Camminiamo verso un bancone di legno dove una vecchia signora mi fa firmare dei documenti e mi consegna l'orario delle lezioni. Per fortuna non devo anche andare a comprare i libri dato che a quello hanno già pensato i miei capi. Li ho trovati già disposti sugli scaffali di camera mia.

Dopo un po' vengo chiamata nell'ufficio del direttore, e faccio la conoscenza del preside. Uomo modesto, dal mal di vivere e dai capelli unti. Bleah.

Mi sorbisco la solita ramanzina che fanno anche nei film scolastici del *questa è una scuola per bene* eccetera, finché finalmente non sono libera di andare. Grazie al cielo, non lo sopportavo più.

Cammino per i corridoi cercando l'aula di scienze, ovvero della prima ora di lezione del mio orario. Aula 5C.

Scorro lo sguardo su tutte le porte: 4A, 4B,4C, 4D, 5A,5B...Subito dopo vedo una porta senza targhetta. Che sia questa? Beh, al limite chiederò perdono. Sono nuova, posso permettermi di fare la figura della rincoglionita senza troppe rogne.Mi appoggio alla maniglia, ma appena apro la porta vedo davanti ai miei occhi una scena schifosa: due esemplari di homo erectus (no, non di homo sapiens. Fare sesso in uno sgabuzzino non è *affatto* una cosa da homo sapiens) intrecciano le loro lingue bavose, mezzi biotti. Appena mi vedono si staccano e io richiudo la porta cacciando in piccolo grido di schifo.Lo sapevo che era una cattiva idea stare qui. Devo comprare dei disinfettanti anti-germi.

"Ehi, che succede?" sento chiedere da una voce alle mie spalle. Di nuovo?!

"Ma tu sei la mia nuova vicina! Ti sei persa per caso?"

Coso, cominci a darmi sui nervi. Nonostante il fatto che il mio vicino sia probabilmente uno stalker, sono ancora traumatizzata dalla scena di qualche secondo prima.

"Sembra che tu abbia visto un fantasma" mi dice, con una piccola risatina.

"No, ma c'è una coppia di babbuini che sta cercando di procreare in questo sgabuzzino" dico, cercando di non vomitare.

Coso mi lancia un'occhiata stupita, e poi scoppia in una risata fragorosa.

"Dai forza, ti porto fino alla tua classe" mi dice alla fine, offrendomi la mano, come se non avessi detto nulla. Psicopatia. Psicopatia ovunque.

Io alzo gli occhi al cielo e lo supero. Tremendamente e fastidiosamente assillante.

4. HO VISTO SATANA

Entro, stavolta nell'aula giusta, e mi ritrovo in una stanza di media grandezza, con banchi ed esseri senzienti al suo interno. Ad accogliermi trovo un grande uomo panzuto, con la pelata e gli occhiali. Deve essere il professore se non sbaglio. Sembra che non dorma da un anno. Dietro di me, il vicino rumoroso fa il suo ingresso come se nulla fosse.

"Buongiorno. Lei deve essere la studentessa nuova... Eleonore Parker, giusto?" dice, con un accento buffo.

Non ridere. Non ridere. Non ridere.

Annuisco, mordendomi il labbro. Non voglio farmi buttare fuori già il primo giorno.

"D'accordo, si accomodi lì. Bennet lei si muova a sedersi, non é nuovo" mi dice, indicandomi un banco vuoto di fianco ad un ragazzo piuttosto strano, rivolgendosi poi a Mason.

Mi dirigo verso il banco e appoggio la mia roba. Spero che il mio vicino non sia in vena di socializzare, perché non ho proprio voglia.

"Bei capelli, che hai fatto? Ti sei lavata la testa con l'ammoniaca?" ridacchia una voce femminile dietro di me. Io mi volto, annoiata, e vedo che la risatina proviene da una ragazza dai capelli neri, le labbra gonfie e con la faccia piena di trucco.

"No, mi sono venuti così dopo aver visto Satana. A forza di sgozzare capretti di notte alla fine sono riuscita ad incontrarlo" dico, seria.

La ragazza mi rivolge uno sguardo inorridito. Se questi hooligans pensano che mi importi qualcosa di fare bella figura hanno capito malissimo. Sorrido malevolmente vedendo la sua faccia e scoppio in una risatina.

"Okay, adesso basta ragazzi! Iniziamo la lezione"

Il vecchio panzone comincia blaterare cose sulla chimica, che io ascolto con scarso interesse. Per la maggior parte sono tutte cose che ho già imparato durante i tre anni di accademia, mentre alcune sono addirittura sbagliate. Dio mio, dovrebbero controllare i professori prima di assumerli, altrimenti rischiano di creare dei mostri ignoranti a forza di sparare stronzate.Per fortuna la lezione finisce in fretta e io posso fiondarmi fuori dalla porta in men che non si dica. Devo cercare anche il mio armadietto, tra l'altro. Lo trovo senza fatica, ma quando inserisco la combinazione purtroppo l'armadietto non si degna di aprirsi. Accidenti a questi cosi. Mi do un occhiata in giro: sembra che nessuno mi stia guardando. Do una gomitata all'armadietto e quello si apre senza troppi sforzi. Anche un bambino potrebbe sfondarli senza problemi.

"Woah, come ci sei riuscita?!" mi osserva un ragazzo, stupito.

Cazzo, mi ha visto.

"Oh beh, nella mia vecchia scuola avevo un armadietto con lo stesso problema. Col tempo si impara" dico, cercando di sembrare credibile.Per fortuna sembra che il belloccio se la sia bevuta.

"Sei nuova vero? Anche perché sarebbe stato strano non averti mai notata con quei capelli" mi dice un suo amico che non avevo notato.

"Hai qualche problema coi miei capelli?" chiedo seccata, sollevando un sopracciglio.

"No, non era una critica. Sono molto particolari" mi risponde, sfoderando un sorriso.

Devo ammettere che entrambi sono ragazzi molto belli. Sembrano i classici fighetti della scuola alla *Zack Efron*. Si, ho visto tutti e tre gli *High Scool Musical*. Sono più' sentimentale di quanto non sembri.

"Ti sembrano cose da dire ad una ragazza?" lo rimprovera l'altro.

"Sta zitto, io ci rimorchio così"

"No, così di solito scappano"

"Non è vero, lei non è scappata"

"Perché evidentemente prova pena per te"

"Perché mai dovrebbe?!"

Ma questi due che razza di problemi hanno in testa? Vanno avanti a discutere su quale sia il modo migliore per parlare con una ragazza, mentre io sistemo i miei libri dentro all'armadietto e me ne vado dopo averlo richiuso. Sono tutti troppo strambi da queste parti.cammino nei corridoi alla ricerca della prossima aula, quando una voce femminile molto fastidiosa mi fa fermare.

"È arrivata la moglie del diavolo ragazzi, attenti" mi canzona la tizia a cui prima avevo detto di aver visto Satana. Mi giro, gli tiro un'occhiataccia ed alzo gli occhi al cielo. Intorno a lei ci sono altre cinque o sei ragazze che ridacchiano.ci mancava solo la banda delle Barbie. Continuo a guardarmi in giro senza farci caso, ma all'improvviso sento una mano sulla spalla stringermi piuttosto vigorosamente.

"Guardami ancora in quel modo e non sai cosa potrebbe succederti"

Uffa, ma che palle questa imbecille.Mi volto con uno sguardo inceneritore, e per un momento la vedo ritirarsi.

"Primo, non toccarmi. Ho le difese immunitarie alte, ma la stupidità è comunque contagiosa, non vorrei doverti fare causa per avermi infettato.Secondo: se mi rivolgi la parola di nuovo al posto dei capretti una di queste notti sacrificherò te"

Lei mi osserva sconcertata e si dilegua col suo gruppo di amiche. Credo di averle traumatizzate a vita. Potrebbe diventare un hobby infastidire quel gruppetto di animali da fattoria.

"Una lingua più tagliente di un coltello di ceramica. Non è da tutti trattare così Juliette e passarla liscia" si complimenta una voce.

Quando localizzo l'emittente, per poco non inondo il corridoio di bava. Muscoli in evidenza da sotto la maglia blu a maniche corte, capelli neri e occhi grigi, un ragazzo mi osserva con le braccia incrociate e un sorriso beffardo. Ha dei bellissimi e fighissimi tatuaggi. Se non fossi qui per lavorare ci farei un pensierino.

"Beh, ti svelo un segreto, fatti passare per satanista. Funziona sempre" gli suggerisco, facendogli l'occhiolino.Lo vedo assumere uno sguardo divertito.

"Me ne ricorderò"

Sarà uno dei soliti donnaioli del posto. D'altronde è davvero bello. Lo osservo bene. Ha una faccia conosciuta.Ma Si! Il tizio che era dentro lo sgabuzzino!

"Alan!" vedo i due ragazzi di prima venire verso di noi.Il bel muscoloso li saluta e appena ci raggiungono notano anche la mia presenza.

"Oh, la tipa magica che apre gli armadietti" dice uno.

"Ehilà, non ci siamo presentati prima" mi fa cenno l'altro.

"Ragazzi! Eccovi" dice un altra voce. È una persecuzione.

"Mason!" dicono in coro gli altri, a parte Alan.Questi due sembrano fratelli. Parlano e fanno le cose in modo coordinato. Sono inquietanti.

"La lanciatrice di peluche... che piacere"

"Mi stai seguendo per caso?" gli chiedo, incrociando le braccia.

"Credo che lo stalking sia illegale Mason" si sfrega il mento uno dei quattro.

"Confermo, fidati" commenta l'altro.

"Avete mai stalkerato qualcuno?" chiede Mason, stupito.

"Ragazzi, se non la piantate rimarrà traumatizzata" dice il bello del gruppo, che ho capito chiamarsi Alan.

"Troppo tardi" dico, divertita.

"Che stupidi, non ci siamo neanche presentati. Io sono Ben, lui è Wade, questo qui coi tatuaggi è Alan, e a quanto ho capito hai già conosciuto Mason" dice uno dei due probabili fratelli. Hanno tutti e due i capelli marroni, ma uno ha gli occhi azzurri mentre l'altro gialli.

"E il tuo nome dolcezza?"

"Eleonore" dico, un po' riluttante.

"Da dove vieni Eleonore?" mi domanda Wade, con fare ammiccante, mettendomi una mano intorno alle spalle.

"Da New York" rispondo, togliendogli la manaccia e piegandogli un pochino il mignolo, in modo da fargli quel poco di male che basta per capire che non avrebbe dovuto farlo.

"Wow, New York, interessante" dice Ben.

"Si beh... dovrei andare ora" dico, voltandomi e facendo un cenno di saluto.

"Che lezione hai?" mi chiede il mio vicino di casa.

"Storia"

"Anche noi!" esclama Wade. Accidenti.

"Ti possiamo accompagnare dato che sei nuova" dice Alan.

"No grazie, ce la faccio"

"Beh dobbiamo andare tutti lì, quindi ti accompagneremo anche se non vuoi" ridacchia Ben.

Cominciamo a socializzare. Male. Molto male.

Qualcosa mi dice che questi quattro mi porteranno un bel po' di problemi.

5. LEZIONE ACCELERATA DI EDUCAZIONE

La giornata passa senza che io possa notare nulla di strano. Dopotutto sembrano tutti normali, e anzi, più stupidi del normale. Non sarebbero in grado di torcere un capello ad una mosca. Eppure c'è qualcosa che mi sfugge. Inoltre sono riuscita a seminare i quattro sgangherati prima che potessero ficcanasare troppo in giro. Non ho bisogno di distrazioni, specialmente durante una missione come questa.

Faccio per uscire da scuola, e mi incammino verso la fermata del pullman.

"Ehi, belle chiappe"

Sento come se un mattone pieno di chiodi avesse appena urtato la mia sensibilità. Mi giro con lo stesso sguardo di chi avrebbe voglia di scatenare un conflitto nucleare e inquadro l'origine della voce. Un gruppo di simil-scimmie dai giubbotti colorati con le maniche bianche mi stanno osservando con la bava alla bocca. Ci mancavano solo i giocatori di football. Mi avvicino come un fulmine e li vedo ridacchiare tra di loro.

"Chi è lo stronzetto già morto che ha parlato?" chiedo, piuttosto seccata.

"Uuh, il micio ha gli artigli" mi canzona uno degli organismi sottosviluppati. Occhioni azzurri, faccia da cazzo, aria di chi non ne ha prese abbastanza quando era piccolo.

"Sei tu l'imbecille?" domando annoiata.

Lui sorride beffardamente.

"Allora bel culo, hai anche un nome?"

Quando la selezione naturale non interviene bisogna darle una mano. Sgancio uno dei miei sorrisi più finti e faccio per avvicinarmi.Lui sorride ancora di più. Si, ridi coglione, che *mamma* sta per farti una lezione accelerata di educazione.

Muovo velocemente la mano e gli afferro un orecchio, tirandolo alla mia altezza e cominciando a stringere.

"Auch! Ma che diavolo.."

"Tua madre non ti ha insegnato come si parla ad una ragazza, eh? Sei cresciuto nella giungla per caso?"

Lui continua ad emettere piccoli gemiti di fastidio.

"Adesso vai a casa e ti lavi quella cazzo di bocca con la candeggina. Ti puzza l'alito di merda a forza di sparare cazzate"

Detto questo lo mollo e faccio per andarmene. Lui si massaggia l'orecchio e mi guarda arcigno.

Penso che abbia capito la lezione, quando lo vedo afferrarmi per un polso violentemente. Mossa sbagliata, amico.

"Mollami immediatamente"

"Chi ti credi di essere, stupida ragazzina!"

Mi volto e in un battibaleno lui si ritrova ribaltato, col culo per terra. Dal resto dei trogloditi si alza un gemito di stupore e qualche fischio di incitamento.

"Una che sa come atterrare un rompicoglioni" rispondo, sistemandomi e andandomene. Ci mancava solo una rissa. Qui veramente mancano le basi della società civile.

Dopotutto potrei tenere in considerazione di usare più spesso i giocatori di football come pungiball. E' stimolante.

Finalmente arriva il mio pullman e posso svaccarmi sul sedile con le cuffie a portata di mano. Primo giorno di scuola: terminato.

6. OPERAZIONE "RIFORNIMENTO"

Torno a casa più affamata di Rolly ne *La carica dei 101*, ma quando apro il frigorifero noto che non c'è quasi niente. Come ha fatto Scott a dimenticarsi del mio nutrimento?! Compongo il numero infuriata e sento partire la chiamata.

Sento la cornetta alzarsi, ma non gli do il tempo di parlare.

"Questo è un affronto al mio amore incondizionato per il cibo e le schifezze" tuono.

"Reel, che cavolo stai dicendo?"

"Frigo vuoto" ringhio, contrariata.

"Hai mangiato già tutto il contenuto del frigorifero?! Era per cinque giorni, non per tre!"

"Neanche un topo ci avrebbe mangiato per cinque giorni con quelle due cianfrusaglie"

"Beh, va' a fare la spesa no?! Non posso credere di ricevere telefonate in sede per questo!"

"Tu non sei empatico Scott" lo rimprovero, sentendo la sua voce alterata. Non capisco perché si agiti sempre così tanto. Eppure non mi sembra di chiedere molto. Si parla della mia sopravvivenza, insomma.

Lo sento sospirare dall'altra parte della cornetta.

"A parte la spesa che devi fare... tutto bene lì?"

"Sì, per ora nulla di strano. Solite cose: scuola, compiti, microcefali, vagine parlanti..."

"Concentrati. È un caso molto delicato" mi mette in guardia Scott.

"Tranquillo. Ti farò sapere se trovo qualcosa"

Detto questo metto giù il telefono e mi rassegno al fatto che dovrò andare a comprarmi del cibo da sola. Imposto il cellulare per il super-market più vicino, dopo di ché esco di casa.Peccato che fuori si sia inspiegabilmente scatenato un temporale.Tempismo ottimo: era nuvolo già da stamattina, ma logicamente doveva mettersi a piovere proprio nel mio momento di fame. Logico.

Prendo un ombrello e mi incammino sola soletta per le vie che dovrebbero condurmi al supermarket. Che vita di schifo.

Arrivo al benedetto supermarket, e mi metto a racimolare cibi da ogni scaffale. Soldi illimitati per cibo illimitato. Il mio sogno.Tanto paga l'azienda.

Cerco l'ultimo elemento che serve per completare l'opera, quando finalmente individuo il luogo dell'avvenimento: un pacchetto di Waffle mi osserva dall'alto di una mensola, tutto solo.

Raggiungo lo scaffale, e mi allungo per prenderlo, ma dato il mio essere alta un metro e un puffo non riesco ad arrivarci. Mi guardo intorno, e dato che non c'è nessuno fisso un piede su una mensola e uno sull'altra. Mi allungo il più possibile, cercando di non cadere, quando la mia visione divina viene intaccata da una mano estranea che afferra il mio pacchetto di Waffles. Rimango bloccata come un ragno in equilibrio sugli scaffali, e scendo piano piano per evitare di ribaltare tutto.

"Oh che gentile, grazie" dico distrattamente, sperando in un'opera di bene.Sollevo lo sguardo giusto per incrociare quello del mio salvatore, che si rivela in realtà essere un grande approfittatore.Si infila infatti il pacchetto di Waffles nel cestino, facendo spallucce.

"Scusa, chi trova tiene"

Gli lancio un'occhiata di fuoco. Osservandolo meglio non è male: oltremodo alto, dai muscoli ben definiti e i capelli castani abbastanza sbarazzini, ha una faccia strafottente e soddisfatta. È bello. Molto bello. Decisamente ancora meglio di Alan. Potrei decidere di riprodurmi con lui... se non fosse un dannato ladro di Waffles.

"Ehi! Quelli sono i miei Waffles, giù le mani" tuono.

"Altrimenti? Mi fai le scarpe Brontolo?"

Sorrido col mio solito sorriso inquietante.

"Già, proprio così"

"Uh, che paura. Senza offesa, ma non arriveresti neanche a darmi un pugno in faccia Brontolo"

"Primo, il mio nome non è Brontolo, secondo, ridammi i miei Waffles o me li riprendo" lo minaccio.

Lui mi sorride divertito, mentre io sto elaborando un modo per riprendermi ciò che è mio.

"E come vorresti fare, sentiamo?"

Sbuffo alzando gli occhi al cielo, poi senza troppo sforzo scatto verso di lui. Cerca di fermarmi, ma gli passo di fianco come se niente fosse, finché all'ultimo non gli infilo la mano nel cestino e riesco a riconquistare il mio tesoro. Lui cerca di riprenderselo, invano.

"Chi trova tiene, spiacente"

Gli regalo un sorriso tirato e mi precipito alla cassa a pagare tutto, affamata come non mai.

Esco dal negozio trionfante: i Waffles sono miei.

7. LUPIN

Mi incammino col mio ombrello sotto alla pioggia scrosciante, pregando di arrivare a casa almeno con le mutande asciutte.Cammino piano piano verso la mia meta, carica della borsa della spesa peggio dei Re Magi diretti verso Betlemme, finché non vedo una macchina nera affiancarmisi e tirare giù un finestrino. Vorrei mettere una mano sul taser che mi porto sempre dietro per le evenienze, ma purtroppo ho le mani occupate, il che vorrebbe dire che dovrei mollare per terra la borsa e far bagnare tutto il ben di dio che ho sudato per andare a comprare.

Appena il finestrino si abbassa però, davanti a me compare la faccia del ladro di Waffles, che sorride all'asciutto.

Io continuo a camminare, ma il tizio si rifiuta di lasciarmi stare, continuando a seguirmi.

"Bisogno di un passaggio, Brontolo?"

"Se è un modo per riprenderti i Waffles sappi che non funzionerà" dico, annoiata, non fermandomi neanche a guardarlo.

"Un gentiluomo non può fare una proposta altruista ad una donzella?"

"Certo, ma purtroppo per me non vedo gentiluomini qui intorno"

Il ragazzo sbuffa sonoramente, per poi tirarmi un'occhiata annoiata e divertita.

"Dai Brontolo, sali. Giuro che non toccherò i tuoi amati Waffles"

Lo guardo di soppiatto, e siccome comincio a sentire i piedi che galleggiano decido di assecondarlo.Entro in macchina, con sguardo piuttosto sospettoso.

"Se hai intenzione di stuprarmi o di vendermi al mercato nero almeno prima lasciami mangiare i Waffles"

Il ragazzo mi tira un'occhiata stranita.

"Sei sempre così diffidente?"

"Sono previdente. È diverso"

Gli indico la strada per tornare a casa e per fortuna non ho bisogno di usare il taser. Sembra innocuo dopo tutto.

"Ecco è questa" dico, indicando la mia umile dimora.

"Questa? Oh, quindi sei tu la nuova vicina che ha tentato di zittire mio fratello con un peluche"

Vicina?

Aggrotto la fronte.

"Tu sei il fratello di Manny?"

" L'unico e il solo. E comunque è Mason"

"Si, quello insomma"

Il ragazzo ride leggermente. Devo ammettere che i feromoni di questo tizio fanno un certo effetto anche a me.

Faccio davvero pena a ricordarmi i nomi se non si tratta di lavoro.

"Comunque io sono Nathan"

"Piacere Nathan, o forse dovrei chiamarti solo ladro di Waffles"

"E tu Brontolo? Hai un nome?"

"Si" dico semplicemente.

Nathan attende impaziente un prosieguo di frase che in realtà non arriva.

"E posso saperlo?"

Sorrido gentilmente.

"No"

Il giovane sospira e gli scappa una risatina.

"Vorrà dire che continuerò a chiamarti Brontolo"

Gli lancio un'occhiataccia e apro la portiera.

"Grazie del passaggio, Lupin. A mai più rivederci"

"È stato un piacere anche per me, Brontolo"

Lo pianto lì come se niente fosse e rientro in casa, adagiando il mio prezioso sacchetto sull'isola della cucina.

Decido di immettermi nella doccia, togliendomi di dosso tutto lo schifo della pioggia. È bello stare sotto l'acqua calda dopo una giornata simile.

Finito di lavarmi, mi metto a preparare qualcosa da mangiare, e mi gusto il pasto davanti alla televisione. Quando mi mandano in questo tipo di missioni mi sembra di essere sul serio una persona normale, con una vita ordinaria.

Eppure dietro all'angolo c'è sempre un'ombra oscura pronta in agguato. Sarà meglio tenere alta la guardia.

8. GIOCATORI DI FOOTBALL

Il giorno dopo lotto contro la forza di gravità, che mi schiaccia sul letto con una forza invicibile. Questo letto è troppo comodo, ed abbandonarlo è davvero un peccato.

Mi vesto con ancora gli occhi chiusi, cerco di sistemarmi al meglio, mi trucco col mio solito eyeliner e indosso qualcosa per andare a scuola.Opto per una canotta nera e dei jeans strappati dello stesso colore. Mi piastro i capelli, mi infilo gli anfibi e mi racchiudo dentro al mio felpone grigio, scendendo poi in cucina per prepararmi la colazione. Preparo dei pancake rapidamente, sbranandoli in tre bocconi e uscendo di casa in ritardo. Non arriverò mai alla fermata del bus in tempo per andare in *prigione*.

Cammino desolata, chiedendomi quanto dovrò aspettare prima di vedere un altro pullman passare, quando una macchina nera mi si accosta. Ma è un vizio quello di importunare la gente a piedi?!

Mi volto e noto che è la stessa macchina di ieri. Sta volta però alla guida non c'è Lupin, ma suo fratello Mason insieme ai due gemelli.

"Ehi vicina! Ti serve un passaggio?"

Lo osservo per qualche secondo. In effetti Lupin e Mason si assomigliano parecchio.Non ho nessuna voglia di camminare fino a scuola, per cui potrei accettare.Faccio spallucce e salgo in macchina lentamente, spalmandomi su uno dei sedili dietro.

"Buongiorno angelo, allora? Come va?" mi chiede il gemello con gli occhi gialli. Non ricordo se sia Wade o Ben, ma poco importa.

Non rispondo, mentre sento il motore dell'auto avviarsi verso il patibolo. I tre aspettano una mia risposta, che non arriva mai.

"Ehi stai bene?" mi domanda Mason, carpendo il mio silenzio.

"L'ufficio per le domande e le risposte è chiuso fino alle dieci" borbotto.

I tre scoppiano a ridere, anche se io non ho capito cosa ci sia di divertente, martellandomi le orecchie con una soglia di rumore troppo alta per il mio apparato uditivo.

"Non siamo molto mattinieri, eh?" mi chiede l'altro gemello.

Mi viene voglia di strangolarli. Come si può essere così rumorosi di prima mattina?!

Appena arriviamo a scuola sbiascico un *grazie*, e mi metto a camminare come uno zombie verso l'ingresso, accompagnata dai tre ragazzi, che continuano a parlottare di non so che.

Appena stiamo per entrare però sento una voce stridula bucarmi i timpani. Adesso basta. Se sentirò anche solo un altro suono molesto giuro che mi metterò a sparare per aria come un terrorista.

La voce proviene da niente poco di meno che dall'oca che ieri ha provato a minacciarmi. Gonna corta e tacco abbastanza alto, la vedo lanciarsi verso una figura muscolosa seduta ad una moto.

"Mio dio, ma quella ha le sirene dell'ambulanza al posto delle corde vocali" borbotto.

Mi accorgo, tra l'altro, che la figura che sta salutando con fare molto poco silenzioso è il fratello di Mason. Il Lupin dei Waffles.

"Mio dio, ma come fa tuo fratello a sopportare Juliette più di due minuti?" borbotta il gemello che credo si chiami Ben.

"Due tette e un culo fantastico, ecco come" risponde l'altro, che a questo punto dovrebbe essere Wade.

"Mio fratello sopporta tutto ciò che è scopabile in questa scuola" osserva Mason.

Il mio viso si è contratto in una smorfia di disappunto e di schifo. Lo sapevo che non sarei dovuta salire su quella macchina, chissà quanto sperma ci sarà su quei sedili, o peggio. Laverò i miei vestiti con la candeggina e poi li purificherò immergendoli nell'acido muriatico. Bleah.

"Ehi ragazzi!"

Il tizio dello sgabuzzino, detto Alan, ci viene incontro con un sorriso smagliante, come se si fosse appena bevuto quindici RedBull. Ma come cavolo fanno ad essere tutti svegli e attivi?!

"Buongiorno anche a te *Bella Addormentata*" mi dice, osservando la mia faccia da morto vivente.

Faccio un cenno di saluto con la mano, ma non parlo. Già è tanto che io sia in piedi, se mi mettessi anche a parlare sprecherei troppe energie.

Per fortuna riusciamo ad entrare in classe tranquillamente, e la mattinata sembra andare bene. So quasi tutto sulle materie che insegnano qui, per cui non è necessario che io studi. Fare parte di un'agenzia governativa ha i suoi vantaggi.

La campanella suona ed io decido di andarmi a prendere un caffè per tentare di risvegliare il mio cervello. Lo bevo tutto d'un sorso, per poi andare in bagno a vedere come sono conciata. Niente di nuovo: capelli bianco latte, occhi verdi adornati dalle peggio occhiaie e l'umore sotto i piedi.

Esco dal bagno dopo aver soddisfatto i miei bisogni, e decido di trovare la prossima aula e collassare lentamente sul banco.

Mentre sto camminando però, sento una voce familiare. Di quelle tremendamente fastidiose.

"Ma guarda guarda chi c'è, la ragazzina ribelle"

Che palle. Mi volto ad osservare quella faccia di cazzo da giocatore di football che si ritrova il tizio che ieri ho ribaltato davanti a tutta la fermata del bus.

Gli tiro un'occhiata e poi continuo a camminare come se niente fosse.Non ho proprio voglia di litigare.So che sono tutti girati a guardarci dato che il coglione lo ha praticamente urlato in tutto il corridoio, ma poco importa.

Vedo Mason e gli altri tre venirmi incontro, ma so che CoglionFootball è ancora dietro di me, attorniato dai suoi amici hoolingas. Mason, Ben, Wade e Alan si fanno scuri in viso. Penso che non vadano molto d'accordo con i giocatori di football.

"Adesso mi ignori? Non mi dai neanche una possibilità di rivincita?" mi prende in giro.

Continuo a camminare come se niente fosse. Ci mancava solo questa.

"Ehi sto parlando con te"

Appena mi tocca la spalla mi giro, piantandogli una mano in mezzo alle gambe e stringendo forte. Lo vedo diventare paonazzo. Forse non gli sono bastate le lezioni di ieri.

"Senti bello, hai una scuola intera a cui rompere le palle, per cui stammi alla larga, perché se mi fai incazzare giuro che te le suono come si deve sta volta"

Il colorito del suo volto sta diventando violaceo, per cui mollo la presa e lui ricade in ginocchio con le mani in mezzo alle gambe. Cretino.

Dalla folla che ci si è creata intorno sento salire delle urla di incitamento che neanche i babbuini. Alzo gli occhi al cielo e mi faccio strada tra la gente, individuando Mason e la banda.

"Wow, ma che cos'era quello?" esclama Ben, stupito.

"Vi prego, andiamocene" borbotto solo.

Ci avviamo verso la classe, nonostante io sappia di avere tutti gli occhi puntati addosso.

Ottimo lavoro Reel. Direi che il piano "discrezione" è appena andato in fumo.

9. DOCCIA GELATA

Arriva l'ora di pranzo e finalmente posso godermi un po' di tranquillità, anche se Mason, Wade, Ben e Alan hanno deciso, per non so quale precisa ragione, di seguirmi ovunque io vada.

Ci sediamo in mensa e io comincio a mangiare, isolandomi dal mondo esterno e finendo in un battibaleno.

"Wow, avevi fame El?" mi chiede Wade.

Aggrotto la fronte.

"El?"

"È il diminutivo di Eleonore, no?" mi spiega Ben.

"Oh giusto. Beh, stavo morendo con lo stomaco vuoto" borbotto.

Questo nome schifoso mi farà' confondere prima o poi.

"Comunque non abbiamo ancora parlato di quello che è successo prima. Hai steso Bruce! Sei stata magnifica" esclama Mason.

"Nella mia vecchia scuola ho dovuto imparare a difendermi" butto lì.

"Beh, basta che non lo fai con noi, perché io potrei morire. Ho una reputazione da *sciupafemmine* da preservare, e le palle mi servono se devo continuare così" gongola Alan.

"Oh giusto, tu sei quello che si fa le ragazze negli sgabuzzini" rispondo sarcastica.

"Se vuoi provare, sono qui quando vuoi"

La mia faccia si contrae in un smorfia schifata, mentre Alan mi sorride piuttosto malizioso.

"No, grazie" riesco solo a dire.

In questa scuola hanno tutti qualcosa che non va. Con buona probabilità la sparizione di Sarah può essere dovuta a qualcuno qui dentro.

"A parte gli sgabuzzini... Ho sentito che è scomparsa una ragazza da queste parti" accenno. Voglio vedere cosa mi dicono.

Vedo i quattro irrigidirsi leggermente, mentre Mason si fa scuro in volto. C'è qualcosa che non va.

"È... una brutta tragedia" balbetta Ben.

"Già" aggiunge Wade.

Entrambi lasciano un'occhiata a Mason, che rimane con lo sguardo basso. Mi nascondono qualcosa, e io devo scoprire di cosa si tratta.

"Ciao ragazzi!" squittisce una voce, dirigendosi verso di noi.
Certo che Juliette è onnipresente in questa cavolo di scuola.

"Ciao" dicono tutti in coro, tranne me. Ho intenzione di usare la tecnica che si usa per gli orsi: se mi fingo morta restando immobile non dovrebbe notarmi.

"Stasera c'è una festa a casa di Matt. Se volete venire vi aspetto" dice con fare da oca, per poi lanciarmi un sorrisino di cortesia. La vedo aprire la bocca per dire una stronzata verso di me, ma io la anticipo.

"No, non verrò alla stupida festa, non c'è pericolo"

"Vedo che cominciamo a capirci. D'altronde le feste non sono fatte per gli sfigati"

Sollevo le sopracciglia.

"Ehi!" tuona Mason.

"Buono tigre, ci penso io" dico, stoppando la lite sul nascere.

"Uh, che paura" scimmiotta.

Prendo il mio bicchiere di Coca Cola ghiacciato in mano e faccio per alzarmi, fino ad arrivare quasi naso a naso con la vipera.

"Dimmi un po', tu lo sai cosa si prova ad essere chiamata sfigata da una come te?" chiedo, annoiata.

"Illuminami" mi dice, con fare di sfida.

Muovo velocemente la mano e svuoto tutto il contenuto del mio bicchiere sulla sua testa. Lei sgrana gli occhi e comincia a dare di matto come se stesse per avere una crisi isterica. Sento tutti cominciare a ridere intorno a noi. Ops.

Afferro la mia borsa e faccio per andarmene come se niente fosse, finché non la sento urlare qualcosa in ochese con un tono più acuto del solito. Un sorriso perfido mi si dipinge sul volto, mentre esco dalla mensa senza neanche voltarmi. Sento Mason e gli altri seguirmi.

"Bruce e Juliette in un giorno solo! Sai che sei praticamente l'idolo della scuola adesso?" esclama Ben, gesticolando.

"Mio dio, ma quanto puoi essere... essere... una bomba!?" lo supporta Wade.

"Niente male" commenta Alan.

"Niente male?! Vuoi scherzare?! È stata una scena epica!" dicono gli altri tre in coro, stupiti ed esaltati.

"In effetti... peccato per la festa però" riflette Alan.

"E chi dice che non possiamo andarci?" sorride Wade, malefico.

"Io non verrò a quella festa, sappiatelo" dichiaro convinta.

"Perché no?" domanda Ben.

"Perché odio le feste"

"Sul serio? Come si fa ad odiare le feste?" domanda Mason, basito.

"Non lo so come si fa. Non mi piacciono e basta"

"Dovresti essere un po' più aperta a socializzare El" mi fa notare Alan.

"Sono una persona che ama il silenzio e la solitudine, e non sono qui per andare alle feste"

"Oh ma dai, sarà divertente" mi supplica Ben, con gli occhi dolci.

"Fammi pensare.. *no*" lo prendo in giro.

Le suppliche continuano, ma sono irremovibile. Non andrò a nessuna stupida festa con nessuno stupido ragazzo.

Per fortuna il pomeriggio passa in fretta e in men che non si dica riesco ad arrivare a casa, lavarmi e prepararmi la cena. Decido di sfruttare la grande televisione donatami gentilmente dall'FBI per guardare *How I Met Your Mother* mentre mangio. Per me è questo il paradiso: svaccarmi sul divano come un panda in letargo e rimanere sulle mie. Ho fatto sempre così e nella mia vita è sempre andato tutto bene. Non vedo perché dovrei cominciare ad uscire proprio adesso.

Ad un certo punto sento suonare il campanello, per cui mi tocca rotolare fino alla porta per andare ad aprire. Spalanco la soglia come se niente fosse, e fuori trovo impalati davanti a me Mason, Ben, Wade e Alan, che mi osservano con fare furbo.

"Ciao El" mi salutano in coro.

"Che diavolo ci fate a casa mia alle dieci di sera?"

"Siamo venuti per portarti alla festa" dice Ben, trionfante.

"Assolutmente no"

"Sapevamo lo avresti detto" sorride Alan.

Detto questo vedo Mason caricarmi e sollevarmi come un sacco di patate.

"Ma che diavolo!" urlo, cercando di capire che diavolo succede. Vedo intorno a me le facce degli altri tre soddisfatte, mentre richiudono la mia porta di casa e mi consegnano le chiavi. Io continuo dimenarmi, senza risultati.

"Mettimi giù idiota! Adesso!" urlò, agitandomi sempre di più. Quando ci vuole il taser non lo si ha mai dietro.

"Se tu non vuoi uscire, ti faremo uscire noi" mi dice Mason, mentre mi adagia in macchina e gli altri si mettono uno alla mia destra e uno alla mia sinistra. Alan va nel posto davanti con Mason, dopodiché partiamo verso la meta.

"Siete impazziti?! Lasciatemi andare! Non ho né cellulare né portafoglio!"

"Non ti servono per le feste, non preoccuparti!" esclama Ben.

Questi quattro sono tutti fulminati. Finirò nei guai, già me lo sento.

10. FESTA

Tengo il muso fino alla casa del tizio misterioso che ha organizzato la festa.Non voglio andarci, ma mi hanno incastrato, e adesso mi toccherà non solo andare ad una festa piena di idioti, ma anche andarci praticamente in pigiama dato che indosso una maglia bianca larga e un paio di pantaloni della tuta neri. Non mi hanno dato neanche il tempo di mettermi le scarpe, per cui ho ancora su le infradito. Inoltre, anche se il trucco ha resistito da oggi, ho i capelli tirati su in uno chignon trasandato. Una casalinga disperata.

Arriviamo nel luogo della festa, e mentre Alan, Wade, Mason e Ben balzano giù dalla macchina, io non mi muovo di un millimetro.

"Allora, hai intenzione di scendere o vuoi passare qui tutta la sera?" mi chiede Alan, col sorriso da furbetto.

"Sto bene qui, grazie" dico, imbronciata.

"Oh andiamo El" mi sprona Mason, ma io non accenno a scendere.

I due gemelli si scambiano un'occhiata.

"E va bene. Maniere forti ragazzi!" dice Alan ad alta voce.

Due minuti dopo mi ritrovo di nuovo a penzoloni sulla schiena, sta volta di Alan.

"Voi quattro siete dei matti e consideratevi fortunati dato che potrei denunciarvi per sequestro di persona!" continuo a lamentarmi.

Entriamo nella casa gigante di tale *Matt*, e io ancora non ho toccato terra coi piedi.

"Woho, hai già fatto conquiste Alan?" sento qualcuno gridare.

"Lasciatemi andare, dai" piagnucolo.

Per fortuna vengo appoggiata al suolo e ritrovo il mio equilibrio interiore.

"Ehi Mason! Ti va di suonare un pezzo?" chiamano da una parte. Mason ci saluta e sparisce, probabilmente per dirigersi fuori in giardino, dove ho notato un piccolo palco con una band e una piscina. È una casa abnorme.

Alan rimane anche lui per poco, dato che in men che non si dica riesce a trovare una tizia disposta ad infilarsi nelle sue mutande. I due gemelli invece si scatenano fin da subito sulla pista da ballo, mentre io rimango in disparte a godermi la scena.

"Ecco di chi erano le chiappe che sono entrate dalla porta per aria"

Eh figurati. Ci mancava solo il ladro.

"Ciao Lupin, anche io *non* sono felice di vederti"

Nathan viene verso di me, e mi si affianca come niente fosse. È tremendamente alto, e stasera è davvero figo. Peccato che io non possa perdonare qualcuno che ha tentato di rubarmi il cibo.

"Allora, che ci fa un Brontolo solitario ad una festa come questa?"

"Mi ci hanno portato di peso tuo fratello e i suoi amici. Letteralmente. Mi hanno rapito, infilato in macchina senza cellulare, né portafoglio, e ancora in pigiama"

Nathan mi osserva per qualche secondo, poi scoppia a ridere fragorosamente. Già, divertente, certo.

"Beh, ora che sei qui dovresti goderti la festa, non startene qui a fare niente"

"Sto bene dove sto, grazie"

"Sei veramente cocciuta Brontolo. Avanti, seguimi"

Sbuffo sonoramente e mi metto al seguito di Lupin, che mi trascina in un'altra stanza, dove c'è della gente che si sfida a bere fino a vomitare.

"Ti va di provare?"

Lo guardo storto per un attimo.

"Vuoi farmi ubriacare?"

"Magari ti sciogli un po'"

Sospiro. Ho iniziato a rubare liquori dalla vetrina di Scott quando avevo quindici anni, per cui la mia resistenza all'acool è abbastanza alta. Non dovrebbe succedere nulla di esageratamente disastroso.

"E va bene, facciamo lo stramaledetto gioco di chi vomita prima" sospiro.

Non mi lasceranno mai in pace.

Mi siedo al tavolo e sento delle urla di incitamento, anche se ancora non abbiamo iniziato. Davanti a me, un ragazzo dai capelli biondi e gli occhi verdi mi osserva con fare insistente.

"Una principessina come te che gioca con l'alcool?" mi chiede, sfottendomi.

"Butta giù quella birra e taci" tuono.

Altre grida di incitamento.Cominciamo il gioco e piano piano riesco a scolarmi una decina di bicchieri, mentre il tizio ad otto è già bello che andato, tant'è che sbocca all'inizio del nono. Bleah. Ma che schifo.

Mi si presentano altri sfidanti, ma crollano tutti piano piano. Io però comincio a vedere doppio, il che non è un buon segno.Sto bevendo l'ultimo bicchiere, quando l'ultimo sfidante cade a terra, ubriaco marcio. Dalla gente intorno a me si innalza un grido, e dopo due secondi mi ritrovo seduta su un seggiolino di braccia, portata in giro come una bambina al suo compleanno. In tutto questo, Lupin sta seguendo la folla divertito.Appena mi mettono giù vedo Wade e Ben raggiungermi.

"El, ma dove eri finita?" mi chiedono in coro.

"Beh, Brontolo ha vinto la gara della birra" dice Nathan, appoggiandomi una mano sulla spalla. Vorrei toglierla, ma vedo tre braccia, per cui meglio non strafare.

"La gara della birra? Sul serio?" chiede Ben, stupito.

"Bisogna festeggiare!" urla Wade.

I due si scambiano un'occhiata strana, mentre io mi sposto da Nathan. Spazio vitale, grazie.

"Pensi quello che penso io?" chiede Ben.

"Assolutamente si"

Li vedo indietreggiare velocemente e togliersi le magliette. Ma che...

"TUFFO A BOMBA!" urlano, correndo verso di me. Oddio. Vorrei spostarmi, ma cadrei a terra subito.

Nel correre, uno mi si aggancia ad un braccio, l'altro all'altro e mi trascinano con loro, lanciandomi inesorabilmente in piscina.Porca miseria, domani me la pagheranno. Eccome se me la pagheranno.Il contatto con l'acqua fredda mi fa tornare del tutto in me, e appena risalgo vedo una mandria di gente cominciare a buttarsi.Io però non amo rimanere bagnata, specialmente con dei vestiti addosso, per cui risalgo e trovo un posto tranquillo dove strizzare la roba.

Mi tolgo la maglietta e i pantaloni rimanendo praticamente in biancheria. Tanto alla fine è come se avessi indosso un costume, per cui poco conta.

"Eccoti qua campionessa... Ma che diaaavolo stai facendo?"

Giro gli occhi e mi ritrovo di fianco Lupin a braccia conserte, piuttosto confuso.

"Strizzo i vestiti bagnati, non vedi?"

"Ti sei accorta che sei rimasta in biancheria vero?"

Gli rivolgo uno sguardo annoiato.

"Primo: biancheria e costume sono identici, per cui è inutile vergognarsene, secondo: non dirmi che non hai mai visto una ragazza in biancheria intima" gli rispondo.

"Non è questo il punto" dice, scoppiando a ridere.

"Dimmi piuttosto, perché sei onnipresente?"

"A parte adesso, che ti stavo cercando, non è colpa mia se vieni dove vado io Brontolo"

"E adesso mi stai cercando per...?"

"Assicurarmi che non stessi vomitando con la testa in qualche cespuglio"

Mi reinfilo i vestiti strizzati, e torniamo dagli altri.La festa grazie a dio ad un certo punto finisce, e mi riunisco ai quattro rapitori per tornare a casa. Ci dirigiamo tutti insieme verso la macchina, conciati da buttar via: Alan sembra sia appena passato in mezzo ad un tornado, immagino perché, Mason è conciato come se fosse il dio del sudore, mentre io, Ben e Wade siamo ancora bagnati dal tuffo in piscina.

"Bella serata eh" bofonchia Ben.

"Assolutamente" sorride Wade.

"Si... niente male" dico dopo qualche secondo.

I quattro si girano verso di me, basiti.

"Quindi niente denuncia per sequestro di persona?" chiede Alan.

Sospiro rassegnata.

"No niente denuncia per sequestro di persona" dico, facendomi scappare un sorriso.

I miei rapitori cominciando ad urlare e a battersi il cinque. Certe volte assomigliano più a delle scimmie che a degli esseri umani, ma dopo tutto sono gentili.

Ci immettiamo sulla via di casa e Mason porta tutti i rispettivi ragazzi alle loro dimore. Noi siamo logicamente gli ultimi dato che siamo vicini.

"Allora, ti sei divertita alla fine?" mi chiede, sorridente.

"Contro ogni aspettativa, devo rispondere di sì" annuisco.

"Molto bene. I tuoi saranno preoccupati non vedendoti a casa?"

Mi rabbuio per qualche secondo.

"I miei sono morti tanti anni fa, per cui non ho problemi di questo genere"

Mason contrae la faccia in una smorfia stupita.

"Accidenti, scusa El, non sapevo..."

"Tranquillo. È normale"

Segue qualche secondo di silenzio.

"Con chi vivi ora?"

"Con mio zio, ma è sempre via per lavoro"

"Oh capisco"

Forse Scott non sarà un mio parente, ma alla fine è come se lo fosse, per cui diciamo che non ho mentito dopo tutto.

Arriviamo a casa ed io ringrazio Mason del passaggio, dopo di ché mi infilo in casa. Sono costretta a cambiare pigiama e a farmi la doccia, per cui mi ci vuole un po' prima di poter arrivare in camera mia. Quando entro, mi godo lo spettacolo della penombra e mi affaccio alla finestra.Dopo tutto non è stato così male.Appena sposto gli occhi però, noto che davanti a casa di Mason è ferma una moto nera con due tizi appoggiati sopra che si mangiano la faccia. Osservo bene e riconosco Nathan ed una ragazza poco più grande di me. Sgrano gli occhi e richiudo subito la finestra.

Sarà meglio andare a letto prima di vomitare sul serio.

11. MOSSA A TRADIMENTO

Mi sveglio la mattina dopo e sono in coma totale. Non è stata una grande idea bere tutta quella birra. Mi passo la mano sulla faccia e decido di alzarmi, anche se tutto il mondo sembra essere contro di me. Il mio corpo è pesante e la mia testa sembra stia per esplodere.

Vado in bagno e dopo essermi vestita decido di optare per uno chignon fatto male, anche se pratico.

Faccio colazione come uno zombie, e poi esco di casa incamminandomi per prendere l'autobus. Arrivo alla fermata, ma molto prima che arrivi quel carretto ambulante facente parte della categoria *mezzi pubblici* , la macchina nera di Mason si ferma davanti a me, sotto agli occhi di tutti.

"Salta su angelo" mi dice Alan, vedendomi lì impalata. Questi quattro sono piuttosto appiccicosi, ma in queste situazioni sono felice di averli conosciuti.

Salgo in macchina ancora mezza narcotizzata e partiamo per andare a scuola.

"Questa faccia è peggio di quella di ieri" osserva Wade, fissandomi.

"È un buon segno. Vuol dire essersi goduti la festa"

"E allora perché sono l'unica di voi conciata così?" domando con una voce roca che neanche mio nonno.

I quattro ignorano la mia domanda,e finalmente arriviamo a scuola. Appena passiamo davanti all'ingresso, riconosco Lupin che mangia la faccia... di una ragazza diversa da quella di ieri? Rimango un attimo confusa, ma cerco di non farmi troppe domande. Dopo tutto da un figo del genere non si può pretendere anche dell'intelligenza.

Mi infilo in bagno e mi sciaquo di nuovo la faccia, senza risultati. Le occhiaie non sembrano volersene andare.

Esco dal bagno, infilandomi anche il cappuccio per non essere notata. Non voglio problemi oggi.

E come si suol dire: vuoi mai che i problemi non arrivino comunque da soli?

"Ehi tu!"

Voglio morire.

Mi volto e davanti a me trovo una Juliette furiosa.

"Si, reincarnazione de *l'Esorcista*?"

"Ieri sera... ho visto quello che hai fatto con Nathan. Sarà meglio che tu gli stia alla larga. Presto sarà mio, e non voglio che la *nuova studentessa* o come cavolo ti chiami, rovini i miei piani"

La osservo confusa.

"Non vorrei deludere le tue pippe mentali, ma il massimo di discorso che io e Lupin abbiamo fatto è stata un'interessantissima conversazione su quanto la biancheria somigli ad un costume. Inoltre, altra delusione, ieri sera si stava mangiando la faccia di una bionda e stamattina invece ha totalmente cambiato pattern buttandosi su un'altra ragazza. Non credo che sia interessato ad *essere tuo*. Ci vediamo *Sharpay*"

La saluto distrattamente, ma mi accorgo di aver rovinato la mattinata a Nathan tre secondi dopo.

"Quel bastardo ingrato!" urla Juliette, mettendosi a fare una sceneggiata in corridoio. Uuh, non vorrei essere al posto di Lupin adesso.

Mi infilo in classe e per fortuna passo tutta la mattinata in modo tranquillo, per lo più a dormire sul banco. La campanella dell'intervallo decreta la fine delle prime due ore e io mi dirigo alle macchinette. Appena riesco ad ottenere il mio caffè, vengo illuminata da una luce fortissima, che capisco da dove viene solo una volta scomparsa. Un tizio strano con la macchina fotografica mi sta puntando e sorridendo.

"Che cavolo stai facendo?" gli chiedo, basita.

"Sei la nuova studentessa, giusto?" mi chiede, sempre sorridendo.

"Già e tu sei?"

"Fotografo per il giornalino. Uscirà un articolo su di te ed abbiamo bisogno di materiale. Vuoi fare una foto in posa?"

Lo guardo, sempre più convinta che questa scuola sia un brulicare incostante di microcefali.

"Oh mamma..." riesco solo a dire, prima di andarmene.

Appena alzo gli occhi però vado a sbattere contro un muro di muscoli. Mi sono fatta anche male al naso, andiamo bene.

"Auch, ma che diavolo hai, il cemento lì sotto?" domando, massaggiandomi il naso, prima di incrociare gli occhi di Nathan. Adesso capisco.

"Lo prendo come un complimento" ridacchia.

"Oh, sei tu"

"Felice anch'io di vederti Brontolo"

Lo osservo di sottecchi, avvicinandomi ed ispezionando la sua faccia con gli occhi.

"Ho qualcosa sulla faccia?" mi chiede, vedendomi intenta nell'ispezione.

"Sto cercando tracce di possibili malattie a trasmissione sessuale. Per ora i sintomi sembrano silenti" concludo, massaggiandomi il mento.

Nathan solleva le sopracciglia e mi guarda stupito.

"Non guardarmi così. Con tutte le ragazze che ti fai potrei essere giornalmente in pericolo seriamente"

Lupin mi osserva, assimilando le mie parole, per poi ridacchiare.

"Che c'è, sei gelosa Brontolo?"

Sollevo un sopracciglio.

"No, per mia fortuna non rientri nei miei interessi. Il problema è che ti ritrovo sempre ovunque, per cui il contatto è abbastanza lungo per una possibile infezione" rispondo, fredda.

"Ah si?" mi chiede, con una faccia furba.

"Certo che si. Non posso vaccinarmi ogni volta che ti becco a meno di due metri di distanza, per cui ti pregherei..."

Non faccio in tempo a finire la frase, che ritrovo le labbra di Nathan contro le mie. Sgrano gli occhi, e nella mia testa cominciano a vorticare un sacco di pensieri. Ha un buon profumo ed effettivamente è un bel ragazzo, ma io non sono qui per farmi rimorchiare. Il contatto dura pochi secondi, ma quando si stacca sono sicura di essere diventata viola.

"Ma sei deficente?! Oh mio dio, è la fine... Colera, Tetano, Aids, chissà quante malattie ci sono in quella saliva, santoddiiio... TU SEI UN UOMO MORTO, SAPPILO" comincio ad urlare.

Nathan comincia a ridere e non sembra stare ascoltando le mie lamentele.

"Lo trovi divertente?! Sai che si può morire?! Mi avrai sulla coscienza, poco ma sicuro" continuo, allontanandomi. Devo assolutamente lavarmi la bocca, disinfettarla e pregare che non sia troppo tardi.

"Tornerò dall'aldilà per perseguitarti! Stanne certo!"

La mia indignazione sta facendo da spettacolino per tutto il corridoio, cosa di cui non mi importa un accidente. Hanno visto tutti il bacio, per cui so dove trovare testimoni nel caso di una causa per danni morali.

Andando nella prossima aula di lezione incrocio Mason, Ben e Wade.

"Ehi El... ma che succede?!"

Punto il dito contro Mason, che probabilmente starà pensando perché la mia faccia ha preso il colore di un pomodoro.

"Tuo fratello è un molestatore!" squittisco

I tre si guardano confusi.

"El stai bene? Sembra che la tua testa stia per esplodere" osserva Wade.

"Ehi Angelo, ho sentito che hai fatto conquiste"

Mi giro e vedo Alan che sta venendo verso di noi. Figurati se le voci non sono già arrivate fino in Perù.

"Qualcuno mi spiega che succede?" domanda Mason, confuso.

"Beh, gira voce che tuo fratello abbia baciato El davanti a tutti, e che lei abbia dato di matto... e a giudicare dal colore della tua faccia dovrebbe essere tutto vero" ridacchia Alan.

Mason sgrana gli occhi, mentre io mi passo una mano sulla faccia. Devo ricordarmi di lasciare una bomba sotto al letto di Nathan quando me ne andrò.

"Ti piace mio fratello?" chiede Mason, stupito.

"Nuova storia d'amore in arrivo" esclama Ben, dando una piccola gomitata a Wade, che annuisce.

"No che non mi piace! Lo ha fatto apposta!" squittisco.

"Apposta per cosa?"

"Perché gli ho detto di starmi alla larga dato che con tutte le ragazze che si fa potrebbe avere qualche malattia"

Tempo due secondo che tutti e quattro sono piegati in due dalle risate.

"Hai detto davvero questo a Nathan?" ridacchia Ben.

"È la verità! Potrebbe!"

"Okay, capisco. Mio fratello può essere vendicativo quando vuole" dice Mason, ridendo ancora.

"Sinceramente se mi avessi detto una cosa del genere lo avrei fatto anche io El, solo per vedere la tua faccia" mi confessa Alan, continuando a ridere.

"Si, si, divertente, divertente" borbotto, alzando gli occhi al cielo e superandoli.

Questo posto mi farà uscire pazza.

12. BEL CULO

Finalmente arriva il mercoledì, il che significa che siamo a metà settimana. Sono a scuola da tre giorni e già ne ho pieni i *gabbasisi* di tutti quanti. Mi sono fatta lasciare il numero da Mason e gli altri, che da subito mi hanno inserito in uno strano gruppo soprannominato "Bel Culo" (non chiedetemi per quale ragione, non ne ho idea), in cui per lo più scrivono stronzate. In questo modo potranno raccattarmi alla mattina senza cercarmi in giro per il paese.

Sto facendo colazione in cucina e già i quattro scatenati cominciano a scrivere.

Nuovo messaggio in "Bel Culo" *da ChitarristaRumoroso*

《Tra poco parto stronzi, scendete》

Nuovo messaggio in "Bel Culo" *da PeneCentrico*

《Ti sembra il modo di parlare? C'è una signora tra noi adesso》

Nuovo messaggio in "Bel Culo" *da GemelloPsicopaticoBen*

《Finiscila Alan, tanto non te la da》

Nuovo messaggio in "Bel Culo" *da PeneCentrico*

《La speranza è l'ultima a morire》

Nuovo messaggio in "Bel Culo" *da Me*

《 Sto per vomitare i cereali 》

Faccio giusto in tempo a mettere la tazza nel lavandino, quando sento una serie di colpi alla porta. Ma che diavolo...

Vado ad aprire e Mason entra come un razzo senza neanche guardarmi. Ha in mano un libro... di matematica?

"Ciao El, senti devi aiutarmi"

"Uh?"

"Mi sono dimenticato che oggi la Campbell interroga e io non so nulla perché non ho fatto neanche un cavolo di esercizio. Devi farmi una lezione accelerata"

"Io? Adesso?"

"Si, adesso! Sono due giorni che rispondi a tutte le domande che ti fanno e anche se non so come diavolo tu faccia ho bisogno del tuo genio"

Sospiro pesantemente. Ci conviene darci una mossa. Comincio a spiegare velocemente a Mason i passaggi dei dannati esercizi, cercando di rendere la cosa il più semplice e riassuntiva possibile, finché non sento bussare un'altra volta alla porta.

Vado ad aprire velocemente mentre lascio Mason con la testa sul libro, e mi trovo davanti la rovina della mia mattinata. Nathan è davanti alla mia porta con la sua faccia di cazzo a guardarmi come se si aspettasse qualcosa.

"Ciao Brontolo"

Non lo faccio neanche finire di parlare che gli richiudo la porta in faccia. Sfortunatamente Lupin la ferma con due dita e la riapre.

"Smamma, sono già in pericolo di vita per colpa tua" dico, imbronciata.

"Sai che di mattina hai le occhiaie che ti fanno sembrare un panda nano?"

"Te ne vai o ti ci devo mandare?"

"Mi piacerebbe, ma ho bisogno di Mason"

Sbuffo e lo lascio entrare, facendogli strada in cucina.

"Comunque bel pigiama Brontolo" mi prende in giro, vedendomi vestita con una maglia gialla dei Minions e dei pantaloni neri cortissimi.

"Se hai qualcosa da ridire sul mio pigiama puoi anche andartene. Vado a cambiarmi, non devastatemi la casa" dico, infilandomi in bagno al piano superiore.

Ne esco vestita piuttosto decentemente, e quando scendo vedo con piacere che Nathan ha levato le tende e che è rimasto solo Mason.

Un dettaglio però mi appare insolito: ho lasciato uno degli armadietti dei biscotti aperto... guarda caso proprio quello in cui tenevo l'ultimo Waffle.

"Tuo fratello cosa cercava?"

"Oh, gli avevo preso un libro che doveva restituire oggi... perche'?"

Mi fiondo fuori dalla porta e vedo il bastardo di Nathan passare in moto facendomi un cenno di saluto con l'ultimo pezzo di Waffle fra i denti. Me lo ha fregato.

Io devo ucciderlo prima o poi.

Ritorno in casa e finisco di aiutare Mason, per poi partire alla volta di scuola, passando per le case di Ben, Wade e Alan.

Lo uccido. Lo uccido. Lo uccido.

Appena arriviamo a scuola vedo Lupin circondato da alcuni tizi con cui ride e scherza. Lo scorgo rivolgermi un sorriso beffardo, espressione che gli restituisco accompagnata da un dito medio ben visibile. Fanculo, stronzo.

Appena entro a scuola però, mi sembra di avere più occhi addosso del solito. Sarà solo un'impressione ma la gente sta iniziando a bisbigliare.

Passiamo distrattamente di fianco ad un tizio che molla in mano ad Alan quella che dovrebbe essere l'edizione del giornalino scolastico della settimana.

"Oh oh" lo sento dire.

"Che succede?" chiede Mason.

"Adesso capisco perché ci fissavano tutti. O meglio, fissavano tutti El"

Sollevo un sopracciglio e guardo la facciata del giornale. Ad un tratto capisco da dove arrivano i bisbigli: in prima pagina c'è infatti una gigantografia della mia faccia appiccicata a quella di Nathan. Mentre lui sembra un modello greco, io invece sembro fatta di acidi. Ho gli occhi sgranati e sembra sul serio che stia per vomitargli addosso.

Guardo la foto, sconcertata.

"Accidenti" dice Wade, massaggiandosi il mento.

"Beh non capita sempre di arrivare in una nuova scuola e finire sul giornalino dopo due giorni" scherza Ben.

"Sicura di stare bene El?" mi chiede Mason.

"Voglio andare a vivere sotto terra" dico solo, sospirando.

In questo momento mi farebbe molto comodo essere Reel al posto di Eleonore. Soprattutto perché Reel ha l'abilitazione a sparare a vista.

Un urlo sconnesso mi fa capire di essere già nei guai.

"Tu! Lurida..."

Vedo Juliette caricare un colpo e cercare di tirarmi probabilmente uno schiaffo degno di un criceto. Le fermo la mano senza problemi, per poi fissarla. È furiosa.

"Si, Sharpay, che posso fare per il tuo esaurimento nervoso?"

La mollo e lei continua a lanciarmi sguardi omicidi.

"State insieme?"

So già a chi si riferisce.

"Piuttosto mi faccio asportare le ovaie" dico schifata.

"Non mentire! Avrai anche vinto una battaglia... Ma la guerra è appena iniziata!" squittisce, venendo verso di noi e superandoci.

Di bene in meglio. Andrà a finire che sarò io quella uccisa se le cose non si aggiustano.

13. SGABUZZINO

Decido di focalizzarmi completamente sulla scuola e non ascolto nessuno per le prime tre ore. Accidenti, come cavolo gli è venuto in mente a Scott di spedirmi in questo buco di città dimenticato da Dio. Sarà meglio che cominci ad andare a ficcare il naso in giro, anche se so che il primo posto dove dovrò andare sarà uno di quelli che odio di più. Prima di venire ho letto tutti i vari interrogatori della polizia, ma purtroppo bisogna sempre tastare con le proprie mani. Devo andare dai genitori di Sarah. So già come vanno a finire queste visite: l'FBI interviene? Wow siamo tutti salvi. Magari fosse davvero così semplice.

Sto ascoltando quella povera donna della professoressa di diritto, cercando di non addormentarmi, quando sento il cellulare vibrare. Guardo lo schermo e mi accorgo che la chiamata arriva direttamente dalla sede centrale.

Alzo la mano svogliatamente.

"Posso andare in bagno?"

Ricevo un cenno disinteressato di assenso, dopodiché mi alzo e mi fiondo fuori.

"Payn" rispondo.

"Reel, sono Scott. Novità?"

"Ci sto lavorando. Andrò a parlare coi genitori della ragazza oggi pomeriggio probabilmente. Qui sembra che tutti vogliano evitare l'argomento"

"Okay. Il direttore aspetta, vuole risultati"

"Beh digli di alzare il culo e venire qui se ci tiene, non posso mica arrivare con una pistola e cominciare a sparare per farmi dire le cose" mi lamento.

"Lo so, lo so. Tranquilla. Ci penso io. Oh, a proposito, ho visto che hai dato il tuo primo bacio" ridacchia.

Ma che..? Divento rossa peperone.

"Come cavolo hai fatto?!"

"Lo sai che controllo tutto e ho tutti i tipi di informazione. Specialmente se il giornalino della tua scuola ha un sito internet con gli articoli del giorno"

Mi passo una mano sulla faccia e sospiro.

"Mi hanno incastrata"

"Immagino. Allora, quante ossa rotte devo risarcire al povero malcapitato sta volta?"

"Non l'ho mica malmenato. Non ancora almeno"

"Quale parte di *discrezione* non è arrivata al tuo cervello? Devi stare più attenta, lo sai che non possiamo farci vedere in giro troppo. E comunque è un bel ragazzo"

"Stai dalla sua parte? Tu dovresti essere il papà protettivo!"

"La mia figlioccia è uno dei migliori agenti dell'FBI, se fossi veramente così protettivo mi sarebbe già venuto un infarto. Non che non ne abbia rischiati, ma mi ci sto abituando"

Sospiro, rassegnata. Dopo tutto non è così male.

"Sei un bravo papà, Scott. Ora vado, altrimenti mi verranno a cercare fin dentro al bagno"

"Sta attenta Reel. Fammi sapere quello che trovi"

"Si. A dopo"

Metto giù il cellulare e faccio per tornare in classe. Appena sto per raggiungere la porta però, sento qualcuno squittire dietro di me.

"Oh mio dio, ma sei tu!"

Mi volto annoiata, non riconoscendo la voce. Vedo dietro di me un gruppetto di ragazze in divisa... da cheerleader, che mi guardano in modo strano.

"Tu sei quella che ha baciato Nathan vero?"

Oh santo dio, questa storia mi perseguiterà in eterno.

"Si. No. Non stiamo insieme. No. La cosa non era consensuale" le anticipo, voltandomi e andandomene.

"Oh davvero? Peccato, perché lui ci ha appena chiesto di te. Ha detto che ha... una sorpresa" sorride un'altra.

"E chissene importa" sbuffo, proseguendo nella mia direzione.

Sento il gruppetto raggiungermi e incollarmisi addosso.

"Oh, avanti, non sei nemmeno un po' curiosa"

"Ehm... no, per niente"

"Dai avanti, Nathan piace a tutti, non puoi dire che non ti faccia nessun effetto"

Mi volto stizzita.

"Sentite, se ci tenete, andateci voi a vedere la benedetta sorpresa, a me non frega un fico" dico, gesticolando.

"Oh avanti non fare così, ci vorrà un secondo"

Mi prendono a braccetto e avvolgendomi nel gruppetto belante mi trascinano davanti ad una porta che non ho mai visto. Ho un brutto presentimento.

"Avanti, entra"

Apro la porta esitante, ed appena entro sento la serratura dietro di me chiudersi a chiave. Cerco un tasto intorno a me e appena trovo la luce mi accorgo di essere stata segregata in uno sgabuzzino.

"Ma che diavolo... Ci avrei giurato... fatemi uscire da qui razza di galline senza cervello!" sbotto.

Le sento ridacchiare da dietro la porta. Siamo alle solite vedo.

"Questo è tutto quello che avrai da Nathan, non farti illusioni" continuano a ridere.

"Fatemi uscire o esco da sola" sentenzio, annoiata.

"Un che paura" squittisce una delle ragazze.

Mi tiro su le maniche e prendo la carica. Sollevo una gamba e con un colpo nel punto giusto la barriera di legno si stacca dai cardini e va giù come fosse carta velina. Le porte in prefabbricato non sono molto utili contro una ragazza addestrata dall'FBI per 5 anni e che ha prestato servizio per 3.

Esco dallo sgabuzzino trionfante, sotto gli occhi sciocchi di tutte le barbie.

"Allora... di chi è stata l'idea?" ringhio, con un sorriso inquietante.

Tutte si voltano verso una delle ragazze, che sembra la più appariscente. Il cervello alveare di tutta la pantomima immagino.

Mi avvicino a lei lentamente e la vedo irrigidirsi.

"Bel tentativo. La prossima volta assicurati che la serratura della porta e i cardini non cadano a pezzi però. Pulite voi, no?" sorrido, lasciandole lì imbacuccate, con la porta sfondata.

Nessuno chiude Reel Payn in uno sgabuzzino e la fa franca.
Neanche una porta in prefabbricato.

14. PUNIZIONE

"In punizione?! Dice sul serio?!" sbotto.

Mi hanno chiamato in presidenza da due minuti e già sto dando di matto. Una punizione di tre pomeriggi a scuola per una stupida porta decrepita?! E io come dovrei fare ad indagare?!

"Signorina Parker, il suo comportamento è già degenerato dopo la prima settimana. La punizione serve a ricordarle che non siamo allo zoo, ma in una scuola" dice il preside, pacato. Nano occhialuto bastardo.

"Quelle mi ci hanno chiuso dentro apposta!"

"*Quelle* sono tra le migliori studentesse del nostro istituto, mentre lei è qui da quattro giorni. Secondo lei quale versione é più attendibile per me?"

Sbuffo e mi lascio andare sulla sedia. Nei guai dopo neanche una settimana.

Esco dalla presidenza scimmiottando il preside e vedo la rappresentante d'istituto affacciata alla segreteria. Si chiama... come ha detto che si chiamava?

"Ehi" dico solo.

Lei si gira, ed appena mi vede mi sorride amabilmente. Il suo sorriso è più finto di me quando dico che non ho fame, ma pazienza.

"Ehi ragazza nuova! Come posso aiutarti?"

"Okay Ally, ehm..."

"È Molly" dice, timida.

"Come?"

"Molly. Mi chiamo Molly"

Accidenti. Non ci azzecco mai coi nomi.

"Si, si hai ragione... senti, tu sai dov'è la sede del giornalino?"

Lei annuisce e mi indica col dito una direzione.

"Su per la scala, aula 3D, primo piano"

Sorrido in modo inquietante. Devo vendicarmi di una personcina fastidiosa.

"Grazie Mandy" dico distrattamente, e mi fiondo su per le scale in maniera rapida. Sento la tizia urlarmi qualcosa, ma non ci faccio troppo caso.

Trovo l'aula in poco tempo e spalanco la porta senza neanche bussare. Mi basta mettere un piede dentro alla stanza per intercettare il mio obiettivo. Il ragazzino minuto dell'altro giorno con la macchina fotografica è seduto dietro un banco di lavoro a fare non so che cosa, ma appena solleva lo sguardo lo vedo sgranare gli occhi.

Mi avvicino velocemente con l'intenzione di spaccargli la testa, ma appena mi capita a tiro lo vedo rannicchiarsi e coprirsi con le braccia.

"No, no, ti prego! Non picchiarmi! Farò tutto quello che vuoi" piagnucola. È talmente indifeso che se gli tirassi una sberla finirebbe probabilmente in coma.

Sospiro vistosamente. Nella stanza ci sono altre due o tre ragazze, ma non ci faccio troppo caso. Loro però si sono più che accorte di me dato che sono entrata con la pacatezza dell'uragano Katrina.

"Volevo farlo, ma non credo che servirà a qualcosa a questo punto" dico, annoiata.

Il ragazzo smette di tremare e si toglie piano piano le braccia da davanti alla faccia.

"Tu non vuoi picchiarmi?"

"Non ho detto che non voglio, ho detto che non lo farò. Allora nano, come ti è venuto in mente di fare quella foto, eh? E in prima pagina soprattutto" ringhio.

"Io sono un giornalista! Devo documentare tutti i fatti più eclatanti"

"No, tu devi vendere copie del giornalino. Il problema è che a me non importa niente: se ti ribecco a farmi foto a tradimento ti blocco la crescita, chiaro?"

Lui rimane basito a guardarmi e annuisce. Gli rivolgo un ultimo sguardo di noia e me ne esco come sono entrata.

Mi aspettano altre ore di lezione e poi la fantasmagorica ed esilarante *punizione*.

Forse posso sfruttare il momento per fare qualche domanda qui e là su Sarah Jones. Prima o poi qualcuno saprà dirmi qualcosa.

Operazione indagine in punizione: cominciata.

15. OVERLORD

Sono arrivate misteriosamente le tre, e udite udite, è ora della punizione. Un agente dell'FBI in punizione. C'è qualcosa di più ridicolo di questo?

Raggiungo l'aula che costituirà il mio carcere per le prossime due ore, e spalanco la porta come se niente fosse.

Mi affaccio dentro alla bettola in cui dovrei rimanere per un'ora e vedo che dentro ci sono già tre persone: un ragazzotto nero piuttosto piazzato con il giubbotto della squadra di football, un biondino con le occhiaie e... Alan?

"El! Anche tu qui?" esclama appena mi vede.

"A quanto pare" dico, piuttosto schifata.

"Il suo nome?" mi chiede il professore di guardia. Ha dei baffi unti e degli occhialetti alla *Harry Potter* davvero imbarazzanti.

"Parker" borbotto.

"Bene Parker, si accomodi con i suoi amici e buona punizione"

"Grazie" lo canzono, lasciandomi andare su una delle sedie della sala.

Mi infilo le cuffie e decido che rimarrò isolata dal mondo finché sarò confinata qui dentro.

"Cosa ascolti?" mi chiede Alan, picchiettandomi sulla spalla.

"Tu non hai proprio chiaro il concetto di cuffie, vero?" gli rispondo, lanciandogli un'occhiataccia.

"No, in effetti ho un problema a leggere le situazioni" mi risponde con un sorriso innocente. Dio mio, ma come fa a rimorchiare tutte quelle ragazze pur essendo così idiota?

"Comunque, dato che il mio Nirvana è stato infranto ormai, *Lost in the eco* dei Linkin Park" dico, annoiata.

Lui solleva le sopracciglia. "È una delle mie canzoni preferite!"

Detto questo mi afferra una cuffia e se la infila come se niente fosse, cominciando ad imitare Chester Bennington in malo modo. Io lo guardo schifata e convinta che se fosse stato sepolto qui vicino, il morto sarebbe resuscitato solo per prenderlo a sberle.

" Scusate, qui c'è qualcuno che vorrebbe godersi il silenzio" borbotta il ragazzone del football.

"Oh piantala Joe, è fantastico" lo zittisce Alan, continuando a muoversi in modo strano.

"Incredibile come qualcuno riesca a fare questo tipo di movimenti imbarazzanti anche senza le mie pillole" ridacchia il biondino.

Sollevo un sopracciglio e lo guardo storto. Adesso capisco perché è così scavato in faccia. Ci mancava solo lo spacciatore di quartiere.

"E tu bocconcino, hai un nome?" mi domanda poi, fissandomi come se avesse appena visto una costata di manzo di prima qualità.

"Si, ma non sono interessata a fartelo sapere" rispondo secca.

Lui solleva le sopracciglia stupito.

"Come desidera *milady*" mi prende in giro. Mi sta già sulle palle.

Ad un certo punto vedo entrare dalla porta un ragazzotto basso, con gli occhi addormentati ed i riccioli marroni. Porta uno zaino della *Eastpak* gigantesco e sembra che sia appena uscito da un rave. Si guarda in giro spaesato.

"In ritardo come al solito Garrett" lo rimprovera il professore.

Lui sembra non sentirlo neanche e fa per entrare, fin quando non incrocia il mio sguardo per caso. Di colpo trasale e sembra andare in panico dal nulla. Ma che diavolo ha?

"Devo andare un attimo in bagno" bisbiglia con voce strozzata, scappando fuori. Non me la racconta giusta. Non me la racconta giusta proprio per niente.

Mi alzo di scatto e mi metto sui suoi passi, senza degnare di attenzione il professore, che sbraita e cerca di fermarmi.

"El!" mi chiama Alan, senza che io lo ascolti.

Vedo il ragazzo misterioso accelerare il passo vedendomi al suo seguito con la coda dell'occhio, finché non si infila in un bagno a caso. Non so che cosa sa, ma se è così spaventato ci deve essere un motivo.

" El! Alan! Ma che succede?" sento chiedere.

Ci mancavano solo Mason e gli altri due. Io devo scoprire cosa nasconde quel tizio, a tutti i costi.

Tiro diritto e finalmente riesco ad infilarmi nel maledetto bagno degli uomini. Lo vedo lì mezzo rattrappito, che cerca di uscire da una finestra.

"Ma che cavolo stai facendo?" domando, un po' sorpresa. Ha l'agilità di un carlino con l'osteoporosi, tanto che è rimasto a penzoloni, incastrato nella finestra.

"Ti prego non arrestarmi, giuro che ti darò il mio computer, i miei hard disk, tutto!"

Sbuffo sonoramente, dopodiché lo afferro per la cintura e con uno strattone riesco a farlo cadere di culo sulle piastrelle del bagno.

"Oh grazie al cielo" sospira.

"Hai due secondi per spiegarmi chi sei e perché sei scappato così terrorizzato" tuono.

Lui mi guarda sorpreso, alzandosi e rimanendo un attimo in silenzio.

"Tu...tu non sei venuta per arrestarmi?"

"Dipende"

"Oh... Oh beh io pensavo... Oh menomale, cavolo! Essere arrestato da Reel Payn, la leggenda vivente dell'FBI non deve essere una grande esperienza.."

Sgrano gli occhi. Come diavolo fa ad avere queste informazioni!? Lui imita la mia espressione appena capisce di essersi tradito.

Lo afferro per il collo della maglietta e lo sollevo di peso appendendolo al muro.

" Allora, o mi dici come sai tutte queste cose o ti assicuro che ti faccio sparire razza di ficcanaso" ringhio.

"Va bene, va bene, va bene... Diciamo che potrei aver violato per qualche secondo il sito dell'FBI.. e potrei aver dato un'occhiata in giro qualche tempo fa.."

Sbuffo sonoramente e lo lascio andare, mentre la sua faccia riprendere lentamente colore dopo essere diventata bianco pallido. Se ha scavato a fondo sa anche che non sono una che va per le lunghe.

" Come ti chiami? " gli chiedo, svogliatamente.

"Benjamin. Benjamin Garrett. Ma mi chiamano tutti *Overlord*"

Sollevo un sopracciglio, confusa.

"*Overlord*?"

"Si, *Overlord*. Sai come quel cartone in cui il protagonista rimane bloccato nel mondo virtuale..."

Lo guardo ancora più confusa di prima. Mai visto cartoni animati in vita mia a parte qualche episodio isolato dei Pokemon o di Dragonball.

"Oh, fa niente lascia perdere" sospira lui.

"Bene... Allora *Overboard*"

"*Overlord*"

"Si, quello. Potrei assicurarti la prigione federale...ma se mi darai una mano farò finta di non aver visto e sentito nulla"

Lui sgrana gli occhi.

"Sul serio? Davvero lo faresti? Oh, grazie! Grazie!.. Aspetta, una mano per cosa?"

"Tu non preoccuparti. Ti darò i dettagli in seguito. Vedi di rimanere nei paraggi. Affare fatto?"

Benjamin mi guarda per un attimo, poi fa un cenno di assenso con la testa.

"Ah e un'altra cosa"

"cioè?"

"Per tutti sono Eleonore Parker. Evita di nominare Reel per qualsiasi motivo"

"Come vuoi capo"

"Altra regola:non chiamarmi capo"

"D'accordo boss"

Sospiro sonoramente. Ci mancava solo un altro squilibrato nella mia vita. Spero che, in ogni caso, non abbia scavato così a fondo: ci sono dei fantasmi che dovrebbero rimanere fantasmi.

16. CASA SBAGLIATA

Esco dal bagno degli uomini con Benjamin al seguito e mi trovo davanti i miei quattro amici, con gli occhi sgranati. Alan, Ben, Wade e Mason sembrano appena aver visto un fantasma. Benjamin si dilegua sotto al naso dei quattro, che cominciano a squadrare prima lui e poi me.

"Beh?" chiedo, stranita.

"Ho paura a chiederlo, ma che ci facevi in bagno con quello?" domanda Wade, stupito.

"Niente di quello che i vostri quattro cervelli malati stanno pensando" dico, annoiata. Questi quattro sono fin troppo prevedibili.

"Signorina Parker!" tuona una voce al di là dei miei quattro amici decerebrati.

È il professore che io, Alan e Benjamin abbiamo piantato in asso. Grandioso, altre grane per Reel. Ottimo direi.

"Torni subito in classe! E anche lei! Tutti in punizione, immediatamente!" tuona il vecchio omuncolo.

"Agli ordini" dico, sbuffando e trascinando i piedi verso di lui.

"A dopo ragazzi" sento dire da Alan, che mi fissa piuttosto incuriosito.

Adesso mi toccherà sorbirmi un quarto grado allucinante.

Il professore ci rifila una ramanzina furiosa e decide di farci rimanere un'ora in più per *riflettere su cosa sia il rispetto*. Ah, che stronzate.

A fine pomeriggio riesco finalmente ad arrivare a casa, e mi lancio sul divano con fare annoiato. È la giornata giusta per rimanere chiusi in casa a guardare Netflix. Dopo una giornata di stress come questa è quello che mi ci vuole. Mi infilo sotto la doccia ed indosso il mio comodissimo e decisamente poco attraente pigiama, dopodiché mi ritrovo a fissare il frigo per capire che cosa cucinare. Problema: non ho assolutamente voglia di farlo.

La mia pigrizia mi spinge a cercare su Google un ristorante cinese a domicilio e, dopo aver finalmente trovato ciò che cercavo, compongo il numero del ristorante. A rispondermi è una signorina dalla voce acuta, che sembra parlare a malapena la mia lingua. Cerco di spiegarmi al meglio e, dopo avergli ordinato mezzo ristorante, metto giù e mi sbrago sul divano, in attesa del mio cibo. Spero che la tizia abbia capito quello che le ho detto, perché sono terribilmente intollerante al salmone, e non voglio passare tutta la notte sul gabinetto per colpa del cibo cinese. Si, avete capito bene: sono intollerante al salmone. Un'altra delle gioie della vita che mi è stata negata, per cui mi sono dovuta accontentare del tonno e del branzino.

Arriva il mio camion di goloserie nipponiche e finalmente posso sprofondare sul divano con in mano il mio sushi e le mie bacchette, mentre faccio partire *American Vandal* su Netflix. Una serie su uno che si diverte a fare scherzi coi piselli e con la cacca. È tutto un dire, e raccontato così sommariamente sembra abbastanza spaventoso e inquietante, ma in realtà non è poi così male.

La serata passa senza che stranamente nessuno venga a rompere gli zebedei nel mio idillio, e per la stanchezza mi addormento sul divano senza neanche accorgermene.

Sto sognando un bellissimo paese fatto di *nigiri* e *chirashi*, quando un rumore strano mi sveglia. All'inizio non mi rendo conto della situazione e osservo il cellulare: le 2.08. Di colpo sento il rumore di nuovo e giro la testa: sembra che qualcuno stia cercando di forzare la serratura per entrarmi in casa. Un ladro un po' rumoroso per aver deciso di rapinare una villetta. Corro in camera e afferro una delle mie pistole di servizio. Se crede che se ne andrà da qui tutto intero non ha capito niente.

Sono davanti alla porta, mentre il bandito sta ancora cercando di forzarla. Lento e rumoroso: dovrebbe cambiare lavoro. Faccio qualche passo e decido di finirla in fretta. Sblocco la porta e la apro di botto, alzando la pistola, ma la scena successiva mi lascia basita.

Vedo un Nathan dagli occhi socchiusi e dai vestiti puzzolenti di alcool barcollare nel mio salotto.

"Oh grazie Brontolo. Ma che ci fai a casa mia?" mi chiede sbiascicando e togliendosi la giacca. Rimango stupefatta e inorridita a guardarlo. Si può essere tanto ubriachi da sbagliare casa?

"Oh beh, non importa" sbiascica di nuovo, cominciando a slacciarsi i pantaloni.

"Si da il caso che questa sia casa mia, brutto coglione, e smettila di spogliarti!" strillo, cercando di non urlare troppo.

"Ah davvero?" domanda, più a sé stesso che a me.

"Si davvero, ed ora smamma, avanti!"

Lui comincia a camminare all'indietro, spinto gentilmente da me, ma si da il caso che i pantaloni slacciati crollino all'improvviso, facendo inciampare lui, che naturalmente si appende al mio braccio, facendomi cascare come un sacco di patate sopra di lui.

"Tu.. Sei.. Un.. Imbecille!" urlo, gesticolando animatamente, ancora sopra di lui.

"Io.."

Non fa in tempo a finire la frase che un'ondata di vomito gli esce dalla bocca, facendomi scattare in piedi. Ci mancava solo questa. Io odio la famiglia Bennet. Davvero davvero tanto.

Lo aiuto ad alzarsi e lo trascino fino al bagno, dove lo lascio finire di rimettere, mentre io pulisco il vomito, che per fortuna non è molto. Dio mio, che schifo. Mi dovrò far pagare il doppio.

Finito di pulire e dopo essermi disinfettata le mani con la candeggina, torno a vedere come sta il vomitatore, e noto che appena entro in bagno sembra essersi ripreso, nonostante sia ancora abbracciato alla tazza.

"Ho combinato un bel casino" riesce a dire.

"Prima di parlarmi dei tuoi problemi sarebbe meglio ti tirassi su i pantaloni" gli faccio notare.

Lo aiuto ad alzarsi e cerco qualcosa da dargli di pulito. Infilo i vestiti pieni di vomito in lavatrice, e quando torno trovo Nathan praticamente collassato sul divano.

La gente di questo paese è fin troppo strana.

17. RITORNO DAL MONDO DEL SONNO ALCOLEMICO

Mi alzo dal letto ancora rimbambita dalla sera prima, e mi trascino fino alla cucina con fare poco amichevole. È stata una serata da dimenticare, e stanotte non sono neanche riuscita a dormire bene. Quello stronzo di Nathan me la pagherà cara una volta che sarà resuscitato dal suo sonno di morte alcolica.

Sento il citofono suonare all'improvviso, e vado ad aprire con la flemma di una che sta volentieri per tagliarsi le vene.

"Pacco per Eleonore Parker" sento dire dal fattorino.

Afferro lo scatolone che mi scarica in mano e lo vedo andarsene senza nessuna firma né niente. Strano, molto strano. Entro in casa e decido di aprire la scatola con molta cautela,e vedo che dentro ci sono plichi di documenti con annesse foto segnaletiche. Sono stati inviati dalla sede centrale, e devono riguardare il mio caso.

Compongo il numero sul telefono di casa e aspetto che il destinatario risponda.

"Ehi Reel"

"Scott, sono arrivati altri documenti del caso. Mi ci vorrà un po' per scartabellarli tutti"

"Non importa, prenditi il tuo tempo. L'importante è che siano giunti a destinazione"

Appoggio il telefono sull'isola della cucina, mettendolo in vivavoce, intanto che vago per gli scaffali per prepararmi i pancake.

"Allora come ti trovi nella casa nuova?" mi chiede il mio patrigno.

"Bene, anche se preferirei tornare in sede. Gli adolescenti sono bestie strane" obbietto.

"Anche se sei un agente dell'FBI non significa che tu sia esonerata dall'adolescenza"

"E allora qual'è il bello di essere un agente segreto?" sbuffo.

"Non cominciare Reel. Piuttosto, intanto che continui le analisi prova a fare amicizia"

"Scott, lo sai che non mi piace socializzare"

"Beh sarai costretta. Ti ho fatto mandare anche per questo, magari riuscirai a farti degli amici"

"Oh ma insomma, da quando gli agenti dell'FBI vanno in missione per farsi degli amici?"

"Da quando io sono il tuo patrigno e mi preoccupo per te. Ora devo andare, fammi sapere appena ci sono novità"

"Hai davvero bisogno di una donna con cui uscire. A presto paparino"

Detto questo chiudo la telefonata, e sposto lo scatolone vicino alla cucina. Se Nathan si sveglia non è il caso che trovi i fascicoli di tutta la città in casa mia.

Finisco di preparare i miei pancake e appena appoggio l'ultima prelibatezza nel piatto sento dei versi simili a quelli di un orso provenire dal divano.

La testa di Nathan si solleva e sembra che la sua anima sia tornata dal mondo degli alcolisti morti.

"Buongiorno principessa, dormito bene?" lo sfotto.

Lui mi guarda confuso e poi comincia a ispezionare il terreno circostante con lo sguardo.

"Ma che cazz.. Perché sono qui?"

"Perché hai cercato di forzare la mia serratura, hai vomitato sul mio pavimento e sei quasi svenuto sul mio gabinetto" rispondo sommariamente.

"Oh porca puttana.." dice, passandosi una mano sulla faccia.

"Già. Come minimo dovrai offrirmi il pranzo per un mese per farti perdonare"

Nathan si alza dal divano e cerca di ritrovare l'equilibrio perduto.

"Per caso noi...?"

"Non la mollo al primo che mi entra in casa ubriaco, spiacente" tronco subito la domanda.

"Touché" dice, sorridendo maldestramente. Se non fosse così bruciato nel cervello sarebbe piuttosto sexy come ragazzo.

Vedo il mio inquilino temporaneo dirigersi verso il mio frigo e cominciare a buttare giù acqua a non finire. Il post-sbornia è sempre tragico.

"Va bene, intanto che finisci la mia dispensa di acqua settimanale vado a vestirmi, poi mi spiegherai come ti sei ridotto in questo stato"

Salgo velocemente le scale e seleziono i vestiti del giorno, per poi infilarmi in bagno. Ho optato per una delle mie magliette nere e per un paio di jeans color verde militare.

Mi sto pettinando allo specchio, ed ho indosso solo la maglia e le mutande, quando vedo la porta del bagno spalancarsi.

"Mutande con gli unicorni, wow" sento commentare.

"Ma sei idiota? Ti ho detto che mi sto vestendo, scióʼ!" ringhio verso Nathan, che è rimasto sulla porta a fissarmi le chiappe come un imbecille.

"Beh io devo pisciare, quindi ti devi muovere" mi dice, come se niente fosse. I maschi sono veramente degli esseri fin troppo primitivi.

"Non mi sembra che tu sia incontinente, per cui puoi tenerla per cinque minuti" ribatto.

"Se non vuoi uscire tu dal bagno vuol dire che ti farò uscire io"

Vedo che afferra i miei pantaloni e scappa fuori dal bagno, lasciandomi in mutande. Comincio seriamente ad odiarlo.

"Nathan, ti ammazzo!"

Mollo la spazzola sul lavandino e comincio ad inseguirlo per casa.

"Ridammi i pantaloni, brutto beota!"

"Vieni a prenderli" mi dice, rifugiandosi in camera mia. Che imbecille.

Lo raggiungo e cerco di afferrare i pantaloni, ma lo stronzo li tiene in alto, in modo che io non ci arrivi. Sono alta un metro e un'oliva purtroppo.

"Potresti andare a scuola così, stai bene comunque"

"Ridammi i cavolo di pantaloni e basta!"

In un impeto di forza riesco ad afferrare i pantaloni, ma a causa di una spinta di troppo finiamo entrambi sul mio letto, io sopra di lui, esattamente come la sera prima. Ma perché sempre a me?!

"Uuh, sei una a cui piace farlo di prima mattina. Personalmente preferisco la sera, ma *de gustibus*" esclama l'idiota, con uno sguardo sornione.

Mi alzo come se niente fosse,e gli lancio un'occhiata omicida.

"Piuttosto me la sigillo col silicone"

"Oh andiamo, non farò così tanto schifo" dice, elevandosi dal mio letto.

"Abbastanza"

"Lo dici solo perché sei attratta da me, ma vuoi fare la ribelle"

"L'opzione silicone è sempre più allettante"

Faccio per uscire dalla camera, ma Nathan mi afferra per un braccio e mi incolla praticamente al muro.

"Scommettiamo che alla fine ti innamori, come le altre?" mi dice avvicinandosi alla mia bocca. Ma è deficiente o cosa?

E va bene. Si gioca in due. Alzo leggermente il ginocchio e glielo passo in mezzo alle gambe come fosse un invito a venire più vicino, dopodiché accorcio la distanza tra i nostri visi fino a che le labbra per poco non si toccano. In quel momento sento la stretta al braccio farsi meno intensa.

"Scommettiamo che fai la figura del coglione?"

Mi stacco dalla presa e mi dirigo verso il bagno come niente fosse, lasciando Nathan lí come un pesce lesso.

Ops.

18. RICERCA DI INFORMAZIONI

Scendo le scale una volta vestita e noto che Nathan è seduto sul mio divano, ancora in pigiama.

"Sei ancora qui?" gli chiedo, confusa e piuttosto annoiata, mentre prendo il mio zaino e il mio cellulare, insieme alle chiavi di casa.

"Te l'ho detto che dovevo usare il bagno"

"Potevi andare a casa tua, vivi qui di fianco!" lo rimprovero, esasperata.

"Beh casa tua è molto più rilassante. È poi posso guardarti il culo mentre vai avanti indietro" azzarda, lanciandomi un sorriso ambiguo.

"Okay è ora che tu te ne vada, farò tardi se non ti levi velocemente"

"Sei aggressiva di mattina Brontolo. Mi piace"

"Tu sei un idiota tutto il giorno, eppure non te lo faccio notare continuamente" dico, prendendolo per un braccio e accompagnandolo alla porta.

"Beh tecnicamente me lo ripeti ogni due secondi" sottolinea lui, lasciandosi trascinare.

"Hai proprio ragione, sono una persona orribile, dovresti odiarmi.. Addio!" commento spingendo letteralmente fuori da casa.

La dea bendata non è mai dalla mia parte, e proprio in quel momento vedo fermarsi la macchina di Mason davanti al vialetto.

"El, ma che cavolo..."

Mason ci squadra, piuttosto confuso. Mi tiro uno schiaffo sulla fronte. Di bene in meglio. Di questo passo diventerò la puttana del paese senza aver mai scopato con nessuno.

"Ehi fratellino, mamma è ancora a casa?"

"Credo di sì.. Per caso voi...?"

"No! Non ti fare strane idee" gli urlo, gesticolando visibilmente.

"Beh, io vado, ci vediamo!" ci saluta Nathan, lasciandomi lì come una fessa a dover spiegare a Mason ciò che è successo.

Salgo in macchina sotto gli occhi incuriositi del mio vicino di casa, e cerco di riassumere brevemente il perché Nathan fosse finito a casa mia quella notte. Non sembra molto credibile se per sentito dire.

"Bleah, ti ha vomitato in salotto?"

"Già"

"È una cosa abbastanza schifosa da sentire"

"Lo so, possiamo lasciarci alle spalle questa storia?" chiedo, cercando di passare oltre.

Mason grazie a Dio mi accontenta e andiamo a recuperare gli altri quattro sbandati per poi arrivare a scuola. Ogni giorno che passa quell'edificio assomiglia sempre di più ad un carcere minorile.

"Mason!"

Una voce fastidiosa e fin troppo familiare si fa largo tra le mie cellule uditive.

"Ciao Juliette, dimmi.."

"Tuo fratello?"

"L'ultima volta che l'ho visto è stato a colazione"

Far mentire qualcuno spudoratamente per me: fatto.

"Bene, quando lo vedi digli che gli devo parlare. Sempre che non abbia già deciso di scoparsi la nuova arrivata"

"Mio dio, che cosa devo fare per farti tacere? Seppellirti tre metri sotto terra?" ringhio. Se vuole provocarmi ha scelto la mattina sbagliata.

"Non parlavo con te"

"Come ti pare microcefalo, basta che la pianti" sbuffo, dirigendomi verso il bagno. Entro dentro allo stanzone e mi sciacquo la faccia, cercando di non perdere la calma. Questa missione è ufficialmente la peggiore della mia vita.

Esco dal bagno sovrappensiero, e prendo accidentalmente dentro qualcuno.

"Ahi" si lamenta quello che riconosco essere Benjamin con la faccia spiaccicata.

"Oh, sei tu" commento, vedendolo.

"Grazie per avermi dato la porta del bagno in faccia"

"Non era mia intenzione. Allora, mi serve che tu faccia una cosa per me"

"Di che si tratta?"

"Sarah Jones, mai sentita?" dico, abbassando la voce.

"La ragazza scomparsa?"

"Già. Fai ricerche su di lei. Devi mandarmi tutto quello che trovi"

"Ti farò avere qualcosa in questi giorni. Altro?"

"Non per ora"

"D'accordo boss"

"Cosa si era detto riguardo a questo?!"

"Si giusto, Eleonore, volevo dire Eleonore"

Alzo gli occhi al cielo e lo supero, cercando la mia classe con gli occhi.Mi aspettano due ore di letteratura e voglio morire al solo pensiero. Riesco a prendere posto proprio prima che inizi la lezione, e rimango in catalessi per due ore ad ascoltare il dinosauro parlare di cose inutili per un tempo che mi sembra infinito, fin quando non giunge finalmente l'intervallo e posso uscire per andare a prendermi qualcosa alle macchinette.

Schiaccio il tasto che rappresenta la crostatina al cioccolato e aspetto che la prelibatezza scenda,fin quando non vedo una mano più rapida della mia fregarmi letteralmente il cibo da sotto il naso. Ancora?!

"Dì un po', qual'è il tuo problema?" ringhio contro al fratello deficiente di Mason.

"Nessuno, è solo che mi diverte vedere la tua faccia viola dalla rabbia" ridacchia Nathan.

Sbuffo sonoramente e decido di abbandonare il mio cibo e cambiare strada. Mi sta davvero facendo innervosire, accidenti.

"Ehi, ma che ti prende?" lo sento chiedere dietro di me, dato che ha brillantemente deciso di seguirmi.

"Che mi prende?! Sul serio?! Sei entrato in casa mia di notte, mi hai quasi attaccato una malattia sessuale potenzialmente letale, mi hai rubato l'ultimo waffles, per colpa tua hanno cercato di chiudermi in uno sgabuzzino puzzolente, mi tocca sorbire gli insulti e le rotture di palle dalla tua semifidanzata psicolabile, mi rubi anche la crostatina e tu mi chiedi che mi prende?! Mi prende che sono venuta in questa scuola per lavorare e invece sono al centro di un ciclone fatto di pettegolezzi e crisi adolescenziali! Accidenti a te! "

Nathan mi osserva e per la prima volta sembra un pochino scosso. Era ora, cavolo.

"Okay, primo, non so cosa tu intenda per *lavorare*"

Accidenti alla mia linguaccia lunga.

"Secondo, chi ti ha chiusa nello sgabuzzino?"

"Quelle oche teste di cazzo delle tue amiche cheerleader"

Il suo viso si contrae in una smorfia di nervosismo. Sembra parecchio arrabbiato.

"Ci parlo io"

"No! Tu non fai un bel niente! Vuoi che mi mirino alla testa con delle freccette per caso? Se vuoi veramente aiutarmi gira al largo, e soprattutto cerca di non rubarmi da mangiare perché uno di questi giorni potrei decidere di murarti dentro al bagno del piano terra"

Non sto neanche a guardare la faccia di Nathan, e decido di andarmene velocemente. Forse stavolta avrà capito qual è il suo posto. Non posso rischiare di farmi scoprire, specialmente da uno come lui.

19. PASTICCA

Qualche giorno dopo mi ritrovo collassata in classe per un'ora consecutiva. Ho passato tutta la notte a studiarmi i fascicoli di Sara, ma fino ad ora non ho trovato nulla di interessante. La vita di una teenager normale può essere estremamente incasinata, ma non ci sono eventi eclatanti tanto da coinvolgermi. Noia totale.C'è da dire che ultimamente il mio vicino psicopatico ha fatto di tutto per evitarmi e di questo gli sono grata: niente Nathan, niente problemi. Una cosa in meno a cui pensare.

Per fortuna la campanella mi salva e riesco ad uscire dall'aula senza essere entrata del tutto in coma. Ovviamente al mio seguito ci sono sempre gli invincibili quattro, che senza che io avessi potere di decisione, mi hanno ormai preso come membro ufficiale nella loro banda.

"Che cosa pensate che ci sarà oggi per pranzo?" domanda Mason, mentre ci avviamo verso la mensa.

"Sborra di coniglio e zampe di rana" risponde Alan, fintamente serio.

"Ma ogni tanto non ti fai un pochino schifo da solo?" domanda Ben, contorcendo la faccia.

"Perché? Che hai contro la sborra di coniglio?"

"Grazie Alan, adesso avrò impressa a fuoco nella mente l'immagine di un coniglio che viene sul mio purè di patate. Ti odio" commenta Wade.

"Più passa il tempo e più voi quattro diventate inquietanti" replico io. Bleah, che razza di conversazione.

Alan sta per ribattere, quando il suo telefono suona e lo vedo aprire un messaggio.

"Bene, stasera festa a casa di Danny Pasticca" annuncia poi ad alta voce.

"Io passo" risponde prontamente Mason.

"Anche io" continuano Wade e Benjamin all'unisono.

"Non avevo dubbi" ridacchia Alan.

"Non capisco perché tu ci vada ancora, quelle feste finiscono sempre con qualcuno che collassa per aver bevuto troppi drink conditi con chissà quale schifo" osserva Mason.

"Perché, mio piccolo e ingenuo amico, il Whisky di Danny è una bomba e posso fregarglielo dalla vetrina una volta che è fatto"

"Chi è Denny Pasticca?" chiedo, curiosa. Dal nome penso si tratti di uno spacciatore e può essere una pista per le mie indagini.

"Biondo, smagrito, era in punizione con noi" dice sommariamente Alan. La mia mente si illumina e mi ricordo di una faccia antipatica e poco attraente. Si, decisamente uno spacciatore da quattro soldi. Forse però potrebbe nascondere una pista che non avevo considerato fino ad ora, pensandoci bene.

"Io voglio andarci" annuncio.

I quattro si voltano verso di me con gli occhi sgranati.

"Hai la febbre per caso?" mi domanda Wade.

"Sto benissimo"

"Tu odi le feste El, e di punto in bianco vuoi andarci?"

"Beh, potrei aver cambiato idea"

"Senti se vuoi andare ad una festa è ok, ma non a una di quelle di Danny, è pericoloso" sentenzia Mason, avvicinandosi a me.

"Quanto potrà essere terribile?"

"Non è così terribile, ma devi sapere come muoverti" mi dice Alan, "motivo per cui andremo insieme".

Sollevo un sopracciglio, confusa.Mason sbuffa sonoramente e scuote la testa. So che sono preoccupati, ma devo andare a quella festa. Se Sara ha avuto un qualsivoglia contatto con la droga devo saperlo.

"Bene, se va El allora vado anche io" sentenzia Ben.

"Che!?" esclamano Wade e Mason.

"Voglio assicurarmi che vada tutto bene" spiega il ragazzo.

"Beh.. Allora verrò pure io" lo segue Wade.

Gli sguardi del gruppo ricadono su Mason che una volta capita la situazione sospira e dà la sua approvazione. Grandioso. Ho delle guardie del corpo ora.

Ci fondiamo in mensa e poi finalmente, una volta finite anche le ore del pomeriggio, corriamo a casa. Passo il pomeriggio a cazzeggiare e a mangiare porcate, finché non arriva l'ora di rendermi presentabile per la festa. Se voglio raccogliere informazioni dovrò andare sul sicuro: tubino nero, stivaletto col tacco e rossetto rosso. Reel Payn, modalità investigatore.

Alle undici in punto i quattro spilungoni si fanno trovare davanti alla mia porta, pronti per partire per la festa. Mi sono fatta un sacco di viaggi su come sarebbe stato partecipare ad un droga-party e devo dire che le mie aspettative non sono state per nulla deluse: villetta niente male, un sacco di alcool, strisce di coca sui tavolini del soggiorno, pasticche che girano e chi più ne ha più ne metta.

"Wow" esclamo, appena arrivati sul posto, con aria piuttosto schifata.

"Alan ha portato gli amichetti stasera a quanto pare"

Una voce ci raggiunge appena varchiamo la soglia e riconosco subito il biondo magrolino della punizione. Ha già gli occhi bordeaux.

"E vedo che c'è anche una signora"

Sorrido forzatamente. Lui mi prende la mano e me la bacia. Dovrò disinfettarmi con l'acido.

"Godetevi la festa, belli. Invece, se la nuova arrivata gradisce, posso offrirle un tour veloce della casa"

Mio dio, cosa mi tocca fare. Menomale che ho dietro il mio spray urticante in caso di bisogno.

"Veramente Eleonore.." balbetta Mason, ma lo interrompo prima che mi rovini il piano.

"Con molto piacere!"

I miei quattro cavalieri sgranano gli occhi e mi osservano andar via con il tipo strambo prima che possano protestare.

Danny Pasticca mi fa fare un giro veloce della villetta, mentre barcolla è dice non so quante stronzate. Penso che tra poco sarà svenuto se continua così.

"Allora dimmi un po', è da tanto che vivi qui?" chiedo, con non-chalance.

"Da tanto? Ci sono nato baby!"

"Okaay, e quindi sai tutto di questa città"

"La maggior parte delle cose"

"Ho sentito dire che è scomparsa una ragazza qualche mese fa... Si chiamava Sara se non sbaglio.."

"Sara... Oh sì! Sarah Jones, la secchioncella da quattro soldi" commenta.

"Ssee.. Chissà che le è capitato.. stupro.. segreti.. droga"

"Droga? Sarah Jones!? Hahah divertente... Probabilmente non aveva mai neanche toccato una sigaretta quella ragazza"

"Quindi non è mai venuta da te?"

"Nah, non bazzicava in questo giro... D'altronde guarda con chi si era messa... Non c'entrava proprio nulla con la mia gente"

"Con chi si era messa?"

"Non lo sai? Il tuo amico... Il fratello di Nathan Bennet! Sarah era la sua ragazza"

Mason e Sarah?! Sul serio? Adesso che ci penso avevo notato una reazione strana di Mason quando ne avevo parlato in mensa, ma non pensavo fossero così legati.

"Grazie dell'informazione... Adesso credo che tornerò di là con gli altri"

Mi volto come se niente fosse e faccio per andarmene, ascoltando le proteste di Danny Pasticca, che probabilmente pensava di aver trovato il suo buco della serata. Devo approfondire la questione. Mason: sei il mio prossimo obiettivo.

20. SVELTINA IN FUMO

Dieci minuti. Sono stata via dieci fottuti minuti.

"Ma dove cazzo sono finiti quei quattro, santo dio" borbotto, in mezzo ad una marea di gente più di là che di qua. Credo che ci siano almeno una decina di droghe che girano per la stanza. Meglio che non me la prenda troppo, o rischio di far saltare la copertura ancor prima di aver raccolto informazioni utili.

Vago per la casa di Pasticca per almeno un quarto d'ora buono, ma non trovo nessuno di conosciuto. Che palle, mi tocca anche fare da baby sitter adesso. La gente mi cade addosso come se neanche mi vedesse e la cosa mi dà parecchio sui nervi. Quante sberle che vorrei distribuire in questo momento.

Esco fuori in giardino per prendere una boccata d'aria: questa festa mi ucciderà se non me ne vado tra poco.

Mi siedo su una delle sedie presenti nel giardino dello spacciatore di provincia, quando un suono strano attira la mia attenzione: non capisco se siano dei rantoli o un animale simile ad un facocero che sta cercando di esalare l'ultimo respiro.

Mi volto istintivamente verso la sorgente del rumore e i miei occhi ricadono su una coppietta, a pochi metri da me, che si sta strusciando beatamente.

Non faccio neanche tempo a rendermi conto della situazione, che gli occhi della ragazza ricadono su di me: la malcapitata caccia un grido di sorpresa, allontanandosi dal partner.

Rimango imbambolata a guardare la scena, indecisa se alzarmi e tornare dentro a quel covo di matti o se chiudermi a riccio facendo finta di essere in letargo.

"Cristo!" sento lui gridare, appena si accorge della mia presenza. La mia mente vaga ancora per qualche secondo, finché...

Momento, momento, momento. Io questa voce l'ho già sentita.

La ragazza raccoglie i suoi vestiti indispettita e scappa dentro casa come una furia, lanciandomi un'occhiata di fuoco. Ops.

"Hai intrapreso una carriera sessuale da guardona pervertita adesso, Brontolo?"

"La tua onnipresenza comincia davvero a spaventarmi" rispondo, squadrando Nathan dall'alto al basso. È a petto nudo e coi jeans aperti.

"Beh, mi hai fatto sfumare la scopata di stasera, per cui ora devi rimediare" mi prende in giro.

"Se provi a toccarmi giuro che ti sgretolo le palle con un pugno. E riallacciati quei pantaloni, non voglio sapere se sei felice di vedermi o meno" lo rimprovero.

"Sempre e gentile e delicata sua finezza reale"

Il ragazzo obbedisce e, in un piccolo momento di smarrimento morale, mio malgrado mi cade l'occhio su quello che sta facendo. Per fortuna o per sfiga però, un altro particolare attira subito la mia attenzione. Un livido gigantesco si espande sulle costole del ragazzo come una macchia di colpa.

"E quello come te lo sei procurato?" domando.

Per la prima volta sembra che la domanda lo colga alla sprovvista, e lo vedo tentennare per qualche attimo.

"Sono caduto dalla moto" dice, facendo spallucce.

Indago velocemente con lo sguardo: non sembra avere altri lividi, nè sui gomiti, nè sulle braccia. Certo, come no.

"Visto che non me ne importa più di tanto crederò a questa stupida scusa della moto senza chiederti dove sono il resto delle ferite, ma sappi che a mentire fai schifo"

"Sono davvero caduto dalla moto, fine della storia. E poi da quando hai questo particolare interesse per quello che mi capita?"

Un'ombra inquietante gli trapassa gli occhi per qualche secondo. Forse dovrei trattenermi nel dire quello che penso, ma dopotutto... Non è affatto nel mio stile.

" Partecipi ad ogni festa di questo paese sperduto nel nulla, le poche volte che ti ho visto tornare eri ubriaco fradicio e ti passi ogni sera una donna diversa... C'è qualcosa che decisamente non va nella tua vita"

"Ma che diavolo dovrebbe significare? Molti come me lo fanno"

"Si, ma non portano lividi misteriosi e non si arrabbiano se non credi alle bugie che ti raccontano"

Nathan riflette un secondo sulle parole che mi sono appena uscite di bocca.

"E una che preferisce i muri di casa sua al posto che stare con la gente, che è stramba e presa in giro da tutti per quello che fa che cosa ne dovrebbe sapere di *cosa non va* nella vita degli altri?"

Qualcuno si è offeso a quanto pare. Rimango a guardarlo per qualche secondo, il tempo che si renda conto delle scemenze che ha appena detto. Appena finisce di parlare infatti, sul suo viso compare una smorfia di stupore, misto a senso di colpa.

"Ecco, mi dispiace.. Io non volevo.."

Questo ragazzo è davvero strano, ma per una ragione che riesco ad intuire è più simile a me di quanto non sembri.

"Certo che quel livido deve fare davvero male" mi limito a commentare.

Mi alzo dalla sedia e faccio per rientrare, ma sento la mano di Nathan trattenermi.

"Ehi aspetta, mi dispiace sul serio"

Mi volto a guardarlo. La sua espressione è particolarmente contrita e penso che farebbe pena a chiunque.

"Se lasci che la tua rabbia ti divori, alla fine ti ritroverai a dover nuotare in un mare infestato dai pescecani senza le braccia e senza le gambe"

Lo lascio metabolizzare quello che ho appena detto e torno all'interno della casa dei tossici. Non so neanche io come mi escano certe perle, ma devo dire di essere fiera di me stessa. Ora però ho un problema più importante: trovare i quattro disagiati e tornarmene a casa.

Sarà una lunga notte.

21. IL CAVALIERE DI ELEONORE

"E guai a voi se provate a mollarmi di nuovo da sola in un posto del genere!" sbotto in faccia ai quattro disgraziati che hanno subito la mia collera fino ad ora.

"Te l'abbiamo detto, pensavamo ti stessi dando da fare con ..."

"Non dirlo! Mi viene ribrezzo solo al pensiero"

"Beh non è che tu abbia proprio un tipo di ragazzo ideale a cui possiamo fare riferimento per capire se ti piace qualcuno o meno"

Mi passo una mano sulla faccia in segno di disperazione. Mi manderanno al manicomio.

"Voi non dovete capire, mi bastava che aspettaste 5 minuti di numero"

"Beh, ma almeno te lo sei fatto o no?" domanda Alan, incuriosito.

Non so perché mi passa davanti agli occhi l'immagine di Nathan coi pantaloni slacciati. Stupidi ormoni adolescenziali.

"Certo che no, non voglio mica prendermi la mononucleosi sai?"

"Eppure sei tutta rossa in faccia" osserva Mason.

Spalanco la bocca per dire qualcosa, ma per la prima volta in diciotto lunghi anni non ho niente da dire. Incredibile. Mi sto rammollendo.

"Uuh, a quanto pare Eleonore si è presa una cotta per qualcuno alla festa" mi prende in giro Ben.

In casi di emergenza come questo c'è una sola cosa da fare: negare fino alla morte.

"Non è vero, è solo che ho bevuto un po' tutto qui"

"Dicono tutte così... Certo che proprio il drogato del villaggio.. Avevo troppe speranze nel tuo buongusto" bonfonchia Alan.

"NON È PASTICCA CHE MI PIACE, PIANTALA!"

I quattro si soffermano un secondo e vedo i loro minuscoli cervelli intenti ad analizzare quello che ho appena detto. Comincio a preoccuparmi quando vedo dei sorrisi maliziosi comparire uno dopo l'altro.

"Quindi avevamo ragione, c'è qualcuno che ti piace" ridacchia Wade.

"Eleonore è innamorata" gallineggia Ben.

"Adesso hai l'obbligo morale di dirci chi è" sorride maligno Alan.

Mason ride di gusto vedendo il mio spirito venire torturato in questo modo. Begli amici.

"La volete piantare? Non mi piace nessuno qui, e di sicuro non mi prenderò una cotta proprio mentre sto lavorando!" mi rendo conto delle parole che mi sono uscite dalla bocca solo quando ormai ho gli occhi dubbiosi dei quattro addosso come delle calamite.

" Lavorando? " ripete Mason.

" Beh sì, lavorando. Mi sto impegnando tanto per la scuola e per ambientarmi e non voglio rovinare tutto. È un lavoro faticoso"

Salvata in corner.

"Sarà anche una rottura, ma ai sentimenti non si comanda" mi risponde Alan.

"Già, se ti sei presa una cotta non è colpa di nessuno e non è detto che sia un male" mi sorride Mason.

Sospiro. Ormai si sono fissati. Non arretreranno mai.

"Tanto non ve lo dico chi è"

Questo li terrà impegnati. Per un po' dovrebbero lasciarmi in pace.

"Ma come!?"

"Adesso devi dircelo!"

"Avanti, così non vale!"

"E poi possiamo aiutarti a fare la tua prossima mossa!"

A quanto pare la mia decisione ha sortito l'effetto contrario, per cui la piccola me interiore si sta lentamente disperando e sta pregando nostro Signore che questo supplizio da interrogatorio di quart'ordine finisca in fretta.

" Non vi dirò niente, così imparate a lasciarmi da sola"

Addento il mio Mcchicken con tutta la foga che il cibo mi fornisce. Dopo una serata del genere non poteva mancare una sosta da McDonald alle tre del mattino. Non so come farò ad andare a scuola domani, ma di sicuro sarà una bella rogna.

Non faccio in tempo a gustare tutto il mio panino che una voce tremendamente assillante mi perfora i timpani.

Vicino alla nostra auto accosta un altra macchina, con a bordo quattro persone. Alla guida c'è niente poco di meno che il fratello malvagio di Mason, che naturalmente è passato da ragazzo oscuro e tormentato a galletto della serata in meno di cinque minuti dopo esserci parlati. Non avevo dubbi. Al suo fianco una Juliette trionfante ci squadra dalla testa ai piedi e sembra volermi trafiggere con lo sguardo. Si brava, hai vinto, ti stai per fare Lupin, tutti contenti.

"Ciao ragazzi! Anche voi qui"

Io la devo uccidere prima o poi. Devo controllare se tra le scorte ho ancora un po' di veleno.

"Ciao anche a te cosa" borbotto.

"Cos'è, visto che non hai concluso niente stasera ti ammazzi di hamburger per non pensare alla tua disastrosa vita sessuale?"

Mentre dice questa boiata gigantesca Nathan scende dall'auto e le si affianca.

"Sempre che ci sia qualcuno in grado di sfondare quel muro di arroganza e convinzione che ti ritrovi al posto della personalità" conclude poi.

"Quella bibita che ti ho rovesciato in testa non è stata sufficiente a far tornare il tuo cervello dal mondo dei morti vedo. Non che avessi particolari speranze" rispondo a tono, bevendo un sorso abbondante di coca cola.

"Veramente qualcuno che le interessa c'è eccome" se ne esce Ben, cercando di fare un'uscita trionfale per zittire Juliette.

Per poco io non mi strozzo, vomitando la coca cola dal naso e cominciando a tossire come una tossica. Ma che cazzo gli è preso!?

Alan termina un polmone di Ben con una gomitata in una costola, ma ormai il danno è bello che fatto.

"Ma davvero?" chiede Coglionathan, con un sorriso compiaciuto sulla faccia.

"Sicuramente sarà qualche sfigato di terza categoria. D'altronde è il massimo che ti puoi aspettare"

"Oh avanti non può essere così male"

"MI SONO APPENA RICORDATA DI ESSERE LESBICA. ANDIAMO A CASA!?" strillo come una papera isterica.

I miei quattro accompagnatori si fiondano in macchina, e io li seguo a ruota. Di male in peggio. Cos'altro potrebbe andare storto in questo paese di pecorai?!

22. QUELLA POVERA BAMBINA

"Salve, cerco la signora Jones"

"Si, sono io"

Stamattina ho saltato la scuola, ed ho deciso di mettermi all'opera come agente ufficiale. Non concluderó niente se non mi metto a scavare a fondo alla questione, anche perché ho già perso praticamente sei settimane. Nel frattempo ho dovuto consolidare i rapporti con gli altri e devo dire che adesso dovrei aver più o meno ottenuto la loro fiducia. Ora che la base è salda però, è il momento di mettersi sotto.In più sarà un'ottima occasione per rimanere distante dal focolaio che si è creato nel frattempo sulla questione "*chi è il misterioso cavaliere di Eleonore*". Non mi hanno lasciato in pace un secondo da quando ho osato dire quelle parole, ma io non mollo. Figuriamoci se ho tempo per certe cose.

"Reel Payn, FBI"

Estraggo il mio tesserino e lo mostro alla donna, che mi fa cenno di entrare. La casa di Sarah è una villetta come la mia, dall'arredamento semplice e dal gusto rustico.

"Mi scusi se l'ho disturbata in mattinata, magari aveva da fare signora Jones"

"Oh tranquilla cara, per mia figlia questo ed altro. Quando hanno detto che avrebbero mandato qualcuno ad investigare non credevo che si trattasse di una ragazza così giovane!" esclama. Sembra calma, ma la voce traballa leggermente. Povera donna.

"Devo farle delle domande riguardo a Sarah, come immagino abbia intuito. Per caso nell'ultimo periodo aveva notato qualcosa di strano?"

"Come ho già detto ai suoi colleghi, purtroppo no. Sarah era sempre la stessa. Ho provato a parlare col preside, con i professori, ma a loro non risulta che a scuola fossero successe cose eclatanti"

"Capisco... Può parlarmi del suo rapporto con Mason Bennet? Se non sbaglio mi risulta che i due stessero assieme prima della scomparsa di sua figlia"

"Mason.. Sarah lo adorava. Stavano insieme da pochi mesi, ma non l'ho mai sentita piangere o lamentarsi di lui. Aveva cominciato ad uscire più spesso e sembrava felice"

"I suoi voti erano buoni?"

"Certo, non erano cambiati di una virgola. Sembrava davvero che tutto stesse andando per il meglio"

Una pista inutile insomma.

"Quando si è accorta che la ragazza era scomparsa?"

"Una mattina di sei mesi fa. Era uscita con le amiche la sera precedente e alla sera non era rientrata. Pensavo si fosse fermata a dormire da una di loro, ma facendo un giro di telefonate e cercando di contattarla non ero riuscita a rintracciarla. Ho avvertito la polizia.. E questo è quanto"

"D'accordo... È una domanda scomoda, ma glielo devo chiedere: conosceva Ivan Patrov, l'uomo addosso a cui è stato rinvenuto il telefono di Sarah?"

"No, assolutamente... Non so neanche come ci sia finito lì"

La sua voce si incrina sempre di più e capisco che siamo arrivati al limite. Un genitore che sopravvive al figlio è uno degli scenari più raccapriccianti di questa terra.

"La ritroverete?" mi chiede la donna di punto in bianco.

Lì per lì rimango un attimo interdetta e ci metto qualche secondo a rispondere. Non è una situazione per niente semplice.

"Lo spero. Faremo il possibile"

So di stare mentendo spudoratamente. Dopo 24 ore di sparizione è altamente improbabile che la persona scomparsa venga ritrovata viva e vegeta. Questa donna però adesso non può sopportare la verità di sicuro, per cui è meglio così. Il mondo è un posto brutto dove vivere.

"Sai, tu me la ricordi molto"

"Davvero?"

"Aveva anche lei il tuo stesso sguardo"

Rimango in silenzio e rispetto l'osservazione della signora Jones. Non è il momento di interromperla.

"Posso abbracciarti?"

Per un attimo non so che cosa dire. Non è nel mio stile, ma dato che si tratta di una situazione particolare farò un piccolo strappo alla regola.

"Certo"

Non faccio neanche in tempo a finire di parlare che la donna mi si lancia addosso e comincia a piangere a dirotto.

"La mia bambina.. La mia povera bambina.."

Mi lascio avvolgere da quell'abbraccio di disperazione. È una sensazione che mi sembra di aver già visto.

"Quella povera bambina..."

Sì. Così dicevano di me. È quello che ho sentito mentre davanti a me vedevo solo un mucchio fumante di resti bruciati.

Scaccio dalla mente i ricordi dolorosi e sento la donna sciogliere l'abbraccio.

"Grazie mille per il suo tempo signora Jones. Le farò sapere qualcosa appena avrò delle informazioni"

"Grazie Reel. Chiedo scusa per l'abbraccio, mi sono lasciata andare"

"Non si preoccupi. Certi sentimenti è meglio condividerli che tenerseli tutti per sé. Ti possono divorare in un sol boccone"

Detto questo saluto la signora Jones e mi fiondo fuori dalla porta. Non pensavo che un incontro del genere potesse far riemergere certi ricordi.

Mi accarezzo i capelli bianchi. Forse è meglio che non ci pensi più.

23. SEGRETI DI FAMIGLIA

Ho passato tutta la giornata a scartabellare fogli di carta inutili sul caso di Sarah, alla ricerca di qualcosa, anche di non cruciale, che potesse tornarmi utile. Ho tracciato una mappa dei suoi spostamenti ma c'è un buco temporale nella vicenda. Le amiche dicono di averla vista andare via dal locale in cui si trovavano alle 23.30 per andare da Mason, ma dalla testimonianza del ragazzo sembra che Sarah non sia mai arrivata al punto di incontro prefissato. Ho disegnato un percorso probabile dal punto di incontro al locale. Credo che nei prossimi giorni andrò a dare una controllata.

Il mio piccolo cervello sta per esplodere dalla fatica, per cui decido di uscire a fare la spesa per calmarmi. Non una telefonata, non un dettaglio… Potrebbe essere stata un'aggressione da parte di uno sconosciuto, ma allora perché il cellulare lo aveva Ivan, che si trovava addirittura in un altro stato? Che macello.

Entro nel supermercato e cerco di concentrarmi su una delle cose più importanti al momento: il mio non deperimento per la fame. Compro un po' di schifezze e mi occupo poi di racimolare anche alcune cose sane come verdure varie, uova e carne.

Esco dal supermercato trionfante, felice che nessuno sta volta mi abbia rotto le scatole, e mi avvio tranquillamente verso casa. Chissà se riuscirò a venire a capo della questione in tempi brevi o se ci vorrà più del previsto. Alzo il cappuccio della mia felpa e mi infilo le cuffie. Ho bisogno di pensare.

Ad un certo punto il mio sguardo distratto ricade su un piccolo Lupin sperduto, che sembra aver marinato la scuola stamattina.

Mi fa quasi impressione avere le stesse sue idee in testa. Raccapricciante.

A quanto pare non è da solo: sta parlando con un uomo sulla sessantina, che assomiglia molto a Walter White di *Breaking Bad*. Altra cosa inquietante. Sembra che i due stiano discutendo animatamente. Non ho intenzione di intromettermi, non sono affari miei.

Ad un certo punto però una scena che sembra quella di un film mi fa rizzare i capelli: di punto in bianco l'uomo molla una cinquina ben assestata al ragazzo, che sembra... Non voler reagire? Con la rapidità di qualcuno che sicuramente non dovrebbe avere cinquanta e passa anni per come si muove, un calcio nello stomaco ben assestato fa cadere Nathan a terra. Ha uno sguardo strano e sofferente.

Di istinto mi nascondo dietro ad uno dei cespugli presenti sulla strada e aspetto che la scena finisca. Accidenti, ma perché sempre io devo raccattare gente per strada?!

L'uomo se ne va senza voltarsi, ed entra in una macchina parcheggiata lì vicino, per poi partire, lasciando il ragazzo per terra come un sacco di patate. Santo Dio. Appena sono sicura che il malvivente si sia dileguato esco dal nascondiglio e corro verso Lupin, mollando per strada le buste della spesa.

"Ehi, stai bene?! Dì qualcosa!"

"El.. Eleonore.." balbetta, stringendosi le braccia allo stomaco. Almeno è cosciente.

"Non dovresti essere qui" riesce poi a dire, appoggiando la testa a terra e chiudendo gli occhi.

"La parola giusta è *grazie*, razza di idiota. Andiamo al pronto soccorso immediatamente. Dove hai la macchina?"

" No, niente pronto soccorso"

"Che!? E vuoi rimanere così!? Almeno ti porto a casa dai tuoi se proprio hai fifa degli ospedali! "

"No, lascia stare. Andiamo da te per favore"

Richiesta più che insolita per uno mezzo morto per strada.

"Ehhh.. Io ti porto a casa mia, ma poi mi spieghi cosa diavolo sta succedendo, con tanto di particolari. Avanti, dov'è l'auto?"

Nathan apre gli occhi e fa un piccolo cenno con la testa indicando al di là della strada.

Vedo la sua moto parcheggiata sul ciglio della strada. Oh, perfetto. Sbuffo violentemente. Non posso mai stare tranquilla.

" E va bene.. Andiamo bellimbusto"

Lo aiuto ad alzarsi e lo carico in spalla mettendo un suo braccio intorno al mio collo. Cristo se pesa.

"La sai guidare almeno?"

"Tu non preoccuparti"

"Con te mi preoccupo sempre"

Arriviamo alla moto e in qualche modo riesco a farlo salire e a far partire il bolide. Con un'accelerata un po' esagerata partiamo alla volta di casa mia. All'ultimo mi ricordo di aver lasciato tutte le borse della spesa in mezzo alla strada e mi maledico da sola. Cinquanta dollari buttati nel cesso.

Giunti a casa Parker mollo malamente la moto del malcapitato in giardino e lo trascino fin dentro casa, facendolo stendere sul divano e andando a raccattare del ghiaccio dal freezer.

Riesco per fortuna a trovare la borsa ghiacciata per le botte e lo raggiungo, appoggiandogliela sulla parte del torace che sembra fare più male.

"Aspetta"

Lo vedo cercare di togliersi la maglia in malo modo, senza riuscire a muoversi senza sentire dolore.

"Ti do una mano"

Prendo i lembi della maglia e la sollevo piano piano, riuscendo a sfilarla senza troppi problemi. Appena mi rendo conto di ciò che è appena successo però, sento un gong tibetano rimbombare nei miei circuiti inferiori e le guance mi vanno improvvisamente a fuoco.

"Sei una persona crudele Brontolo, non si fanno pensieri erotici su chi è appena stato malmenato"

"Se non la smetti subito verrai malmenato due volte"

Devo cercare di dominare i miei istinti. Dopotutto lui è sempre Lupin. NON MI AVRAI MAI, PUBERTÀ!

"Invece di fare il cretino, spiegami che cosa sta succedendo di grazia. Chi era quell'uomo?"

Nathan si blocca un secondo ed abbassa lo sguardo.

"Mio padre"

Sgrano gli occhi dalla sorpresa.

"Cioè mi stai dicendo che tuo padre ti ha malmenato e ti ha lasciato a crepare per strada?"

Mi è uscita male, lo ammetto.

"I miei si sono separati da poco... Mio padre aveva sempre avuto problemi con l'alcool e mia madre ha avuto il coraggio dopo tanto tempo di lasciarlo, ma le cose sono peggiorate. Cerca di entrare in casa, ci pedina, e cerca di convincerci a farlo tornare. Ogni volta che gli viene risposto di no ha questo tipo di reazioni"

"E tu non vuoi tornare a casa perché non vuoi che tua madre ti veda conciato così"

"Non vorrei che pensasse di aver sbagliato a mandarlo via di casa. Non deve tornare per nessun motivo"

"Capisco.."

"Ah, una cosa importante. Mason non deve venire a sapere quello che è successo oggi, chiaro?"

"Ma lui è tuo fratello!"

"Lo so, ma non è una cosa che deve toccarlo. Me ne occuperò io"

"Non puoi combattere una guerra da solo Lupin, rischi di rimanerci secco"

"Se è quello che serve per proteggere la mia famiglia lo farò"

Mi scappa una risata isterica dalla bocca.

"Tu credi che la tua famiglia abbia bisogno di questo? Di un cadavere? La tua famiglia ha bisogno di te, ma non nel modo che credi. Adesso riposa. Stai delirando"

"Non hai mai avuto qualcuno per cui daresti la vita?"

"No, ma ho avuto qualcuno che l'ha data per me. Quello che ti rimane è un pugno di cenere in mano"

Un momento di silenzio interrompe il nostro discorso.

"Sei triste per quella persona?"

"No, sono arrabbiata. Perennemente arrabbiata"

"In un certo senso ti capisco. La rabbia è la tua arma migliore"

"È un'arma a doppio taglio Lupin. Io non ci scommetterei per vincere una guerra"

"Che bella la vita eh"

"Nonostante tutto, non sai quanto"

Vedo il ragazzo tirarsi su ed appoggiarsi allo schienale del divano.

"Sei una persona strana Brontolo"

"Che tu ci creda o no, me lo dicono spesso"

"Posso farti una domanda?"

"Dica"

"Per chi è che ti sei presa una cotta?"

Il gong tibetano suona sempre più forte e io sono fermamente che tra poco potrei avere un collasso cardiaco.

"Per nessuno, era una palla. E ti sembra il momento di pensare a queste cose?!" mi affretto a dire, rimproverandolo.

"Almeno mi distraggo un po'. Perché ho l'impressione che tu mi stia spudoratamente mentendo?" sorride sornione.

"Perché sei egocentrico, semplice"

"E tu sei un nano da giardino, ma io non te lo ricordo ogni cinque secondi Brontolo"

"Chi sarebbe il nano da giardino, pallone gonfiato?"

"Uuh, il piccolo troll tira fuori gli artigli"

"Sei un deficiente come sempre, anche da ammaccato"

"Un deficiente che ti piace, ammettilo"

"Piuttosto mi privo di un arto"

"Solo perché non lo ammetti non significa che non sia vero"

"Oggi vuoi proprio essere pestato più volte vedo"

"No, ma una cosa che voglio da un po' c'è"

Non faccio in tempo a replicare che con una mano dietro al collo mi attira a sé e la distanza tra le nostre bocche si annulla in un secondo. Il mio gong tibetano si è definitivamente staccato dalla sospensione e sta rotolando giù per una montagna continuando a suonare. Per quanto io voglia sentire silenzio ed interrompere questa pazzia, non riesco a fermarmi. È troppo.. Bello?

Le nostre lingue si intrecciano e il mio cuore comincia a battere più forte. Per quanto la situazione sia strana, riesco ad avvertire il ritmo del respiro di Nathan contro al mio petto. È disperato e voglioso. Identico al mio.

Lo sento afferrarmi una coscia con un braccio e mi fa salire cavalcioni su di lui. Per una volta il mio cervello sembra abbia spento tutti i freni inibitori e ciò che provo è solo un grande brivido di eccitazione. Sento la sua mano accarezzarmi la schiena e i fianchi, per poi scendere rapidamente. Non so perché, ma questa fretta non mi dispiace affatto. È tutto estremamente sbagliato, ma mi piace un sacco.

Il mio ultimo briciolo di pudore mi saluta definitivamente quando la sua mano è ormai dentro alla mia biancheria. Lo sento avvicinarsi sempre di più, mentre il mio corpo si adatta a lui come se fosse la cosa più naturale del mondo.

Sento entrare le sue dita dentro di me e muoversi sinuosamente con fare esperto. Mi scappa un mugolio di piacere e col bacino lo incito a continuare. La sua mano sembra controllarmi senza fatica, facendomi desiderare di averne sempre di più, ma come la vita ci insegna sempre, la magia delle favole è qualcosa di fugace, che si dissolve col niente.

Sento il mio telefonino vibrare e la suoneria mi riporta alla realtà come un incudine di ferro sulla testa. MA CHE DIAVOLO STO FACENDO!?

"Porca troia!" esclamo, togliendomi subito da quella posizione imbarazzante. No, no, no questo non sarebbe dovuto succedere mai. Accidenti, ma perché mi sono lasciata convincere a portarlo qui, accidenti! E poi quella cosa... Non dico che non mi sia piaciuta, ma... Accidenti!

"Se lo racconti a qualcuno ti ammazzo" concludo, prima di rispondere al cellulare, cercando di non far trasparire l'agitazione e la crisi in cui sto lentamente scivolando.

Accidenti a me.

24. RITIRATA STRATEGICA

La mattina dopo

Entro a scuola avvolta in una sciarpa gigante e in un cappuccio altrettanto gigante. Sono bordeaux in faccia da ieri e probabilmente, come era prevedibile, Lupin mi ha attaccato qualche malattia venerea grazie alla sua saliva sudicia. Dopo averlo praticamente sbattuto fuori di casa ci ho riflettuto molto, e sono arrivata alla conclusione che collimare con il buon Nathan sarebbe solo una perdita di tempo per la mia missione, perciò ho deciso di non dare importanza a ciò che è successo ieri e di evitarlo alla massima potenza, anche perché vorrei evitare brutte sorprese. Il problema che non avevo considerato è stato il guardare in faccia Mason senza pensare all'accaduto. Sono stata un'imbecille e adesso ne sto pagando le conseguenze.

"Sei sicura di stare bene El?" mi domanda Alan, per la trecentesima volta.

"Benissimo, sto benissimo" borbotto.

"Beh non sembra affatto, sei un ammasso di coperte che cammina in pratica" commenta Wade.

"Ve l'ho detto, probabilmente mi sto ammalando e non voglio infettare nessuno"

"Si, ma così è esagerare" ridacchia Mason.

"Ehi Brontolo, ti sei dimenticata di uscire dal piumone stamattina"

No, e che cazzo. Perché me lo ritrovo sempre fra i piedi!?

Mi volto e vedo un Nathan imponente alle mie spalle, che mi guarda con un sorriso beffardo. Di colpo sento le ginocchia pesanti e decido di mettere in atto il comportamento più maturo e più adatto a quel momento per non destare sospetti: scappo a gambe levate, chiudendomi nel primo sgabuzzino disponibile. Dopo cinque minuti buoni sento qualcuno bussare alla porta. Non c'è verso di essere lasciati in pace stamattina.

"Ehi El, senti, sei sicura di stare bene? Possiamo entrare?" chiede la voce di Mason.

"Ehm, no sto bene, mi sono solo ricordata di dover cercare una cosa per il prof di ginnastica, voi andate avanti, tra poco comincia la lezione"

Li sento borbottare da dietro la porta e i loro passi si allontanano incerti. Eppure è rimasta ancora un'ombra di scarpe da ginnastica sotto la porta. Senza neanche chiedere, Coglionathan spalanca la porta e mi osserva confuso.

"Capisco la ritirata strategica, ma non ti sembra di esagerare?"

"Vattene, non voglio essere stuprata di nuovo col rischio di prendere la sifilide o chissà che altro, aria giovine!"

"Ma sei impazzita per caso? Mi dici che ti prende? Ieri non ti è dispiaciuto per niente"

"Balle"

"Puoi mentire a me, ma sappiamo bene che se avessi avuto qualcosa da ridire lo avresti fatto con la lingua lunga che ti ritrovi"

"È stato un incidente di percorso, non si ripeterà. E comunque no che non mi è piaciuto" borbotto.

"Ah sì? Ne sei sicura?"

"Certo che ne sono sicura"

"Quindi se io cercassi di baciarti di nuovo mi fermeresti?"

"Certo, ci mancherebbe"

"Bene, proviamo"

"Che!? No, asp-"

Mi attira a sé, richiudendosi la porta alle spalle, e sento la sua lingua infilarsi insidiosa nella mia bocca e intrecciarsi con la mia. Non andrà a finire bene. Mi afferra i fianchi e i nostri bacini combaciano in una danza a cui i miei sensi di ragno non sono affatto immuni. Il mio circuito inferiore prende fuoco e logicamente tutti i miei buoni propositi vanno a vongole in cinque secondi.

Le labbra di Nathan si staccano dalle mie e scendono lungo il mio collo, cominciando a baciare e succhiare. Mi sembra di essere una bambola di pezza, ho la gambe di budino e non riesco a dire niente. Ma che diavolo mi succede!?

Ad un certo punto però la magia finisce di colpo, perché Lupin si stacca all'improvviso e mi sorride malefico. Oh no, che cosa ho fatto.

Apro la bocca per dire qualcosa, ma dalla mia gola non esce niente. Solo aria e tanti pensieri confusi.

"Bene, ora tocca a te"

"Come scusa!?"

"Come abbiamo appena dimostrato non è vero che non ti piaccio, hai solo paura di ammetterlo, per cui da esperto quale sono ti ci lascerò riflettere. Nel frattempo ti ho lasciato un regalino di ringraziamento per aiutarti a decidere meglio" sorride.

"Tu sei uno psicopatico, sappilo"

"Prima o poi lo accetterai, su non farla così tragica"

"Ma col cavolo!"

"Sono uno paziente, aspetterò che sia tu ad esplodere e a venire a cercarmi"

"Che!? Ma levati!"

Lo scanso in malo modo ed esco dallo sgabuzzino, lasciandolo lì come un ebete. Io che cerco lui!? Si, certo, come no!

Mi infilo in bagno per cercare di sistemare il sistemabile, e appena mi tolgo la sciarpa capisco cosa intendesse per" regalino" di ringraziamento. Un succhiotto viola mi copre una parte considerevole del collo, senza lasciare spazi indiscreti.

È ufficiale. Lo detesto.

25. RINCHIUSA

Mi rotolo sul letto per l'ennesima volta, rileggendo continuamente fogli su fogli, cercando di venire a capo di un mistero che sembra impossibile da risolvere.

Ho deciso di chiudermi in casa per qualche giorno anche per evitare altri scherzi di Nathan, soprattutto perché da quando ha cercato di violarmi ho degli strani sintomi, e vorrei evitare di diffondere qualsivoglia germe mi abbia passato. Sudorazione, palpitazioni, risatine isteriche: terribile insomma. In più sto venendo inondata di domande dai quattro spilungoni, e non voglio assolutamente dover spiegare a Mason ciò che è successo, anche perché proprio non saprei come fare. Ho provato a pensar i diverse volte nell'arco dei giorni, ma sono arrivata alla conclusione che *si ciao, ascolta, guarda che mi nascondo negli sgabuzzini urlando perché tuo fratello cerca giornalmente di stuprarmi* non sia un buon modo per esternare il mio disappunto. Ho deciso dunque di limitarmi alla commiserazione e al rimprovero mentale su quanto io sia stata cerebrolimitata nel ficcarmi in questa maledetta situazione mentre sto lavorando. Premio Oscar e nomina in direttissima come sindaco di Cogliontown.

Messaggio in "BelCulo" *da Penecentrico*

<< Stasera festa da Marcus. Niente lagne. Vi passo a prendere per le 22.00>>

Messaggio in "BelCulo" *da GemellopsicopaticoWade*

<< Ci vuoi andare solo per farti Cristina, ammettilo>>

Messaggio in "BelCulo" *da Penecentrico*

<<E chi lo nasconde? Ha due tette da favola>>

Messaggio in "BelCulo" *da me*

<<Sei veramente inquietante>>

Messaggio in "BelCulo" *da GemellopsicopaticoBen*

<<Tu non hai intenzione di farti vedere El? "

Messaggio in "BelCulo" *da me*

<<No, sto ancora male>>

Messaggio in "BelCulo" *da ChitarristaRumoroso*

<<È per questo che hai ordinato cinese take away ieri sera? Ahah>>

Messaggio in "BelCulo" *da me*

<<Ho anche le spie ora?! >>

Messaggio in "BelCulo" *da Penecentrico*

<<Ahh sento puzza di guai. Sputa il rospo donzella>>

Messaggio in "BelCulo" *da me*

<<Non avevo voglia di venire a scuola, tutto qui>>

Messaggio in "BelCulo" *da Penecentrico*

<< E privarti della nostra compagnia? Non sei credibile. Fuori gli altarini! >>

Messaggio in "BelCulo" *da me*

<< Sto evitando una persona, niente di serio, e basta con le domande! >>

Messaggio in "BelCulo" *da Penecentrico*

<<Il cavaliere misterioso che ti ha rapito il cuore? >>

Messaggio in "BelCulo" *da me*

<<Certo che no! >>

Messaggio in "BelCulo" *da GemellopsicopaticoBen*

<<Oh, quindi è una cosa seria. Avete già concluso e lui ti ha scaricato? Lo picchiamo noi se vuoi>>

Messaggio in "BelCulo" *da Penecentrico*

<<Io sono disposto a consolarti se ti va. C'è un altro po' di spazio nel mio letto oltre a quello per Cristina>>

Messaggio in "BelCulo" *da me*

<<Che esagerati...>>

Messaggio in "BelCulo" *da ChitarristaRumoroso*

<<Forse dovresti uscire un po' per distrarti. Vieni con noi, le feste sono l'ideale per i drammi amorosi>>

Messaggio in "BelCulo" *da me*

<<Io non sono in un dramma amoroso!>>

Messaggio in "BelCulo" *da Penecentrico*

<<Se hai saltato la scuola c'è per forza di mezzo un dramma amoroso. Per le 22 siamo da te. Sta volta vedi di non venire in pigiama, mettiti qualcosa di decente>>

Messaggio in "BelCulo" *da me*

<< Vi odio >>

Metto giù il telefono e sbuffo sonoramente. Sembra che le persone intorno a me abbiano tutte la telepatia. Spero di non mettermi più nei guai di quanto io non lo sia già.

Decido di assecondare le richieste dei quattro psicopatici e di prepararmi per il grande evento. Non vorrei dovermi ritrovare un'altra volta al centro di un rave in ciabatte e pigiama. Tutte le volte che penso che qualcosa non possa andare peggio capita sempre un casino, per cui penso che prima di uscire stileró una lista di varie ed eventuali che potrebbero capitare: attacco terroristico, polizia che irrompe in casa, io che vomito addosso alla polizia che ha fatto irruzione in casa. Spero almeno di tornare a casa con le mutande addosso in poche parole.

26. MALINCONIA

Sono seduta su uno dei tavoli a bordo piscina da sola, a sorseggiare il mio Gin Tonic, e a godermi lo schifo delle generazioni del mio tempo. Gente che si slingua, gente che si denuda, gente che si butta in acqua. Tutto regolare.

"Ehi bellezza, vieni a ballare?"

"No grazie"

"Avanti, balla con me"

"Ho due gambe, se avrò voglia balleró da sola, grazie"

Il malcapitato se ne va via borbottando qualcosa di cui non mi preoccupo. Vorrei capire qualcosa in più su che cosa pensano quelli della mia età nella norma, ma proprio non ci riesco. Mi sembrano un branco di scimmie mononeuroniche.

Mentre osservo la grande folla, mi scappa un'occhiata verso il retro della casa,e infilato in un angolino vedo Mason, seduto a fissare il vuoto. Mio dio, si è calato qualche acido?! E adesso chi guida?!

Vado verso di lui per controllare che sia tutto a posto, ma più mi avvicino e più mi accorgo che più che fattanza quella che ha negli occhi assomiglia molto ad una malinconia mal curata.

"Ehi bellimbusto. Non suoni più?"

Lui mi sorride, rifilandomi una specie di occhiata di scuse.

"Pausa di ripiglio"

"Capisco. Che hai?"

"Queste serate sono belle, ma riportano alla mente delle cose certe volte"

"Delle cose?"

"Cose brutte"

Mi vado a sedere lentamente vicino a lui. Forse ci siamo.

"Ti riferisci a Sarah?"

"Le voci girano in fretta eh?"

"Da un po' ormai, ma non volevo farmi i fatti tuoi"

"Fidati, non sei tu il problema in questo posto"

Gli accarezzo una spalla e lo vedo perdersi di nuovo nei suoi pensieri.

"È colpa mia"

"Come?"

"Stava venendo da me. Sarei dovuto andare a prenderla io, non avrei dovuto lasciare che andasse da sola. Sono un imbecille. È colpa mia se è sparita"

"Quando perdiamo qualcuno che amiamo è normale sentirsi così. Solo il tempo può guariti, ma mettila così: da adesso puoi percorrere due strade. Puoi continuare a pensare che sia colpa tua e commiserarti fino alla morte, o puoi imparare qualcosa"

"Sempre molto diretta"

"La vita di per sé è diretta. Se ci trattiamo coi guanti, quando andremo a sbattere farà ancora più male"

"Sagge parole... Ehi El, posso farti una domanda?"

"Dimmi"

"Come hai fatto... Quando sono morti i tuoi?"

E bravo ragazzo. Ha capito dove colpire.

"Non ho fatto. Semplice. Sono ferite che rimangono aperte, ma ci fanno diventare un pochino più grandi e un pochino più consapevoli"

Mason apre la bocca per dire qualcosa, ma veniamo interrotti da Alan, che arriva urlando e barcollando verso di noi. Grandioso.

"*No ragassi non potteette capire*"

"Ma sei ubriaco?"

"Questo cocktail è *potentiiissimo*. Assaggia fra"

Mason osserva il bicchiere mezzo vuoto tenuto in mano dal cretino ubriaco. Fa per allungare la mano, ma io lo fermo immediatamente.

"Assolutamente no"

"Perché? È solo un cocktail"

"Devi guidare, e poi non si beve quando si è tristi"

"Io.. Non sono triste" prova a dire il ragazzo, con la convinzione nascosta sotto ai piedi.

"Ho detto di no"

"Per l'amor del cielo, è mezzo bicchiere, che potrà mai farmi?"

Che palle quando la gente non capisce. Afferro il bicchiere e lo trangugio tutto in un sorso.

"Ma.. El! Che fai!"

"Così non sarai tentato"

"Brava bimba, così si fa!" gracchia l'ubriaco, appendendosi a me in malo modo. Lo scanso con fare piuttosto schifato, e afferrò Mason per un braccio.

"Dai andiamo"

"Dove?"

"Andiamo a ballare no? È una festa"

Pretendo una laurea ad honorem in psicologia dopo quello che sto per fare. Mi lancio in pista con Mason al mio seguito, nonostante praticamente ogni neurone presente nella mia testa mi stia dicendo di non farlo assolutamente. Accidenti a me.

Comincio a muovermi a caso, cercando di ballare e riuscendoci in malo modo. Vedo comparire un sorriso divertito sulla faccia di Mason e finalmente si scioglie un po'. Missione compiuta.

Nei minuti successivi cerco di stare con lui il più possibile, finché non mi accorgo di una strana sensazione: le mie gambe hanno iniziato a diventare molli e mi sento rincoglionita totalmente. Ma che cazzo succede?

Faccio segno a Mason di aspettare e cerco il bagno per stare un attimo da sola. Davvero quel cocktail era così forte?

Riesco non so come ad arrivare al bagno e appena rivolgo lo sguardo allo specchio noto che vedo tutto completamente sfocato. Cazzo.. Non mi dire che era drogato?!?

Ottimo. Adesso sono anche fatta di acidi. Perdo la connessione tra i pensieri lentamente, e mi siedo sul water per cercare di restare quantomeno vigile. Ho un caldo pazzesco, e mi sento svenire. Mi tolgo la maglietta e i pantaloni goffamente e non so per quale preciso motivo rimango in biancheria. Sono sull'orlo di un collasso probabilmente.

Sento i miei pensieri sfilacciarsi totalmente e ad un certo punto sento l'impellente bisogno di uscire dal bagno.

E poi il nulla.

27. ABBIAMO FATTO UN'ORGIA?

Vedo sprazzi di immagini sconnesse, che non riesco a capire da dove vengono. Prima mi vedo in piedi su un tavolino, poi subito dopo vedo la faccia di Lupin abbastanza infastidita. Mah.Mi sento girare tutto e sembra che qualcuno mi stia portando sulle spalle da qualche parte. In questo momento non me ne importa niente. Vedo le facce di tutti gli altri che mi sorridono, ma non riesco a capire se siano immagini separate o se siano tutte insieme.

Apro lentamente un'occhio e mi accorgo di aver recuperato la mia sanità mentale. Non so dove sono: so solo che probabilmente deve essere mattina dato che il sole mi sta praticamente accecando. Quando mi ricordo che cosa è successo apro anche l'altro occhio, e cerco di alzarmi lentamente. Una fitta lancinante mi attraversa la testa. Ottimo, mi sono fritta il cervello. Mi guardo intorno: sono nella mia stanza, e la cosa mi tranquillizza molto. Ho il letto tutto disfatto e sembra che mi sia passata sopra una macchina schiacciasassi. Perfetto.

Mi alzo goffamente dal trono orizzontale della pigrizia, e noto che oltre tutto sono anche in mutande e reggiseno. Grandioso. Spero almeno di non essere andata in giro nuda.

Cammino lentamente verso il bagno, e apro la porta come se niente fosse. Sto per entrare, quando noto che davanti al mio lavandino c'è un losco figuro, che non dovrebbe trovarsi in casa mia. Indossa solo le mutande e questo basta a farmi dubitare del reale accaduto di ieri sera. Focalizzo meglio il volto del l'intruso e per poco non mi viene un collasso cardiaco: Nathan, con solo le mutande addosso, si sta sciacquando il viso.

Caccio un grido terrorizzato e schifato allo stesso tempo, anche se il fisicaccio al vento in realtà non mi dispiace poi molto.

"Che cazzo ci fai tu in casa mia?!" continuo ad urlare.

Biancheria di lei + biancheria di lui = molto male.

"Aspetta, non è co.."

"Ti sei approfittato di me quando ero incosciente?! Brutto.."

"Eleonore, non è come credi tu, adesso calma.."

"Fanculo tu e la calma io te lo taglio se provi a toccarmi!"

Sto per tirare qualcosa dietro a Nathan, quando sento dei passi frettolosi arrivare dietro di me.

Sulla soglia del bagno compare un Alan, biotto anche lui, con ... Un mestolo in mano?

"Che succede?! Dov'è il ladro?! Oh ciao Nathan!"

"Perché diavolo hai un mestolo in mano?"

"Era la cosa più contundente che ho trovato"

"In cucina in mezzo ai coltelli? Sul serio?"

"QUALCUNO MI SPIEGA PERCHÉ NOI TRE SIAMO NUDI E SIAMO TUTTI A CASA MIA SOPRATTUTTO?!" urlo, confusa e arrabbiata.

Sento altri passi arrivare in fretta. Di fianco ad Alan si materializzano Ben, Wade e Mason. I primi due sono in biancheria, mentre grazie a dio il chitarrista indossa dei pantaloncini e una maglietta.

" Ma che.. "

" Era quello che cercavo di dirti" sostiene Nathan, incrociando le braccia.

"Qualcuno mi vuole spiegare?Abbiamo fatto una Gang Bang e io non ne sono al corrente? Che succede?!"

"Ieri sera alla festa Pasticca ha condito i cocktail di metà della gente. Tu, Alan, Wade e Ben siete tra le persone che li hanno bevuti. Non a caso vi abbiamo ritrovati sparsi qui e là, mezzi nudi a ballare su tavoli, fare bagni in piscina o roba simile. Vi abbiamo portato via dalla festa, ma poi hai cominciato a stare male, allora abbiamo fatto tappa a casa tua, solo che Alan è collassato, e visto che vivi da sola e che io e Nathan avevamo i vestiti sporchi di vomito abbiamo deciso di improvvisare un pigiama party" spiega Mason.

Rimango un attimo interdetta. Sono stata drogata e non mi hanno stuprato. Ottimo risultato. Credo che però oggi nessuno di noi andrà a scuola. Sto per dire qualcosa di probabilmente molto molto aggressivo verso quella testa di cazzo di Pasticca, quando sento il campanello suonare.

"Ok sentite, rimandiamo i ringraziamenti a dopo, ora cerchiamo di vestirci, andare tutti a casa e riposarci. Torno subito"

Mi infilo la vestaglia per coprire la biancheria e vado alla porta per vedere chi è. Quando apro, per poco non ricevo il secondo collasso cardiaco della giornata.

Scott è sulla soglia, con due valige che mi guarda felice.

"Sorpresa!"

"Scooott, che diavolo ci fai qui? " dico, alzando la voce e facendo un sorriso tiratissimo. Oh no. Questo non sarebbe dovuto succedere.

"Ho pensato che visto che la missione è particolarmente difficile potevo venire a darti una mano. In modo da passare anche più tempo in famiglia! Ho capito che non eri andata a scuola quando ti ho chiamato stamattina e non hai risposto"

"Che bello"

Lo vedo entrare dalla porta con le valige, e so già che sarà la mia fine.

"Non mi sembri entusiasta"

Non faccio in tempo a rispondere che i 5 ragazzi scendono dalle scale, facendo un rumore tremendo. Appena gli sguardi dei cinque e di Scott si incrociano, il viso di Scott diventa bianco pallido. Ecco, avrà un infarto.

"Ragazzi, vi presento mio zio, che è tornato prima da un viaggio di lavoro. Ci vediamo"

Dico velocemente, accompagnandoli/sbattendoli fuori dalla porta di casa.

"REEL PAYN, VIENI SUBITO QUI"

Ecco. Lo sapevo.

28. SCOPERTA

"Quindi mi stai assolutamente assicurando di non aver fatto un'orgia?"

"No Scott, sono ancora illibata se può farti stare meglio"

Scott sbuffa sonoramente e si passa una mano sulla faccia.

"Ok, quindi quelli sarebbero i tuoi nuovi amici?"

"Già"

"E neanche una ragazza?"

"È così strano?"

"Beh per un'adolescente direi proprio di sì, ma almeno sei riuscita a tenerti buone delle persone, che per di più hanno avuto contatti con Sarah. Mi accontenterò"

Sorrido con soddisfazione, mentre Scott mi guarda come se avesse appena perso dieci anni di vita. Ha fatto il duro per tutto questo tempo, ma sapevo che in fondo era preoccupato.

Decidiamo di passare il resto della giornata come tutore-figlia adottiva. Gli illustro i particolari di quello che ho scoperto, e proviamo a mettere insieme i pezzi di un puzzle che per ora non sembra voler acquisire un senso. Mancano troppi elementi.

Al pomeriggio Scott mi trascina al supermercato, lamentando la mia scarsa abilità nel comprare cose salutari da mangiare. Mi mancava un po' averlo intorno, anche se vederlo comportarsi da genitore a volte è estremamente buffo. Si sta impegnando apposta per me però, per cui mi sta bene così. Fa del suo meglio.

Usciamo dal supermercato soddisfatti dei nostri acquisti, e camminiamo rilassati per le strade di questo paesino tremendamente saturo di roba inquietante.

"Comunque potresti invitare i tuoi amici a cena"

"Non credo che vogliano venire dopo che li hai visti uscire tutti da casa stamattina"

"Li dovrò pur conoscere prima o poi"

"Non sono nulla di speciale. Sono stupidi esattamente come mi aspettavo"

"Eppure non sono ancora finiti in ospedale"

"Sempre con questa storia"

"La nostra assicurazione piange ogni volta che ci sei di mezzo tu"

"Dovrebbero ringraziarmi, li faccio lavorare"

"No tu li fai indebitare, è diverso"

"Esagerato"

Arriviamo a casa e sistemiamo la spesa, dopodiché il campanello suona e io sento salirmi un brivido lungo la schiena, perché non so mai bene cosa aspettarmi da questo paese di folli.

"Vado io"

Apro la porta e vedo un Alan sorridente presentarsi alla mia porta con in mano dei libri.

"Che ci fai qui?" chiedo sottovoce.

"Ho detto a mia madre che andavo da un'amica a studiare, e mi ha accompagnato fin qui perché non ci credeva"

Alan si gira verso la macchina e sorride ad una signora sulla quarantina, che mi scruta dalla macchina.

"E tu vieni proprio qui?! Lo sai che è tornato mio zio oggi"

"È tutto il giorno che mi rompe perché non sono tornato a casa a dormire e non sono andato a scuola, ti prego fammi rimanere, ti darò tutto quello che vuoi"

"E va bene, accidenti a te"

Sorrido gentilmente alla signora, che sembra tranquillizzarsi, e riparte tranquilla.

Faccio entrare Alan e spero con tutto il cuore che Scott non dica cazzate.

"Zio" lo chiamo con fare innocente.

"Chi era alla porta?"

"Un mio amico che è venuto per studiare"

Scott passa lo sguardo da me ad Alan e capisce che gli sto dicendo una cazzata gigantesca.*Poi ti spiego* mimo con le labbra, sperando che abbia capito. Scott però sembra piuttosto felice di conoscere uno dei miei cosiddetti amici, perciò lo lascio fare.

"Piacere, sono Jason, lo zio di Eleonore"

L'FBI in questo periodo pecca di originalità e di gusto nei nomi. Bleah.

"Piacere mio, mi chiamo Alan"

"Piacere di conoscerti. Sono contento che mia nipote si sia fatta degli amici in fretta"

"Già. È proprio una brava ragazza"

"Si infatti... Non vi ha mai.. Insomma... Percosso o picchiato in malo modo spero"

"VA BENE GRAZIE ZIO JASON ORA NOI ANDIAMO A STUDIARE EH" mi intrometto brutalmente. Che figure, ogni volta.

Afferrò Alan per una mano e lo trascino in camera mia, richiudendomi la porta alle spalle.

"Tuo zio è un tipo strano, mi piace!"

"Lascialo perdere... Allora, che ci fai qui?"

"Te l'ho detto, sono scappato da mia madre. Mi ha fatto una lavata di testa esagerata stamattina, ed è tutto il giorno che mi sfracassa i coglioni"

"Capisco... E quindi noi cosa dovremmo fare adesso?"

"Beh io un'idea ce l'avrei"

"Toccami con un dito e ti giuro che ti faccio diventare eunuco"

Alan scoppia a ridere e si mette le mani dietro la testa.

"Non dirmi che una come te non ha mai combinato niente di questo tipo"

"Che cosa te lo fa pensare?"

"Più o meno tutte le situazioni in cui ti sei trovata da quando siamo arrivati"

"Io non ho mai fatto niente"

Per mia sfortuna il pronunciare questa frase mi riporta alla mente quel piccolo momento con Nathan sul divano. La mia faccia diventa bordeaux e in men che non si dica ho gli occhi di Alan addosso come una civetta.

"Ah ah, beccata. Avanti racconta. Sono giorni che io e gli altri ci scervelliamo per capire chi diavolo è il fortunato"

"Vi scervellate? Ma siete delle pettegole!"

"Sempre e comunque. Allora, parla"

"Non ho fatto niente, te l'ho detto"

Alan continua a fissarmi e si svacca sul mio letto.

"Beh, ho tutto il pomeriggio, per cui aspetterò in silenzio finché non me lo dirai. Se proprio vuoi Zio Alan può aiutarti con Nathan"

"Non voglio nessun aiuto per quel cretino, punto e basta"

La faccia di Alan si illumina e io capisco di essermi fregata con le mie stesse mani. Sono nei guai.

"Lo sapevo che era lui!"

Gli premo le mani contro la bocca e lo faccio stare zitto.

"Urla più forte già che ci sei, abita giusto qui di fianco, idiota! E comunque, come facevi a saperlo?!"

Gli levo le mani dalla faccia e lo lascio rispondere.

"Quando sei scappata dentro lo sgabuzzino gli altri credevano ci avessi litigato, ma io ho l'occhio un po' più lungo del loro"

Sospiro profondamente.

"Anche se fosse, e non ho detto che lo sia, Nathan è un coglione di prima categoria, e io non asseconderó le mie parti basse per ficcarmi nei pasticci"

"Ma perché? Mica ti ci devi fidanzare"

"Non voglio e basta"

"Quando non volevi ti ho visto ribaltare un giocatore di football pur di sottolineare la cosa. Questo non è il caso di Nathan mi sembra"

"Non ne voglio parlare!"

"Ti scoccia ammettere che ti piace"

"E va bene! Mi piace Nathan, mi fa molto molto sesso e ci andrei volentieri, contento?!"

"Fa strano sentirlo dire da una come te"

"Non devi dirlo a nessuno, neanche agli altri"

"Bocca cucita tesoro"

Riesco subito dopo a sviare l'argomento e io e Alan passiamo tutto il pomeriggio svaccati sul letto a vederci *The big bang theory* fin quando non riesco a farlo sloggiare. Che interlocutore impegnativo.

Arriva finalmente la sera, e io e Scott battezziamo la nuova convivenza con la nostra solita serata cinema. Sto inghiottendo una valanga di popcorn tutti insieme, manco fossi un maiale, quando sento vibrare il cellulare.

Messaggio da Numero Sconosciuto

"La prossima volta che devi parlare di quanto io ti faccia molto molto sesso, chiudi la finestra di camera tua. Vi si sentiva dal giardino.

Nathan

Per poco non mi vanno di traverso tutti i popcorn e sputo tutto, tossendo come una forsennata.

Non poteva.Andare.Peggio.

29. MYRA WOODS

Sono nella sala computer della scuola e mi sto massacrando le unghie dal nervoso. Clicco e riclicco su quei dannati tasti, scrivendo tutto ciò che mi passa per la testa per riuscire a mettere insieme qualche teoria valida per capire al più presto che diavolo è successo a Sarah. Ho evitato Nathan per tutta la mattina e non ho intenzione di discutere di ciò che è successo ieri nella maniera più assoluta. Ho altre cose a cui pensare.

All'improvviso sento una mano sulla spalla e mi volto di scatto: ho temuto per un secondo di dover affrontare i miei errori, ma per mia fortuna si tratta solo di Benjamin.

"Finalmente! È tutta mattina che ti cerco!"

"Novità?"

"Una, e non ti piacerà"

Alzo un sopracciglio, confusa. Benjamin estrae dallo zaino una chiavetta usb, e si mette a trafficare sullo schermo del mio computer, mostrandomi i tabulati telefonici del cellulare di Sarah.

"Stavo confrontando i dati con le testimonianze delle persone coinvolte, quando ho notato una cosa: guarda a che ora è stata effettuata questa chiamata"

Osservo il numero indicatomi dal ragazzo ed effettivamente c'è una chiamata al telefono di Sarah che corrisponderebbe a 5 minuti prima del suo abbandono del locale, ma la durata è stata di ben 10 minuti. Il che significa che Sarah stava parlando con quella persona prima di sparire.

"Hai scoperto a chi appartiene?"

"È questo il problema. Il telefono è di proprietà di Myra Woods"

"E perché sarebbe un problema?"

"Myra Woods è morta suicida tre mesi fa"

Ottimo. Una pista morta.

"Nessuno ha parlato con i genitori?"

"Non aveva genitori. Era in comunità, ma i responsabili hanno detto di non essersi accorti di nulla prima della dipartita, che era una brava ragazza, sorrideva sempre e tutte quelle stronzate che si dicono quando non si ha nulla di intelligente da dire"

Mi massaggio il mento con una mano. Parecchio strano.

"Potresti provare a chiedere alla madre di Sarah"

"Quella donna è già abbastanza provata così, e poi se avesse notato qualcosa di strano probabilmente lo avrebbe già detto. Comunque indagherò a riguardo e ti farò sapere. Tu continua a cercare"

Benjamin annuisce e mi saluta velocemente riprendendosi la chiavetta, mentre io mi preoccupo di chiudere tutto e di andare a lezione. Questa storia sta diventando parecchio intricata e devo dire che un po' la cosa mi eccita. Sono strana, lo so.

Esco dalla sala computer e mi fiondo in corridoio per trovare l'aula dove il mio spirito andrà a morire per le prossime due ore, quando sento il cellulare vibrare.

Apro velocemente il messaggio e mi accorgo che è di un numero sconosciuto. In allegato c'è la foto di un... Sedere?!

Accidenti che porcheria.

"Per chi si fosse perso lo spettacolo della Parker e del suo sedere marmoreo alla festa"

Sgrano gli occhi. Che?! Grandioso. Il mio sedere finirà in prima pagina sul giornalino adesso. Fantastico. Scott mi appenderà per le mutande al porta-cappotti e mi lascerà lì per sempre pur di non farmi più uscire di casa.

Sento le risatine intorno a me, ma cerco di ignorarle. Ci mancava solo questa. Me lo dovevo aspettare che non sarebbe stato così facile.

Decido di saltare la lezione e di andare un attimo in cortile per calmarmi dato che ho una serie di armi a mia disposizione e vorrei tanto tanto usare in questo momento per terminare gli esseri inutili come quello che ha mandato questo messaggio.

Vedo un gruppo di ragazzi accovacciato su una dei tavoli che ridono guardando il cellulare. Credo di aver trovato la fonte del problema anche senza cercare.

"Ehy Parker, bella carrozzeria!" mi urlano appena mi vedono.
Non devi. Uccidere.Nessuno.Respira.

Esibisco un dito medio tonante verso di loro, ma sembrano non volerla piantare.

"Bella la foto vero? Ne ho quante ne vuoi!"

Mi sto praticamente massacrando le unghie a forza di trattenere il nervoso. Razza di coglioni.Quello che ha appena parlato si alza dal tavolo e viene verso di me. E va bene, mi toccherà pestare qualcuno.L'imbecille si avvicina pericolosamente e io sono impaziente di ricominciare ad usare il taser.

"Cos'è, non si risponde a chi ti fa un complimento?"

Allunga una mano verso la mia faccia e mi accarezza il mento con fare strafottente. Lo termino col taser, è deciso. Sto per tirare fuori l'artiglieria, quando una mano sulla spalla del tizio lo fa voltare e in quattro e quattr'otto lo vedo ricevere un cartone in faccia da Nathan. Credo gli abbia spaccato il naso dato che ha la mano sporca di sangue.

"Non ti hanno insegnato come si tratta una ragazza?!"

Il ragazzo dal dubbio intelletto si riprende e lo guarda sprezzante.

"Vaffanculo Bennet"

Cominciano a prendersi a pugni e prima che la cosa degeneri mi metto in mezzo per separarli. Riesco ad afferrare un braccio di uno e dell'altro, ma se Nathan vedendomi ha l'impulso di fermarsi, il coglione sembra fregarsene di poter colpire anche me.

"E levati, puttana!"

Adesso basta.Gli storto il braccio e uso il buon vecchio metodo del calcio sotto la cintura. La sua faccia diventa improvvisamente una contrattura di dolore.Mi volto e vedo Nathan con un labbro sanguinante.

"Andiamo, ti porto in infermeria"

Per fortuna Nathan mi segue senza fiatare, e raggiungiamo l'infermeria in men che non si dica. La responsabile lo medica e per fortuna non si tratta di niente di irreparabile.Quando ha finito, l'infermiera mi fa cenno di entrare.

"Stai un attimo con lui, io vado a chiamare a casa sua"

Entro nello stanzino e lo vedo lì seduto, con lo sguardo ancora infastidito.

"Non avresti dovuto farlo" esordisco.Il tatto e la sensibilità di John Cena sul ring.

"Mi ha fatto salire il sangue al cervello"

"Non era il caso che ti caricassi di altri casini. Potresti avere problemi con la squadra"

"Nah, il preside punta tutto su di noi. Una settimana di sospensione dagli allenamenti e il gioco è fatto"

Mi avvicino e do' un occhiata al suo labbro. Anche da menato è sexy.

"Aveva un bel gancio anche lui eh"

"Il mio è migliore"

"Tecnicamente la mossa migliore è stata la mia. Non perdere tempo e colpisci dove fa più male"

"È stata una mossa sleale però"

"Ah, non venirmi a parlare di lealtà, il mio sedere è sul telefono di tutti grazie a quel deficiente di merda"

"Touché"

Nathan scende dal lettino su cui era seduto, si sgranchisce la schiena e mi guarda, mentre io mi sento la schiena percorsa da un brivido.

"In ogni caso, non serviva arrabbiarsi tanto"

"Serve sempre se si tratta di una come te"

"Fare lo smielato non ti si addice"

"No, hai ragione. Io sono più il tipo che ispira *molto molto sesso*"

Appena pronuncia quella frase sento la mia faccia diventare viola dalla vergogna.

"Non è come sembra"

"È sempre come sembra"

"Il mondo non gira intorno a te"

"Eppure ti ritrovi sempre vicino a me"

"Non significa che sia un bene"

Rimaniamo un attimo in silenzio e sento lo sguardo di Nathan trapassarmi da parte a parte.

"Esci con me"

Sgrano gli occhi. Che?!

"Sei scemo per caso?"

"Dici sempre che sono un idiota. Beh, ti dimostrerò che non è così "

"La vedo dura"

"Dammi una chance. Se non riuscirò ad impressionarti non ti scocceró mai più"

Sto per rispondere, ma l'infermiera rientra e mi congeda. Nathan mi segue con lo sguardo fino a che non esco dalla sala. E adesso cosa mi invento?!

30. ALAN IL CONSIGLIERE

Cammino per i corridoi col cervello in panne. Sembro uno dei robottini impazziti del film di *Wallie*. La campanella suona e la gente comincia a riversarsi nei corridoi come se non ci fosse un domani, il che non mi permette neanche di esternare la mia agitazione.

Intravedo in mezzo alle capocchie una testa dai capelli neri e dagli occhi furbi. Trovato.

Vedo Alan di fianco ad una ragazza, che come al solito sembra pendere dalle sue labbra.

"Scusa, te lo rubo un secondo" dico, afferrandolo per un braccio e non curandomi della reazione di lei.

Trascino il ragazzo fino ad uno sgabuzzino e richiudo la porta alle mie spalle.

"Wow El, potevi dirmelo prima se avevi tutta questa fretta, mi sarei già infilato il preservativo" mi prende per il culo.

"Farò finta di non aver sentito solo perché ho bisogno della tua mente maligna e perversa"

"Lo prendo come un complimento"

"È successa una cosa"

"Uh, novità piccanti. Spara"

"Sai la foto del mio sedere che sta girando? "

"Si, ne parlavamo prima. Mason e gli altri sono su tutte le furie, ma io non me la sarei persa per niente al mondo"

"Fai veramente ribrezzo... Comunque! Nathan ha scoperto chi è stato a mandarla, lo ha preso a pugni. L'ho portato in infermeria, e lui mi ha chiesto di uscire"

"Wow! Non è proprio uno sviluppo tipico di una relazione, ma in ogni caso benissimo! E tu?"

"Sono scappata"

Alan sgrana gli occhi basito.

"Sei scappata?!"

"A dire la verità mi ha salvato in corner l'infermiera, che mi ha chiesto di tornare in classe, però io non ho esitato quindi..."

"Tesoro, non voglio farti la morale, ma quel ragazzo ha fatto a pugni per te, e nonostante tu non sia obbligata a fare niente io ci penserei seriamente prima di rifiutare un'uscita dato che abbiamo appurato che sei più che interessata"

"Il fatto è che non voglio distrazioni"

"Distrazioni?"

"Si, non voglio distrarmi dallo studio, da mio zio, non voglio fare un torto a Mason ..."

Non voglio distrarmi dalla mia indagine, che sarebbe tipo la mia priorità, ma ok, non mi dilungo.

Alan sospira vistosamente e mi mette le mani sulle spalle.

"Eleonore, hai una delle medie più alte della scuola, tuo zio è adulto, sei sempre in agitazione, e Mason non è il tipo da prendersela per certe cose... Se ti prendi una pausa per una volta nessuno ti dirà nulla. Non può essere sbagliata una cosa del genere"

Neanche se significa dover mentire a tutti? Vorrei chiedere ad alta voce.

"Cosa potrebbe andare storto? Sei giovane, se non sarà Nathan sarà qualcun'altro, ma non lo saprai mai se non provi"

Sentiamo bussare alla porta.

"Alan! Sei lì dentr.." la voce di Mason si interrompe una volta aperta la porta.

"Ma che ci fate voi due chiusi qui dentro?"

Sto per dire qualcosa, ma Alan disgraziatamente mi anticipa.

"Stava cercando di ricattarmi per scopare con lei" dice, indicandomi con fare innocente.

Sgrano gli occhi.

"Ma che cazz?!" strillo.

"Scusa, volevo sapere cosa si provasse nel dirlo. Bene, possiamo andare!"

Mr Muscolo si alza ed esce dallo sgabuzzino, con me al seguito, ancora basita. Io non so come faccia a rimorchiare così tanto, è troppo fuori di testa.

Mason scuote il capo e ci segue, accompagnato da Ben e Wade, anche loro inermi di fronte alla pazzia di Alan. Almeno è servito a sviare l'argomento, anche se forse dovrei parlare con Mason prima di pronunciarmi. O forse è meglio che non lo sappia?

"No, sul serio, è successo qualcosa?" domanda innocentemente il ragazzo.

Forse non dovrei farmi troppi problemi.

"Ecco, c'è una cosa che dovreste sapere"

Alan mi rivolge un'occhiata di sorpresa, mista a soddisfazione.

"Sapete quando vi ho detto che c'era qualcuno che mi interessava?"

I tre ragazzi rimangono col fiato sospeso per qualche secondo.

"Ecco, può darsi e dico può darsi che sia... Tuo fratello, Mason"

Mason rimane un attimo interdetto.

"Mio fratello?"

Mi aspetto un cazziatone megagalattico su quanto sia scorretto interessarsi ai fratelli degli amici o roba così, ma invece ottengo una reazione diversa.

"Menomale! Vedete che avevo ragione?!"

"Che?"

"Avevamo paura che te la facessi con quel ragazzo con cui ti abbiamo vista in bagno mentre c'erano le ore di punizione" dice Ben, mettendosi una mano sul cuore.

"Benjamin? Ma certo che no!"

"Il mio orgoglio è tornato al suo posto. Ora so di non essere così tanto in basso nella catena alimentare" si rallegra Wade.

Non so a che cosa si stiano riferendo, ma non ho intenzione di andare più a fondo nella questione.

"E tu quindi... Non sei arrabbiato?" domando a Mason, incerta.

"Beh, so che mio fratello non è il massimo della purezza quando si parla di ragazzo modello, ma è una brava persona... E poi se ti farà qualcosa che non deve fare avrò un motivo in più per sfogarmi a casa quando mi fa incazzare"

Per la prima volta dopo molto tempo scoppio a ridere di gusto e gli altri quattro mi seguono a ruota.

"Bene ora che siamo tutti d'accordo... Mi dovete dare una mano"

"Perché?"

"Non so come funziona un primo appuntamento"

I quattro sgranano gli occhi.

"Non sei mai uscita con qualcuno?"

"Mai"

"Ragazzi, tutti a casa di El. Ci vuole un piano di emergenza in questi casi" esordisce Alan.

"Piano di emergenza?" chiedo ingenuamente.

"Tu non preoccuparti"

I quattro di mettono a confabulare cose tra di loro, e io ne approfitto per estrarre il cellulare e scrivere un messaggio al numero sconosciuto della sera prima.

Accetto.

31. IL CIONDOLO

Ti passo a prendere alle 8.

Continuo a ripetermi l'orario in mente, girovagando per la camera e massacrandomi le dita con la bocca. Oggi pomeriggio i mitici quattro mi hanno praticamente ispezionato l'armadio e mi hanno istruito alla perfezione su stasera, scegliendomi addirittura un abito nero e un paio di zeppe tremendamente alte, ma nonostante questo mi sento assurdamente in ansia. Sono negata per queste cose. Sento bussare alla porta e per poco non mi viene un coccolone.

"Ehi Reel sei.."

Scott entra in camera e non fa in tempo a finire la frase che rimane a bocca aperta.

"Oh mio dio..."

Probabilmente sta per farmi una ramanzina su quanto sia pericoloso andare in giro troppo svestita per la mia salute o peggio.

"La mia bambina è diventata una donna"

Cerco di sorridergli, ma il mio sorriso viene tramutato in una smorfia inquietante a causa dell'ansia.

"Un momento... Tu non ti vesti mai così... Che devi fare signorina?"

Prendo un lungo respiro e mi siedo sul letto.

"Ho un appuntamento"

Scott mi guarda incredulo per qualche secondo, e poi comincia a balbettare.

"T-t-tu che cosa?! Oh mio dio, un appuntamento? C-con un ragazzo?"

"Certo che è con un ragazzo, se no perché sarei conciata così"

Vedo gli occhi di Scott diventare lucidi per una frazione di secondo.

"Sei bellissima Reel"

"Grazie" dico, commuovendomi un pochino. Scott è l'unica persona di cui mi fido, per cui vederlo in queste manifestazioni di affetto è piuttosto bello ogni tanto.

"Vieni, voglio darti una cosa"

Mi alzo dal letto e lo seguo fino in camera sua. Vedo che fruga in fondo all'armadio ma non capisco che cosa stia cercando. All'improvviso tira fuori una scatoletta di velluto.

"Che cos'è?"

"Aprila"

Mi porge la scatola e appena spalanco il coperchio noto che contiene una collana finissima in oro rosso, con un pendente in opale nera.

"Era di tua madre. È uno dei pochi cimeli che si è salvato dall'incendio. La catenina originale era stata rovinata, quindi ne ho fatta fare una nuova, ma il ciondolo è quello vero"

Non fa neanche in tempo a finire di parlare che mi fiondo su di lui, abbracciandolo più forte che posso.

"Grazie mille Scott"

"Di niente piccola. Non sarò quello vero ma sono pur sempre il tuo papà"

Ci stringiamo forte per un attimo che sembra infinito, dopodiché sciogliamo l'abbraccio e ci asciughiamo le lacrime a vicenda. È bello poter avere qualcuno su cui contare. Mi faccio allacciare dolcemente la collana e devo dire che è proprio nel mio stile. Sono figlia di mia madre dopo tutto.

"E comunque prima di uscire io e te dobbiamo parlare"

Sollevo un sopracciglio. Oh no, questo tono non mi piace.

"Promettimi che userete le protezioni"

Divento bordeaux in faccia. Oh no, non affronterò questo discorso con lui.

"Scott!"

"È per il tuo bene"

"Lo so come funziona, accidenti"

Esco dalla stanza con lo spirito colmo di vergogna, mentre sento Scott che se la ride ancora dentro la sua stanza. Certe volte ha la capacità di pizzicare dei nervi fin troppi scoperti. È proprio uno sbirro.

All'improvviso sento suonare al citofono e per poco il mio cuore non implode. Mi sento male. Vado in camera a prendere la borsa, ma quando sto per andare ad aprire noto che Scott è stato più veloce di me. Appena la soglia viene spalancata i miei occhi si incrociano con quelli di Nathan e per poco non mi cedono le ginocchia. Accidenti come si è tirato a lucido: una maglia bianca semplice, dei jeans neri, orologio al polso e il solito sorriso da cazzone. Saluta Scott stringendogli la mano e poi posa lo sguardo su di me. Appena mi vede sgrana gli occhi dallo stupore. Ecco lo sapevo, il vestito fa schifo. Voglio morire.

"Ciao" lo saluto timidamente.

"Ciao" mi saluta lui.

"Allora noi andiamo" dico a Scott, facendogli l'occhiolino. Lui ci saluta e tutti e due ci avviamo in silenzio alla macchina.

"Sei.. Sei stupenda" mi dice Nathan, con un tono basito e piacevolmente sorpreso.

Io, come se nulla fosse, apro la portiera della macchina e poi mi volto a guardarlo pregando Dio, Buddha, Allah e Ganesh che la mia faccia da culo non tradisca la mia terribile, terribile ansia.

"Una possibilità bel fusto. Io i tacchi una seconda volta non me li rimetto"

32. PRIMO APPUNTAMENTO

"Sul serio?!"

La voce di Nathan riecheggia per tutto il pub. Ho mandato in buca la terza palla di fila, e lo sto praticamente stracciando, nonostante i miei piedi stiano soffrendo peggio di due prigionieri di guerra. Non metterò mai più i tacchi in vita mia, lo prometto.

"Te l'ho detto che sono brava"

"Questo non è essere bravi, questo è culo spudorato"

"Dubiti delle mie capacità?"

Nathan mi lancia un'occhiataccia da cui riesco a capire quanto stia rosicando. Devo dire che il fatto che mi abbia portata a giocare a biliardo in un pub con cena ai nachos inclusa ha contribuito a smaltire la tensione, almeno per ora. Anche perché sta perdendo miseramente.

Raddrizzo la stecca e mi preparo per colpire di nuovo, ma metto troppa forza nel tiro e sbaglio di poco. Te meriti, così impari a fare la figa.

Nathan, agguerrito, si prepara a tirare e per pura fortuna riesce a mettere una palla in buca.

"Hai cantato vittoria troppo presto"

"Tu dici?"

"Vediamo... A me mancano tre palline, a te solo due. Vuoi rendere il gioco più interessante?"

"Se vuoi giocare dei soldi sappi che sono troppo povera per assumermi certi rischi"

"Niente del genere. Pensavo più a una scommessa non materiale"

"Sarebbe?"

"È semplice. Se tu vinci sceglierai la penitenza per me. Se vinco io..."

"Non succederà"

"Ti conviene, so essere molto crudele"

"Uuh, paura"

Il gioco si fa più interessante, e mano a mano che giochiamo io e Nathan ci ritroviamo in un testa a testa per decidere chi deciderà che cosa. Abbiamo una palla a testa e anche se non lo so a vedere, sto sudando freddo.

Mi preparo per colpire l'ultima palla. Cerco di dosare la forza alla massima precisione, e infine faccio il mio tiro. La palla entra in buca diretta e io mi sento stranamente più leggera.

"Evvai! Chiamatemi regina delle pall.."

Non riesco neanche a finire di esultare che la sorte incombe sul mio destino come un'incudine. Rimango a bocca aperta e per poco non mi si smorza il respiro. Biglia bianca in buca.

Nathan mi osserva con uno sguardo perfido e io sento già l'inizio della fine. Tira fuori la biglia bianca e me la fa vedere come una specie di trofeo. Stronzo.

Posiziona la biglia esattamente parallela all'ultima palla. Tira. Buca.

Merda, ha vinto veramente.

"Oh cazzo" sbuffo, mordendomi la lingua. Laura honoris causa alla mia coglionaggine nel fare scommesse idiote. Sono probabilmente nei pasticci.

"Bene, Regina delle Palle, ti tocca pagare il debito" mi canzona il ragazzo dopo essere passati dalla cassa a pagare ed essere usciti.

La mia faccia si stringe in una smorfia di fastidio.

"E va bene. Spara. Niente sesso non consensuale però"

"Beh non erano stati messi dei limiti in teoria..."

Gli mollo un buffetto sulla spalla e lui scoppia a ridere.

"Dovresti vedere la tua faccia... Comunque sarà molto più semplice di così"

"Cioè?"

"Dovrai ammettere che ti piaccio ad alta voce"

Di colpo mi si secca la gola e inizio a sudare roba all'odore di costine alla griglia.

"Ma perché?!"

"Perché questo appuntamento è andato alla grande, per cui voglio sentirmelo dire"

"L'appuntamento non è ancora finito per la cronaca"

"Sono le regole della scommessa. Dillo. "

"Non fa un po' caldo qui?!?"

"Eleonore, muoviti"

"E va bene, va bene... Nathan Bennet... Tu mi piaci" sospiro rassegnata e con la voce un po' tremolante. Non faccio in tempo a dire nient'altro che le sue labbra raggiungono le mie. La sua lingua si insinua piano piano e la ritrovo a danzare con la mia, mentre il mio corpo freme contro il suo.

Quando ci stacchiamo mi sembra di essere appena scesa da un ottovolante. Ho il petto che probabilmente sta per esplodere, e mi arriva talmente poco sangue al cervello che decido di aprire la mia maledetta boccaccia.

"Beh si è fatto tardi, andiamo?!" squittisco male. Accidenti, sempre 'ste figure. *Lui ti ha appena baciato e tu gli chiedi di andare a casa?! Sei cretina?!*

"Ehm... Ho fatto qualcosa di male?" mi chiede Nathan, stranito. *No, scusami tesoro, è che qui dentro al cranio abbiamo un quartier generale di SpongeBob cerebrolesi, ecco cosa.*

"No, è solo che ecco... Dovrei svegliarmi presto domani, e poi ho un po' di cose da fare, con mio zio ecco.."

Nathan mi rivolge un'occhiata di rimprovero.

"C'è qualcosa che non va. Avanti, sputa il rospo"

"No, davvero, non è colpa tua.."

"Eleonore. Parla. Ora"

Sbuffo sonoramente. Perché la mia faccia di culo non funziona con lui?!

"È che non voglio correre troppo, insomma.. Sono qui da un paio di mesi, il mio primo bacio è finito sul giornalino, il mio primo preliminare è stato su un divano dopo una simil-rissa, insomma non che sia il fulcro della mia vita, ma.."

Nathan sgrana gli occhi.

"Feeerma, ferma, ferma, momento... Il tuo primo bacio è stato il nostro?! "

Arrossisco violentemente.

"Beh, si"

"Sul serio? Neanche un bacio a stampo.. Qualcosa.."

Faccio di no con la testa, mordendomi il labbro inferiore. Ecco, adesso che ho espresso tutte le mie paranoie mentali scapperà a gambe levate.

"E io poi... Sul divano...Accidenti, ma perché non mi hai detto niente?!"

"E che avrei dovuto dirti scusa? *Mi dispiace tanto per tuo padre, ah a proposito, nel caso volessi scopare o rimorchiare sappi che sono vergine e che non ho mai baciato nessuno*"

"So che suona assurdo come l'hai detta, ma sono cose che vanno dette, se no uno come fa a saperlo?! Se non ti va lo devi dire, accidenti a te"

"Beh non è che proprio non mi andasse..."

"Sei proprio una persona strana tu. Avrei detto di tutto, ma non pensavo fossi vergine"

Aggrotto la fronte.

"E questo cosa dovrebbe significare?"

"Beh, sai com'è, hai un viso particolare, atteggiamenti particolari... Non proprio di una vergine ecco"

"Mi stai dicendo che ho la faccia da porca?" domando, sollevando un sopracciglio e spalancano la bocca con indignazione.

"Non è proprio quello che intendevo..."

Me lo levo di dosso e salgo in macchina.

"Aspetta El!"

"Se volevi solo una faccia porca potevi pagarti una escort, deficiente!"

Nathan sale in macchina e continua a parlare: "Non è questo che volevo dire! Accidenti! È che..."

Lo vedo far scrocchiare le dita nervosamente. Non sarà che.. È in ansia anche lui?!

"È che non credevo che una ragazza bella come te non avesse mai trovato nessuno disposto a prendersi cura di lei"

Cala uno strano silenzio, in cui si sente solo il rumore della macchina che parte e sfreccia per le vie della città. Arriviamo a casa ancora nella fase di mutismo e io sto continuando ancora a riflettere sulle parole di Nathan.

"Beh, che facciamo? La possibilità è andata, ora spetta a te"

Aspetto qualche secondo prima di rispondere.

"Forse non mi dispiace"

"Che cosa?"

"Che tu ti prenda cura di me"

Senza che se lo aspetti gli schiocco un bacio fulmineo ma sentito, e poi scappo fuori dalla macchina. Rientro in casa velocemente, dopodiché mi lancio sul divano stile balena arenata.

Ragazzi, che serata.

33. USCIAMO, SE NO E' LA FINE

Il giorno dopo esco da casa con un sorriso a 32 denti. Sono felice di com'è andata ieri, e non so sinceramente che cosa aspettarmi dalla giornata di oggi. Mi sento bene.

Vedo la macchina di Alan parcheggiata davanti a casa mia e salgo con fare rilassato. Appena entro nella vettura mi trovo gli occhi dei miei quattro consiglieri addosso.

"Che c'è?"

"Come *che c'è,* c'è che adesso devi raccontarci com'è andata!"

Arrossisco violentemente. Non sono abituata a parlare di queste cose.

"Beh siamo andati a giocare a biliardo e abbiamo fatto una scommessa, ma io ho perso perciò ho dovuto ammettere ad alta voce che Nathan mi piace, e ci siamo baciati e niente... Solite cose"

"Wow, quindi è andata bene!" esclama Wade.

"Batti il cinque sorella!" dice Ben, porgendomi la mano. Io lo assecondo, ridendo lievemente.

"Fermi, fermi, fermi"

La voce di Alan interrompe l'euforia del momento.

"Perché? È una cosa positiva no?" domanda Mason.

"Siamo solo all'inizio. Adesso ti devi preparare per la seconda fase"

Io sollevo un sopracciglio.

"Sarebbe?"

"Andare a letto con lui no?"

"OH NO, NON PARLEREMO DI QUESTO DAVANTI A ME, PARTI!" esclama Mason schifato.

Alan scoppia a ridere, e mette in moto l'auto, continuando a parlare.

"È per aiutare un'amica, Mason"

"Lo so, ma non voglio immaginare mio fratello che fa sesso, avanti risparmiatemelo"

"Non c'è pericolo, non succederà a breve" dico io, ridendo.

In realtà ci siamo andati molto vicini, ma questo dettaglio credo che me lo terrò per me. Mason potrebbe avere un mancamento.

"Beh, in ogni caso è stata una vittoria, per cui stasera festeggiare è d'obbligo!" esclama il chitarrista.

Arriviamo a scuola e io mi dirigo immediatamente alle macchinette, dato che senza un caffè non penso di poter superare la giornata. Appena arrivo però, caso vuole che io venga intercettata dal rompimento di cazzo supremo, alias Juliette. Arriva, non mi saluta neanche, e mi sbatte in faccia una foto presente sul suo cellulare. Siamo... Io e Nathan all'appuntamento di ieri?!

"Ma che diavolo.."

"Tu... Sei... Finita" ringhia.

"Sai che è illegale scattare foto alla gente e farle vedere in giro, vero?"

"Spiritosa.. La legge sarà l'ultimo dei tuoi problemi d'ora in poi"

Non faccio in tempo a rispondere che sento una voce provenire da non so bene dove.

"Foto per il giornalino!"

Un flash accecante mi fa strabuzzare gli occhi.

"Accidenti!" esclamo. Per poco non rimanevo cieca.

"Non finisce qui!" urla la psicopatica, andandosene di fretta insieme alle sue amiche stupide come dei comodini.

"Ma perché tutte a me" sbuffo.

Riesco a recuperare il mio caffè, e mi dirigo verso il mio armadietto. Come al solito è bloccato e mi ci vuole qualche colpo per aprirlo. Che palle. Inizio a prendere i libri della mattinata e i miei pensieri divagano. Mi soffermo un secondo su quello che ha detto Alan poco prima. Nathan è stato con un sacco di ragazze, e io... Ho zero esperienza in questo campo. Potrebbe essere un problema. Non ho neanche modo di approfondire dato che non è che posso prendere uno a caso e chiedergli *si scusa non è che possiamo fare sesso dato che devo fare pratica per quello che mi piace?* È una follia.

"Ciao"

Al risuonare di quella voce nelle mie orecchie mi prende un colpo e dallo spavento mi cade il caffè per terra. Rimango a bocca aperta e miei occhi si incastrano in quelli di Nathan, che avuto la brillante idea di arrivarmi alle spalle. Risultato: ho rovesciato tutto.

"Ciao! Ehm.." cerco di fare finta di niente, ma è praticamente impossibile dato che c'è caffè ovunque.

"Non pensavo di fare paura" ridacchia lui, vedendo il mio disastro.

Sbuffo sonoramente.

"No, sono io che penso a cose a cui non dovrei pensare" dico, con tono di rimprovero per me stessa.

"Se stavi pensando a cosa ti farò se mai dovessi venire a letto con te capisco la reazione"

Sgrano gli occhi e divento viola in faccia. Nathan scoppia a ridere fragorosamente, mentre io gli do un buffetto sulla spalla e richiudo l'armadietto.

"Eddai, scherzavo"

"Come punizione per aver detto questa cosa ad alta voce mi aiuterai a pulire. Forza, scattare!"

Nathan solleva gli occhi al cielo e mi segue. Entriamo nel primo sgabuzzino disponibile, alla ricerca dello spazzolone, o di un rotolo di scottex.

Mi guardo in giro, e finalmente lo vedo: un pacco di rotoli di scottex sta proprio in bilico sopra all'ultimo scaffale.

"Vuoi arrivare fin lassù?" mi domanda il ragazzo, scettico.

"Vedi altra roba che potrebbe aiutarci a pulire?"

"Touché"

Detto questo, senza che me lo aspettassi, mi afferra dalle cosce e mi alza fino al pacchetto di scottex. Mi viene quasi da ridere.

"Non farmi cadere!"

"Ti tengo, tranquilla"

Afferro il pacchetto ma la plastica si spacca all'ultimo e come risultato ci vola addosso tutto, tanto che cadiamo entrambi, io sopra Nathan e il pacchetto di rotoli di scottex su di me.

"Auuch" si lamenta il ragazzo, scoppiando poi a ridere.

"Forse non è stata una grande idea" borbotto.

"Tu dici?"

Cerco di girarmi goffamente, levandomi i rotoli di scottex di dosso, ma grazie alla mia agilità da istrice obesa mi ritrovo esattamente sopra di lui, in una posizione piuttosto equivoca. Vedo gli occhi del ragazzo perdersi per qualche attimo nei miei. È veramente bello. Per un secondo sembra che perda la lucidità: lo vedo scattare su con la schiena e afferrarmi vogliosamente. Un bacio quasi disperato mi fa sgranare gli occhi, e anche se forse non dovrei, mi lascio trasportare dalla sensazione di piacere. Le sue mani mi afferrano i fianchi da sotto la maglia e la presa fa scontrare i nostri bacini, provocandomi un piccolo gemito di eccitazione. Appena questo succede però, Nathan si stacca da me all'improvviso. Mi stringe in un abbraccio, quasi a tenermi ferma, mentre avverto il battito del suo cuore, che sembra stia per esplodere. Smette di muoversi, e per un attimo mi viene il dubbio di aver fatto qualche cazzata. Una frase detta subito dopo però mi illumina.

"Usciamo, altrimenti è la fine"

34. SERATA IN COMPAGNIA

"A Eleonore e Nathan!"

Alan urla come se non ci fosse un domani, e io gli faccio segno di abbassare la voce per non svegliare tutto il vicinato.

Alla fine abbiamo dovuto posticipare i festeggiamenti di ben cinque giorni a causa di una verifica o di interrogazioni varie, ma ora eccoci qui.Solleviamo i bicchieri e brindiamo a questa assurda relazione che è venuta a crearsi in questi giorni. Per ora devo dire che è andato tutto bene, e tra uno sbaciucchiamento e l'altro devo dire che potrei anche abituarmi a questa situazione. È tutto così... Normale.Per stasera ho chiesto a Scott di poter rimanere a casa da sola con i quattro fulminati, e in pratica l'ho quasi obbligato ad uscire. Per una volta me lo perdonerà.

Abbiamo appena finito di mangiare una pizza gigantesca formato famiglia e Alan è già sulla buona strada per l'ubriachezza molesta.

"Sono un po' triste però"

Sollevo un sopracciglio.

"Perché?"

"Beh perché il primato lo volevo io. Non mi sono mai fatto una coi capelli bianchi"

Afferro una patatina avanzata dalla cena e gliela lancio addosso, colpendolo in faccia. Alan scoppia a ridere e per poco non perde l'equilibrio e non cade dalla sedia.

"Eddai, avremmo potuto fare tanti piccoli Alan insieme"

"Ma taci ogni tanto?" chiedo ridendo.

"Se mio fratello ti sentisse probabilmente ti strozzerebbe" osserva Mason.

"Ehi, io sono il suo consigliere amoroso, vengo pagato per questo" lo zittisce Alan.

"No, non è vero" interviene Ben, perculandolo.

Alan sospira sonoramente e grazie alla sua smorfia scoppiamo tutti in fragorose risate.

"Se mai vorrò dei piccoli Alan te lo farò sapere" dico, scherzando.

"Vedete? Questa sì che è solidarietà tra amici!" urla lui, rimproverando gli altri tre.

"Ehi, perché non rendiamo la serata un po' più piccante?" se ne esce Wade.

Ho già paura.

"Cioe?"

"Giochiamo a obbligo o verità"

Tutti ci guardiamo l'un l'altro per decidere cosa fare e devo dire che a me non dispiace l'idea a meno che non debba fare cose oscene o scorrette.

Ci mettiamo sul divano e decidiamo di usare la versione tecnologica del gioco, che Wade ha prontamente scaricato dall'app store.

"Pronti?"

Annuiamo tutti, e lui tocca lo schermo. Primo giocatore: Mason.

"Obbligo o verità?"

"Verità"

La domanda compare e tutti speriamo che non sia qualcosa riguardante la sua ex.

"Il bacio più schifoso mai dato?"

"Mmh.. Credo quello a Nelly Parsons alle medie. Aveva l'apparecchio e avevo saliva ovunque in pratica"

Ew. Abbastanza vomitevole.

Altro giro, altra corsa: sta volta ad uscire è Ben.

"Obbligo"

Mmh, abbiamo dei segreti eh?

"Bacia la persona alla tua destra"

Ben si gira e sfiga vuole che abbia di fianco proprio Alan. Il maniaco lo guarda con fare ammiccante e Ben chiede insistentemente di cambiare obbligo.

"Ah, quante scuse, non sei mica fidanzato tu!"

Alan gli afferra la faccia e gli schiocca un bacio veloce. I due escono dalla prova distrutti e con delle facce abbastanza schifate.

Il concorrente successivo è proprio Alan.

"Verità, non li reggo un altro obbligo, sono troppo poco ubriaco"

"Di che colore indossi le mutande?"

"Blu" dice semplicemente lui.

Se le domande sono tutte così buon per me. Finalmente arriva il mio turno e scelgo verità, in modo da non incasinarmi troppo la vita.

"L'ultimo posto in cui hai fatto zozzerie al di là del bacio"

Faccio per aprire la bocca, ma dopo averci ragionato rimango senza dire nulla.

"Beh El ha detto che non è mai uscita con un ragazzo, quindi non dovrebbe..." Mason parte convinto, per poi voltarsi e non trovare la conferma che cercava nella mia espressione.

"El?"

"Ehm.. In verità ci sarebbe una cosa..."

"Tu e Nathan avete fatto cosacce e io non ne sapevo niente?! Racconta immediatamente" tuona Alan.

"M-ma, ma quando?!" chiede Mason, con gli occhi sgranati.

"Non so se volete davvero sapere i dettagli, ANDIAMO AVANTI" ordino, imbarazzatissima.

"Oh no, tu adesso parli" mi ferma Alan.

"Già, è giusto farci sapere" annuisce Ben.

"Ma non è nulla di così serio..."

"La verginità è una cosa molto seria invece! Al di là di quella c'è un mondo di cose fighissime!" puntualizza il maniaco.

"Alan, non metterle pressione" lo rimprovera Mason.

"Ehi, fermi, non ho mica perso la verginità"

E anche se fosse non è una cosa così tragica mi verrebbe da aggiungere.

"Quindi preliminari. Che genere?"

"Ragazzi, Eddai, basta!" tuona Mason, in mia difesa. Grazie al cielo.

"Tu zitto!"

Alan afferra un cuscino e comincia a cartellare Mason di colpi. Lui fa lo stesso e in quattro e quattr'otto parte una guerra furiosa,che fa sì che il gioco venga messo da parte.

Dopotutto, anche se un po' stupidi, sono dei bravi amici.

35. ROSSA VELENOSA

La sera leoni, la mattina coglioni.

Passo praticamente quasi tutta la giornata in catalessi grazie ai festeggiamenti del giorno prima. Stranamente Nathan non si è fatto sentire per tutta mattina, ma non me ne sono preoccupata più di tanto. Avrà avuto da fare. Suo fratello come al solito ne sa meno di me. Se dovesse tradirmi giuro che però una telefonatina a qualche sicario potrei farla. Giusto per capire come e dove ucciderlo, nel caso.

Le prime due ore le passo praticamente in stato vegetativo e decido così di andarmi a prendere qualcosa alle macchinette. Sto spendendo più io alle macchinette della scuola che Kim Kardashian per il proprio chirurgo ultimamente. Sono troppo povera per essere così pigra.

Sto per afferrare il mio caffè, quando vedo una mano lesta che me lo leva proprio da sotto il naso. Eh no eh, va bene tutto ma il mio caffè non si tocca se no sono *patoni ninja* che volano.

"Grazie! Che gentile" squittisce una voce.

Alzo lo sguardo già pronta ad immaginarmi una Juliette pronta all'attacco e invece mi ritrovo davanti una tizia in divisa da cheerleader. Ha degli occhi del colore del ghiaccio e una chioma rossiccia. Potrebbe tranquillamente fare la modella senza problemi.

"Non so che problema tu abbia, ma tocca ancora il mio caffè e giuro che ti faccio la permanente con lo scarico dei cessi" ringhio.

Sempre calma e pacata io di mattina.

"Ma che volgarità... E Nathan avrebbe scelto proprio una come te? Non ci credo neanche se lo vedo"

Uffa, che palle. Nathan, Nathan, Nathan. Sembra che le femmine dell'istituto non abbiano altro in mente.

"Dimmi un po', tu sei la scopamica numero...?"

Lei mi sorride con modi gallineschi, mentre non sembra intenzionata a mollare il mio caffè.

"Niente di tutto ciò. Sono solo la persona grazie alla quale Nathan è come è"

Sollevo un sopracciglio. Questa mi è nuova.

"Beh, ottimo lavoro. C'è altro?" comincio a chiedere, piuttosto seccata.

"Beh si. Ecco lui è, diciamo, ancora innamorato di me... Lo sarà sempre alla fine... Quindi io non mi farei troppe illusioni inutili"

Cerco di ignorare la coltellata che quelle parole hanno malamente inflitto al mio fegato.

"Beh, si vedrà, buona giornata " faccio spallucce,sganciando un sorriso di cortesia e cercando di telare via prima di spaccarle il muso.

Faccio per andarmene, rinunciando ormai al mio benedetto caffè, quando sento una frase che mi urta non poco.

"Buona giornata *orfanella*"

Mi fermo per qualche secondo. Come lo sa?!

Rifletto un secondo e il gioco è presto fatto. L'unico a saperlo era Mason,tra fratelli si parla, e a quanto pare si parla anche con le troie di paese.

Stringo forte forte i denti. Io non ci credo. Quel gran pezzo di merda è andato a spiattellare in giro il fatto che non ho i genitori?! Io lo uccido stavolta. Lo sapevo che non avrei dovuto fidarmi. Fanculo tutti.

Mi volto di scatto e afferro la base del bicchierino del caffè che la cheerleader ha ancora in mano. Stringo forte all'improvviso, lavandola con praticante tutto il contenuto del bicchiere. La sento gridare come un'oca, ma della cosa me ne frega ben poco. Inizio ad aggirarmi per la scuola, finché non so come raggiungo la scala che porta al tetto. Ho bisogno di sbollire un secondo, altrimenti potrei scatenare una sparatoria. Non avrei dovuto dirlo troppo. Mi sono fidata e questo è il misero risultato che ho ottenuto. In quel momento sento vibrare il cellulare: il nome di Nathan compare sullo schermo, e io le butto giù la chiamata come se niente fosse. Nonostante io lavori per L'FBI, la cattiveria delle persone mi sorprende ogni giorno di più.

Sto per ben dieci minuti all'aria aperta, ad assaporare il vento e a calmarmi. Scendo appena sento il suono della campanella, e guarda caso chi becco?

Coglionathan sta venendo verso di me come se nulla fosse. Gli spaccherei volentieri la faccia adesso.

"Ehi ti stavo cerca..."

"Non provare a parlarmi dopo quello che cazzo hai fatto!" sbraito.

Nathan aggrotta la fronte.

"Ma che è successo?"

"È successo, e a questo punto io pretenderei anche una spiegazione, che la tua amica cheerleader dallo sguardo da cerbiatto sa, come per magia a quanto pare, che i miei sono morti. Ho anche preso il nomignolo di *orfanella* adesso"

Nathan fa per aprire la bocca, ma all'inizio non esce nessun suono.

"Io non credevo..."

"Che dirlo in giro sarebbe stata una cattiva idea? Beh, ecco il risultato! Accidenti... Lo sapevo che eri una perdita di tempo!" esclamo, andandomene.

"Aspetta El, non andartene!"

Mi afferra per un braccio, ma io mi scosto con fare seccato. Ha la faccia contrita e sembra dispiaciuto sul serio, ma non mi farò prendere per il culo una seconda volta.

"Dammi un buon motivo per cui dovrei rimanere"

"Senti, ho sbagliato ok? Ma noi non ci frequentavamo ancora... Tu eri solo quella vicina stramba che ritrovavo sempre ovunque, tutto qui"

Stramba. Ero la vicina stramba. È deciso, stanotte lo muro dentro al bagno del Mcdonald's più vicino.

"E perciò dire a quella che non avevo i genitori per giustificare la mia stramberia ti è sembrata una buona idea, certo!"

"Non era questo che volevo dire!"

"Il fatto che tu l'abbia saputo da Mason non giustifica il fatto che tu lo abbia usato come pettegolezzo. Ci avrei giurato che ne avresti combinata una delle tue, ma sai che c'è? È colpa mia! Avrei dovuto ascoltare la mia coscienza quando potevo farlo. Per fortuna sono ancora in tempo, quindi vaffanculo!"

Gli lancio un'occhiataccia e me ne vado. Sono talmente nervosa che ho gli occhi umidi e vorrei solo dare fuoco a tutto. Tornerò a fare il mio lavoro, e stavolta lo farò senza distrazioni e come si deve. Non ho ucciso quarantasette obbiettivi diversi per farmi infinocchiare da dei ragazzini.

36. PERSA NELLE INDAGINI

Sto facendo avanti e indietro per il paese da ore, con ancora lo zaino in spalla. Ero troppo incazzata per rimanere a scuola, così ho deciso di mettermi all'opera. Ho ripercorso più volte il tratto di strada che Sarah fece nella mezz'ora in cui è scomparsa. Non so bene fin dove sia arrivata, ma so che da qualche parte c'è indizio che aspetta solo di essere trovato. Devo solo impegnarmi di più.

Non so bene da quanto tempo io sia in giro, ma trovare qualcosa che mi distragga da ciò che è successo è diventata la mia ragione di vita del giorno. Non ho neanche fame dal nervosismo, il che è parecchio grave.

Sto passando per una delle vie interne alla città, quando una macchina nera mi si affianca, inchiodano bruscamente. In un primo momento sobbalzo dallo spavento, per poi rendermi conto che alla guida della vettura c'è niente poco di meno che Scott. Ha le occhiaie rosse e appena mi vede sembra che tiri un sospiro di sollievo. Ma che gli prende?

"Per l'amor di dio, grazie al cielo" dice, scendendo dalla macchina e correndo ad abbracciarmi. Rimango un attimo interdetta.

"Ma che ti prende?" chiedo ingenuamente.

Lui si stacca da me, e se prima l'espressione era sollevata adesso sembra che mi voglia menare. Ma che ho fatto?!

"Reel, per dio, hai idea di che ore siano?! Non sapevo dove fossi, non rispondevi al telefono... Mi è preso un colpo! Accidenti, sparire così..." comincia a sbraitare.

Aggrotto le sopracciglia ed estraggo il telefono. Lo avevo messo in silenzioso per evitare di sentire quel coglione di Nathan, ma mi sono dimenticata di riattivare la suoneria. Osservo l'orario: quasi le sette e mezzo di sera. Accidenti, sono in giro da così tanto tempo?! Mi sono proprio persa.

"... Ti metterò in punizione per tutta la vita appena arriviamo a casa, giuro! Accidenti"

Sette chiamate perse da Nathan. Tre da Mason, quattro da Alan, nove da Scott. Ho proprio staccato il cervello.

"Io... Mi dispiace..." riesco solo a balbettare.

"Ma che ti è preso, me lo spieghi?"

"È che io... Qualcuno a scuola ha sparso la voce sul motivo per cui non vivo coi miei"

Scott è ancora in preda all'ansia, ma al risuonare di queste parole la sua espressione si fa più cupa.

"Ma.. Chi è stato?!" ringhia.

"Non importa, sta di fatto che è così" rispondo sommariamente.

"E sei venuta qui per scappare da scuola?"

"No.. Cioè anche.. Cercavo tracce di Sarah per distrarmi ma ho perso la cognizione del tempo"

Scott sospira e per un momento sembra che non sia più così arrabbiato.

"Vieni qui"

Mi stringe in un abbraccio caloroso, e se non fossi tremendamente orgogliosa scoppierei in un pianto di sfogo. È stressante a volte fare quello per cui si viene pagati.

"La prossima volta non sparire. Lo sai che io ci sono. Va bene?"

Annuisco e proseguo nel mio abbraccio. Quando sono triste sono bipolare: passo da Hulk all'orso abbracciatutti in meno di 5 secondi.

"Torniamo a casa, tornado ambulante, forza"

Scoppio una risatina e mi stacco dall'abbraccio. Alla fine posso sempre contare su di lui. La famiglia, naturale o no, è una splendida ancora di salvezza.

"D'accordo"

37. LASCIATEMI IN PACE

"Hey tu! Portami un'altra birra!" strillo, sbiascicando.

Dopo il colpo che ho fatto prendere a tutti oggi, i miei quattro angeli custodi hanno deciso di portarmi fuori, e più precisamente ad una festa di quartiere. Sembra che in questo paese non si faccia altro che organizzare feste data l'assenza di locali d'altro genere. Scott mi ha lasciato uscire per miracolo, e ha voluto parlare con tutti loro prima di lasciarmi andare. Fin troppo protettivo.

Naturalmente i quattro cervelli mastri non avevano considerato che avremmo trovato lì praticamente tutto il paese, incluse le due persone che meno ho voglia di vedere. Ho passato tutta la sera ad evitare Nathan come un ninja, mentre per fortuna la sua ex psicopatica non mi ha probabilmente nemmeno notata. Non ho voglia di uccidere qualcuno.

"Non stai un po' esagerando El?" mi chiede Mason, preoccupato.

"Naah, tra un paio di giorni tornerò come nuova"

I quattro mi stanno fissando come se mi fossi messa a bestemmiare nel bel mezzo della sala.

"Okay bellezza, non ho voglia di pulire la mia macchina dal vomito, ci vuole una pausa"

Alan mi leva il bicchiere dalle mani. Ma perché tutti cercano di ostacolarmi nella mia rovina momentanea?

Riafferro il bicchiere con fare corrucciato.

"L'idea di portarmi qui è stata vostra, ora prendetevi le vostre responsabilità e lasciatemi marcire il fegato in pace" sbiascico.

Non ho voglia di sentire altre ramanzine, per cui mi alzo dal divano e mi dirigo nella parte esterna della casa. Ho bisogno di aria. La testa mi gira vorticosamente e il mio stomaco sta facendo le capriole.

È raro che io anneghi i miei dispiaceri nell'alcool, ma ci sono dei nervi scoperti che mi fanno ancora sentire debole. Ogni volta che qualcuno mi punzecchia sull'argomento *genitori* perdo le staffe e per almeno un paio di giorni divento intrattabile.

"El"

La voce di Nathan irrompe nella mia tranquillità da ebrezza.

"Vattene, sto cercando di far decomporre il mio fegato prima del tempo, e ho bisogno di tranquillità"

"Senti, io voglio solo parlare"

"Cos'è sei sordo?"

"Io non pensavo che lei potesse venire da te"

"Oh poverino, non pensava.. Tu non pensi mai quando apri bocca, accidenti! Lasciami in pace"

Prendo un altro sorso dal bicchiere che ho in mano.

"El, io.."

"Accidenti ma qual'è il vostro problema?! Eleonore di qua, Eleonore di là, non bere, non arrabbiarti, non fare... Sembra che io abbia una calamita addosso" sbiascico. Mi sono mangiata parte delle parole che ho detto, quindi non so se ho ben reso l'idea.

"Ma quanto hai bevuto esattamente?"

"Mi ascolti quando parlo o oltre che stronzo sei veramente diventato sordo adesso?"

In quel momento la porta finestra che separa il giardino dal salone si apre e una testa rossa spunta dall'interno. Ci mancava solo questa.

"Ehi Nate... Oh, ma guarda... L'orfanella si sta godendo la festa?"

"Hayley!" ringhia Nathan, in segno di rimprovero.

"Che c'è? È la verità"

Sono indecisa se murarla dentro al cesso o lanciarla direttamente in piscina. So solo che ho un bicchiere di alcool in mano e che non è ancora finito sul suo vestitino solo perché io non sono una che spreca le cose belle della vita per gli stronzi.

Vedo Nathan diventare nero in viso e piantarglisi a qualche centimetro dalla faccia.

"Vattene"

"Oh, ma dai era uno scherzo"

"Ti ho detto che devi andartene!" dice lui, alzando la voce.

Alzo gli occhi al cielo. La cosa sta diventando pietosa.

"Facciamo che quella che se ne va sono io, d'accordo? Bye bye"

Rientro dalla porta finestra sbattendomene le palle della discussione appena avvenuta, e cerco un posto tranquillo in cui godermi la festa.

"Cazzo, eccoti qui!"

La voce di Alan attira la mia attenzione. Lo vedo arrivare verso di me e mi mette le mani sulle spalle.

"Dove diavolo eri? Stai bene?"

"Ho incontrato quel figlio di buona donna di Nathan, poi è arrivata la sua amica babbiona e adesso sono qui. Tutto nella norma"

Alan sospira vistosamente. Dietro di lui arrivano anche gli altri tre babysitter, che mi fanno 400 domande a testa.

"Non ti si può lasciare un attimo che combini un casino. Dai forza, andiamo a casa, è super tardi" conclude il belloccio, una volta finito l'interrogatorio.

"Eleonore!"

A quanto pare Nathan ha lasciato perdere la cheerleader mentecatta e mi ha ricorso. Strano. Sta per raggiungermi, ma vedo Alan pararglisi davanti.

"Amico, non è una buona idea"

Sento la conversazione come se fosse ovattata.

"Lasciami parlare con lei"

"Ma non lo vedi che sta in piedi per inerzia? Lasciala tranquilla, almeno finché non si riprende"

"Ma io ho bisogno di spiegarle"

"Qualsiasi cosa tu debba dirle può aspettare" sentenzia Mason, affiancandosi ad Alan. In men che non si dica anche Ben e Wade fanno lo stesso. Vedo i 5 discutere animatamente per minuti interi, mentre io assisto inerme alla cosa.

Ad un certo punto però succede qualcosa che non mi capitava da qualche anno. Avverto una fitta alla testa e immagini varie cominciano a scorrere davanti ai miei occhi. Milioni di fotogrammi mi attraversano la memoria, caratterizzati da fiamme che si propagano, da rumori di grida e da suoni di pianti.

Mi afferro la testa e cado con le ginocchia per terra. Sento le mani che tremano e sto sudando freddo.

Sento delle voci che chiamano il mio nome, ma non riesco a capire se siano reali o meno.

Mi accascio a terra senza sensi, e da quel momento diventa tutto estremamente buio.

38. NEL LETTO DI ALAN

Immagini confuse si fanno spazio nella mia mente. Fuoco. Sta bruciando tutto e io sono proprio in mezzo al centro del salotto. Mi guardo in giro spaesata. Le mani mi tremano e sento che la mia faccia è bagnata. Vorrei urlare, ma sono paralizzata dalla paura. Mi guardo in giro, sperando di trovare una via d'uscita, ma non sembra che ci sia niente che io possa fare.I miei occhi ricadono su due corpi, distesi per terra, inermi. Stanno bruciando. Una sensazione terribile mi attanaglia il petto. Cado in ginocchio, e le lacrime cominciano a scendere in modo più copioso. Mamma e papà. Mamma e papà sono morti.

"El" sento dire da una voce. È strana.

"El" ripete. Chi mi chiama?

"Svegliati, ehi!"

Spalanco gli occhi di colpo e noto che mi manca l'aria. Mi sollevo seduta sul letto. Ho il fiatone, e sono tutta sudata. Mi fa male la faccia e i miei muscoli sembrano essere stati strappati e ricomposto uno per uno. Mi volto di scatto: di fianco a me, con aria piuttosto preoccupata, un Alan curioso mi guarda in panico.

"Stai bene?" mi chiede, con gli occhi ancora sgranati.

"Che mi è successo?" chiedo, accorgendomi di avere tutta la bocca impastata. Bleah. Mi guardo intorno e sono praticamente in canotta e mutande, seduta sul letto che probabilmente appartiene al ragazzo che ho appena visto.

"Stavi sognando. O meglio, credo fosse un incubo" esordisce, grattandosi la nuca. Porta addosso solo dei pantaloncini da calcio, e la cosa mi mette parecchio a disagio.

"Già... Ehm, c'è un preciso motivo per cui io mi trovo nel tuo letto? Un preciso motivo per cui ti dovrei castrare nel caso?"

Alan solleva le sopracciglia e scoppia in una risata.

"No bellezza, niente del genere. Ti sei sentita male ieri alla festa, e per evitarti un risveglio imbarazzante nel letto di Nathan abbiamo deciso di portarti da me"

Aggrotto la fronte.

"E portarmi a casa mia sarebbe stato troppo impegnativo?"

"Dopo la ramanzina di raccomandazione di tuo zio, portarti a casa svenuta non sarebbe stata una buona idea. Gli ho mandato un messaggio col tuo cellulare per avvisarlo che saresti rimasta qui a dormire"

Sgrano gli occhi. Non dirmi che ha ficcato il naso nelle mie cose, e soprattutto nei miei messaggi. Se mi ha sgamato è la fine.

"Tu non hai..."

"Guardato le foto della tua galleria o i tuoi messaggi? Mi piacerebbe molto vedere le foto che ti fai in biancheria o i tuoi messaggi hot, ma preferirei essere io il destinatario"

Gli lancio dietro il cuscino per farlo smettere di dire scemenze. È assolutamente pervertito in ogni modo possibile e immaginabile.

"Ricordami di gambizzarti prima o poi" sentenzio.

Ad un certo punto sentiamo bussare alla porta e mentre io sono ancora rincoglionita dall'incubo, Alan sgrana gli occhi allarmato.

"Presto, nasconditi!"

"Eh?!" esclamo io. Ma che diavolo succede?!

"Alan, sei ancora a letto?" chiede una voce femminile al di là della porta. Per logica credo si tratti di sua madre.

Lo vedo lanciarsi di fianco a me, afferrare il piumino e infilarmi sotto le coperte, di fianco a lui.

"Ma che diavolo"

"Shhh" mi intima lui, tenendo i lembi delle coperte sopra alla mia testa. Sono praticamente appiccicata al suo addome con la faccia e la cosa è parecchio imbarazzante.

Sento la porta spalancarsi: sua madre entra lentamente.

"Scusa, mi sono addormentato, ora mi alzo" dice lui, con fare accondiscendente.

"Mi raccomando, è tardi. Io vado al lavoro, tu vestiti e fila a scuola"

"Si mamma"

Io sto praticamente soffocando. Mi sembra di essere un saccottino, e non vedo l'ora di uscire da qui,anche perché questo contatto forzato mi sta mettendo parecchio a disagio.

"Ti voglio bene, a dopo"

"Anche io, a dopo!"

La donna grazie al cielo esce dalla stanza. Scavo verso l'uscita e sbatto fuori la testa per riuscire a recuperare un po' d'aria.

"Volevi uccidermi per caso?" rimprovero il ragazzo.

"Se ci avesse scoperto non sarebbe servito che ti uccidessi io. Quando scopre che porto le ragazze a casa viene giù il finimondo" si lamenta.

"Beh ha ragione. Dovresti essere più serio con le ragazze. Sono sicura che le piacerebbe vederti sistemato prima o poi" commento.

"Ti stai candidando?"

"Piuttosto mi privo di un arto"

"Eppure sono convinto che non ti sia dispiaciuto stare così tanto tempo lì sotto"

Gli mollo una cricca sul braccio carica di tutto il mio disappunto.

"Auch! Okay, okay me lo sono meritato"

Sospiro vistosamente e mi alzo dal letto con tutta la forza che ho. Devo assolutamente tornare a casa per cambiarmi e rendermi presentabile.

"Beh, devo andare"

"E dove vorresti andare?"

"A casa mia?"

"E ci andrai a piedi?"

"Il gentiluomo qui presente può accompagnarmi se vuole"

Alan sbuffa vistosamente.

"Solo perché hai un culo che parla signorinella. Dammi due minuti e sono da te"

Si infila in bagno, e io alzo gli occhi al cielo. Non potevo avere un amico più deficiente di lui, eppure la sera prima ero vicinissima a farmi scoprire. Devo stare molto, molto più attenta.

39. FANCULO, STRONZI

Esco dal bagno della scuola con fare rilassato. Nonostante io sia ancora rincoglionita dalla festa di ieri non mi sento poi così male. Cammino tranquillamente per i corridoi, anche se devo dire che non sono proprio a posto. C'è ancora una questione che devo sistemare.

Senza neanche volerlo, il mio sguardo ricade su una coppia poco distante da lì che sembra stia discutendo animatamente. Riconosco i visi di Nathan e della sua ex deficiente. Il ragazzo sta gesticolando in maniera agitata e lei ha un'espressione da vipera incazzosa. Sembra stiano litigando pesantemente. Beh, non che sia un mio problema. Nel gesticolare Nathan si volta e incrocia il mio sguardo. Senza neanche finire di parlare si avvicina a me precipitosamente,scansando le persone nel corridoio. Io rimango pietrificata, ma ad attirare la mia attenzione, ancora prima che lui arrivi, è un'altra voce.

"Guarda un po' chi c'è qui"

Riconoscerei questa voce da coglione anche se bisbigliasse. Mi volto e lancio un'occhiata arcigna al ragazzotto che mi si presenta davanti. Riconosco il tizio che ha mandato in giro foto del mio sedere a ripetizione.

"Sparisci" mi limito a dire.

"Che c'è ti senti minacciata, orfanella?"

Bene. Sembra che la troia rossa abbia cominciato a mandare un giro le voci. Caso vuole che io abbia una botte piena di rabbia repressa da lanciare addosso a qualcuno.

La mia espressione si tramuta in una risata nervosa, quasi isterica. Il bullo da corridoio non perde la sua espressione da finto duro, ma il gruppetto dietro di lui sembra piuttosto confuso. Sono stata calma per troppo tempo, e non è nel mio stile.

"Orfanella?" ripeto, mantenendo un ghigno sinistro in faccia.

"Che c'è non ti piace essere chiamata così?" ridacchia il coglioncello.

"Ehi, lasciala stare! Non ne hai prese abbastanza l'ultima volta?!" tuona Nathan, giungendo alle mie spalle. Sento che sta per superarmi, ma io lo fermo ponendogli l'indice davanti alla faccia, a mezz'aria. Il mio sguardo non si è però minimamente spostato da quello che sta per vivere uno dei quarti d'ora più umilianti della sua vita.

"Ridillo" lo incito, avvicinandomi pericolosamente alla sua faccia.

"Orfanella" scandisce lui, senza esitare.

Appena pronuncia l'ultima lettera lo colpisco con la mano in orizzontale proprio sulla trachea. Lui sgrana gli occhi e comincia a tossire, facendo poi respiri affannosi. Basta un colpo nel punto giusto e hai perso. Non lascio passare neanche un secondo che lo faccio cadere in ginocchio grazie ad un calcio laterale a lato del ginocchio sinistro. Una volta che il deficiente è in ginocchio e fa fatica anche a respirare mi abbasso al suo livello, con calma. Faccio roteare la lingua nella guancia. So che moralmente è assolutamente inaudito quello che sto facendo, ma almeno questo spettacolino servirà a ricordare a qualcuno qual è il suo posto nel mondo.

"Battuto da una puttana qualsiasi con una bella carrozzeria. Patetico, non è vero?" domando, con un sorriso strafottente ai massimi livelli. Gli tiro un paio di schiaffetti di sfottó in faccia, poi mi alzo e senza guardare nessuno me ne vado con una camminata trionfale alla ricerca della mia aula. Era da un po' che non entravo in azione.

Sento i brusii della gente nei corridoi e la cosa fa ingigantire ancora di più il mio ego. Se non posso farmi rispettare con le buone, lo farò con le cattive. Non sono entrata nell'FBI per niente, e di sicuro non sono famosa per essere una persona gentile.

Fanculo, stronzi.

40. BETTY

"Ed ecco perché lunedì partirete per il campeggio di Woodstone. Tutto chiaro?"

Mi sto tenendo la testa tra le mani e sento che dentro di me la disperazione sta salendo ogni secondo di più. Io odio il campeggio. È una delle cose che di più mi danno sui nervi. Non resisterò un solo giorno senza dare di matto, me lo sento.

"Professore, ma non si potrebbe scegliere una meta meno... Selvaggia?" propone quella gallina di Juliette, con cui per la prima volta sono d'accordo.

"Hai paura che ti si sporchino i tacchi?" ridacchia qualcuno.

"Temo di non poterla accontentare Juliette. Vedrà che una settimana nella natura selvaggia le piacerà comunque"

Una settimana. Voglio morire. Insetti, ragni, cimici, grizzly feroci, topi... Non tornerò a casa sana. Se c'è un posto che un'ipocondriaca come me odia è proprio il campeggio, ancora più di questa scuola infernale.

A quanto ho capito saremo quattro classi ad andare: due quarte e due quinte, tra cui niente poco di meno che la classe di Coglionathan e della sua snervante cheerleader. Non sono ancora partita e già voglio tornare a casa. In più sarò in stanza con delle ragazze, che si sa essere particolarmente ostili con i nuovi membri. Insomma, non si prospetta una gita facile. Il professore ci elenca le camere, ma io non ascolto più di tanto. Ho altro per la testa in questo momento.

Grazie a dio la campanella suona e io mi fiondo verso l'unica certezza della mia vita al momento: il cibo. I miei quattro cavalieri dell'Apocalisse mi raggiungono dopo poco. Quasi mi dispiace non essere in camera con loro. Sicuramente avrò modo di intrufolarmi.

"Non vedo l'ora di partire e di staccare un po' il cervello da questa scuola" sospira Mason.

"Siamo capitati anche in camera insieme, per cui sarà un bijou" replica Ben.

" Ehi El, tu con chi sei in camera?" mi domanda Alan.

"Oh, non ho ascoltato. Non che mi interessi più di tanto" rispondo.

"Certo, ma interessa a me" continua a lui.

Sollevo un sopracciglio, confusa. Ho l'impressione di sapere dove andrà a parare questa conversazione.

"Non metterò una buona parola per te con le mie compagne di stanza per poi vederti mentre piombi nel mio bungalow per scopare. Aria" puntualizzo.

"Oh, ma sei crudele!"

"Mi piace il silenzio quando dormo"

"Magari potresti essere tu quella che rimane sveglia e che non fa dormire le altre, chissà..."

"Ogni giorno fai sempre più ribrezzo tu"

"Grazie, è un talento naturale"

"Non avevo dubbi"

Mentre Alan continua nel suo teatrino da giullare della *cumpa*, io giro gli occhi, che vanno a capitare proprio dove non devono: Nathan è seduto al tavolo dei giocatori di football, e sembra che si stia divertendo. Pff, tipico. Intanto che parla con gli altri però, il suo sguardo vaga per la sala, e per mia sfortuna non faccio in tempo a fare finta di niente che i nostri sguardi si incrociano. Avverto un brivido lungo la schiena. Stupido Nathan.

"Ehi, tu sei Eleonore, giusto?"

Una vocina acuta mi fa sobbalzare dallo spavento e, come ogni volta in cui non devo assolutamente farmi notare, mi vola il vassoio dalle mani, e faccio cadere il tutto a terra.

"Se.. E quello era il mio pranzo..." dico, mettendomi le mani sui fianchi e sbuffando. Raccolgo velocemente le cose, e per fortuna non ho sporcato per terra più di tanto. Infilo tutto nell'immondizia e mi volto poi verso la fonte del mio spavento: una biondina bassa e dai grandi occhiali mi fissa, con un sorriso a ventimila denti.

"E tu saresti?"

"Betty Hole. Sono una delle tue compagne di stanza!" squittisce la ragazza. Mentre parla si muove come una rincoglionita. Non so che problema abbia, ma so che nonostante la mia indiscussa eterosessualità non riesco a non fissarle il seno. Ha due tette gigantesche e sinceramente più vicine sono, più io mi sento in difetto.

"Piacere, io sono Eleonore"

"Lo so chi sei sciocchina, qui ti conoscono tutti!"

"Immagino... E quindi tu sarai in stanza con me?"

"Esatto! Sarà un'ottima occasione per fare amicizia, non credi?!"

Mi scappa una risatina nervosa dalla bocca, e per un attimo mi sembra di stare parlando con una pazza psicopatica.

"Ehi, Betty!"

I ragazzi la salutano, e sembrano conoscerla abbastanza bene. Seguo la massa e faccio finta che la cosa mi importi.

"Ciao Betty..."

Mi accorgo che uno dei ragazzi la sta salutando più lentamente e a voce più bassa. Lancio un'occhiata a Ben, che sembra incantato da un qualche odore strano emanato da Betty. E così qualcuno ha una cotta. Buono a sapersi.

"Bene, ora devo andare.. Ci vediamo, compagna!"

Sorrido e ricambio il saluto. Operazione campeggio: iniziata.

41. INVITO A CENA

Cammino con la stessa flemma di chi è stato appena massacrato ad un incontro di wrestling. Mason e gli altri avevano da recuperare delle ore di laboratorio oggi, per cui mi è toccato tornare a casa coi mezzi. Mi ero scordata di quanto il pullman fosse scomodo e puzzolente. Bello schifo.

È stata una giornata pesante e tra la notizia traumatica del campeggio e il mio viaggio in autobus non so cosa sia stato peggio. È un'amara scelta tra la puzza di cane bagnato e la puzza di calzini marci. Che bello.

Arrivo finalmente nella mia via, e tiro un sospiro. Scott sarà fuori per qualche ora dato che doveva andare a parlare con la madre di Sarah di nuovo, e così io avrò qualche ora di tempo per rilassarmi.

Appena mi avvicino a casa mia noto però che ci sono due figuri che stanno parlando proprio davanti al vialetto di casa mia. Aggrotto la fonte e osservando meglio riesco subito ad intuire la situazione: Nathan è in piedi davanti a suo padre e la discussione si sta facendo accesa. Oh no, io un altro budino di Nathan per strada non lo raccolgo. Accelero il passo e in men che non si dica arrivo di fianco al ragazzo, mettendogli una mano sulla spalla.

"Ehi Nathan! Scusa il ritardo. Ho chiesto a mio zio, e anche se torna tra poco dal *turno in caserma* ha detto che possiamo andare da me per studiare.. Oh, scusate, ho interrotto qualcosa?"

Faccio la finta tonta, ma è necessario se voglio tirare fuori il ragazzo da questo casino. Appena l'uomo sente nominare la caserma della polizia si fa un pochino rigido. Se sua moglie l'ha denunciato avrà sicuramente una diffida. Il che significa che non può sicuramente stare qui.

"Non finisce qui" grugnisce, per poi salire sulla propria auto e sparire nel nulla.

"Ma che fai?!"

"Ti salvo le chiappe, come al solito"

"È pericoloso"

"La storia della caserma ha funzionato, accontentati"

"Non farlo mai più"

"Oh beh scusa se non mi fa piacere trovarti per strada mezzo morto e raccoglierti col cucchiaino"

"Sono affari miei, non tuoi"

"Se ti fa del male non sono solo affari tuoi"

Rimaniamo in silenzio qualche secondo. Imbarazzante.

"Comunque grazie"

"Non ringraziarmi. L'avrebbe fatto chiunque..."

"No,non è vero"

"Forse hai ragione... Beh in ogni caso, ci vediamo..."

Lo saluto e faccio per avvicinarmi alla porta di casa, ma la sua voce mi ferma. Fa ancora un certo effetto.

"Ho parlato con Hayley. Non ti darà più fastidio"

"Beh, è un bene... Alla fine non ho neanche capito chi fosse per te a dire la verità"

Nathan tira in dentro le labbra e sospira.

"La mia prima volta"

"La tua prima che?!" ripeto, sollevando un sopracciglio.

"Non guardarmi così, tutti hanno una prima volta"

"Non ti facevo così sentimentale"

"Infatti non lo sono, o almeno non più. Io le ho dato tutto e lei mi ha dato il ben servito"

"Nathan Bennet lasciato da una ragazza... Che tragedia" ironizzo.

"Che fai? Prendi per il culo adesso?" mi chiede, ridendo.

"È il mio momento di gloria, lasciamelo assaporare"

"Sei una stronza"

"Si, hai ragione... Ma fa comunque ridere da come lo dici. E poi scusa, ora non mi sembra così disinteressata la ragazza, ti ronza parecchio intorno"

"Lo fa solo per divertirsi. Mi è già capitato di mollare una ragazza per un ipotetico ritorno di fiamma... Sono stato scaricato di nuovo. È come se volesse sempre imporsi su di me"

"Beh, perché glielo permetti?"

"Gliel'ho permesso per tanto tempo... Finché non è arrivato qualcuno a stravolgere tutto"

Sollevo le sopracciglia.

"E perché mai avrei stravolto tutto?"

"Perché sei diversa. Sei spontanea. Qui di ragazze come te non ce ne sono, o almeno, se ci sono fanno di tutto per nascondersi.. Tu no. Tu sei... Tu. Sei vera"

L'ultima parola mi trafigge il petto come un pugnale affilato. Se c'è qualcuno che più di tutti sta mentendo qui sono io. Non posso dirlo a nessuno, eppure in questo momento vorrei urlarlo in pubblica piazza. Ma si sa, i segreti fanno parte del mio lavoro. La vita a volte è davvero amara.

"Chissà, magari non sono così buona come credi che io sia"

"Lo sei abbastanza per stravolgere la vita di qualcuno"

Appena Nathan finisce di parlare mi ritrovo le sue labbra addosso, e sento il mio corpo essere percosso da una scossa elettrica.

"Oh mio dio"

Accidenti. Mi stacco in modo fulmineo, e mi volto. Scott è fermo nel mio vialetto, con gli occhi sgranati. Oh no. Ci mancava solo questa.

"Siamo nei guai?" mi chiede Nathan sottovoce.

"Lo scopriremo tra due secondi" rispondo, con lo stesso tono.

"Tu hai un fidanzato?! Allora vi siete messi insieme dopo essere usciti! Non mi avevi detto niente!" mi dice, sbalordito. Certo che potrebbe recitarla meglio la parte del tutore possessivo.

"No, ecco lui non è..."

Non faccio in tempo a finire la frase che Nathan mi scavalca e porge la mano a Scott.

"Nathan Bennet. Si, sono il fidanzato di sua nipote"

Sgrano gli occhi. Cosa?!

"Oh..Okay.."

Scott mi rivolge un sorriso stupito. Io sembro appena uscita dal manicomio: non so se essere più preoccupata per Nathan, che scoprirà quanto Scott può mettermi in imbarazzo, o per Scott dato il temperamento di Nathan.

"Beh, visto che ormai siete insieme e siete qui, ti va di venire a cena da noi? Così potrò conoscerti finalmente!"

"Per me va bene... Finalmente?" domanda Nathan, senza capire.

"Beh sei il primo ragazzo che vedo intorno a mia nipote senza lividi, e poi in questo periodo avevo sentito nominare un certo Nathan..."

"VA BENE BASTA COSÌ ABBIAMO CAPITO, CIAO NATHAN CI VEDIAMO A CENA" urlo, prendendo Scott per una manica e trascinandolo verso la porta.

Il mio patrigno e il mio non fidanzato a cena insieme. Non poteva andare peggio di così.

42. BACI SFUGGENTI

"E così sono dovuto andare a recuperarla a scuola dopo che aveva scatenato una guerra col cibo perché il suo fidanzatino l'aveva tradita con la compagna di banco"

Continuo a infilarmi in bocca cibo facendo finta di niente. In tutta la mia vita non ho mai dovuto affrontare una serata imbarazzante come questa.

Nathan e Scott hanno fatto incredibilmente amicizia e praticamente mi hanno ignorata per tutta la durata della cena. Peccato però che da dieci minuti a questa parte l'argomento preferito dei due sia passato da essere il football a essere *i momenti più imbarazzanti della vita di Reel Payn*. Voglio sotterrarmi. Per fortuna che Scott non può raccontare proprio tutto dato che siamo in missione sotto copertura.

"È proprio necessario?" chiedo, lanciando un'occhiataccia al mio patrigno. Bevo un sorso di Coca Cola perché ormai la mia gola sta diventando il deserto del Sahara.

"Oh quante storie, sono solo vecchi ricordi. E poi se state insieme dovrà sapere anche queste cose prima o poi"

"Meglio poi che prima però" lo rimprovero.

Sento Nathan che se la sta ridendo sotto i baffi. Questa sceneggiata non poteva finire in maniera peggiore per me. Andiamo avanti a mangiare e con noi continuano anche gli aneddoti su di me. Non ho mai odiato Scott così tanto in vita mia come in questo momento. Potrei seriamente pensare di ucciderlo nel sonno. Finalmente arriviamo al caffè e con una scusa riesco a divincolarmi da questo scenario imbarazzante.

"Beh, abbiamo mangiato un sacco, direi che e il momento di una passeggiata per smaltire. Andiamo?" intimo a Nathan, con un sorriso che più che dolcezza esprime voglia di uccidere qualcuno.

"Ma è prest.."

Gli mollo un calcio da sotto il tavolo e lo sento soffocare un gemito di dolore. Cosi impari a mettermi in situazioni simili, razza di babbeo.

"Oooh..si..anche io sono molto stanco" dice Scott con teatralità, facendomi un occhiolino evidentissimo. Mi passo una mano sulla faccia in segno di resa. Questi due insieme sono ingestibili.

"Va beene... Andiamo!"

Sollevo Nathan di peso e lo trascino fuori in men che non si dica.

"Arrivederci signor Parker,è stato un piacere!" lo sento dire, mentre viene praticamente lanciato fuori di casa.

Mi richiudo la porta alle spalle,e tiro un sospiro. Finalmente è finita. Nathan scoppia in una fragorosa risata.

"Dovresti vedere la tua faccia"

"Beh,prova tu a stare nella stessa stanza con tuo zio che sbandiera le tue imprese di quando ancora portavi il pannolino"

"Eri intraprendente già a quell'età"

"Prendi per il culo?"

Gli mollo un buffetto sul braccio. Andiamo avanti a riderci sopra per cinque minuti buoni, finché tra noi non cala un silenzio imbarazzante.

"E ora che facciamo?"

Aggrotto le sopracciglia.

"Assolutamente niente. Tu vai per la tua strada e io per la mia. Tra un paio di giorni mi inventerò che ci siamo lasciati e tutto tornerà come nuovo"

"Davvero non ti piace l'idea di stare con me?"

"Non si tratta di questo,e lo sai. Sarebbe potuta finire in maniera diversa"

"Ti ho gia detto che mi dispiace"

"E io come dovrei fare a fidarmi di te?"

"Ti dimostrerò che puoi farlo"

"Non è andata molto bene fino ad ora"

"So di aver sbagliato, e sto provando a rimediare, ma anche tu cerca di capire, è successo tutto prima che ci conoscessimo"

"Ah quindi all'improvviso sono io che devo cercare di capire?"

"Beh mi farebbe parecchio comodo... a volte sei di coccio"

"Ah scusa, tu vai a sbandierare i fatti miei in giro e sarei io quella di coccio?"

"Non ci parlavamo neanche! Non potevo immaginare che saremmo finiti così! Mi dispiace!"

"Beh potevi evitare a prescindere dato che la tua ex è una psicopatica manipolatrice!"

"Ti ho detto che ho già parlato con Hayley, non ti disturberà più!"

"Si, me lo immagino cosa puoi avergli detto, qualcosa tipo *scusa, se non ti è di troppo disturbo puoi smetterla di importunare gli orfani? Fanno talmente pena!*"

"Non ho detto nulla del genere e lo sai!"

"Ah beh, e cosa le avresti detto, sentiamo!"

"Le ho detto che non la voglio vedere mai più e che deve lasciarti in pace, contenta?!"

"E perché dovrei crederti? Nessuno si giocherebbe il primo amore per una qualsiasi"

Nathan si morde il labbro. Sembra quasi che faccia fatica a rispondermi.

"Non sei mai stata una qualsiasi"

Vorrei rispondergli,ma la suoneria del suo cellulare interrompe la nostra discussione.

"È mia madre. Devo andare"

Sto per parlare, ma dalla gola non mi esce niente. Sento un nodo allo stomaco che non mi permette di prendere aria. O sto sviluppando una massa cancerogena nello stomaco o queste sono farfalle. E non so quale delle due alternative mi provocherà più casini.

Rimango lì imbambolata, mentre Nathan fa per andarsene, ma un impulso inaspettato mi fa muovere le gambe. Arrivo fino a lui, e con sua grande sorpresa gli schiocco un bacio, quasi ne avessi bisogno. Lui accoglie le mie intenzioni,anche se sorpreso.

Appena realizzo in che guaio mi sono cacciata mi stacco dal bacio e faccio la cosa più intelligente e razionale che mi viene sul momento.

"Ehm... ci vediamo!" starnazzo, scappando in casa come una gallina stordita.

Mi richiudo la porta alle spalle, e crollo a terra. Sono una testa di cazzo.

43. UNA VECCHIA CONOSCENZA

Cammino per i corridoi della scuola con fare sconnesso. Non so neanche come ho fatto ad arrivare qui stamattina.Non ho dormito tutta la notte per capire perché diavolo ho baciato Nathan ieri sera. Non è da me. Non è affatto da me.Questo paese mi sta rincoglionendo e ne sono ogni giorno più convinta. Le mie riflessioni vengono interrotte da un gridolino di eccitazione provenienti da un gruppo di ragazze poco distante da me.

"È tornato, lo hanno visto entrare!"

"Oh mio Dio!"

Deve essere successo qualcosa di importante per mandare in visibilio le gallin.. ehm, le ragazze.

"Oh madonnina santissima! Eleonore hai sentito?!"

Una voce acutissima mi fa trasalire e per poco non mi viene un infarto. Betty sta saltellando come una matta proprio di fianco a me.

"Ma che hai? Anzi, che hanno tutte?"

"È tornato Ethan! Oh mio Dio,non ci credo"

Okay, è mattina e sono già confusa di mio.

"Chi?"

"Non ne hai mai sentito parlare?!"

"È così strano?"

Betty mi si avvicina furtiva e comincia a parlare sottovoce.

"Pensavo che essendo amica dei Bennet lo sapessi. È con lui che Hayley ha tradito Nathan"

Rimango di sasso e all'improvviso vedo Betty irrigidirsi.

"Ehy, che hai?" le chiedo distrattamente.

"Interrompo qualcosa?"

Una voce maschile mi fa sobbalzare di nuovo, e stavolta mi cadono di mano tutti i libri.

"Ma perché cazzo avete tutti l'abitudine di arrivare alle spalle in questo paese?!" impreco. Mi volto per capire chi mi abbia fatto combinare il danno. Un paio di occhi verdi si piantano nei miei come due smeraldi. Wow.

"Scusami...ehm,il tuo nome?"

"Ehm, non sono affari tuoi?" chiedo scocciata, raccogliendo tutti i libri. Già di mattina sono rincoglionita di mio, ora ci si mette pure la gente a farmi cadere le cose.

"Mmh.. siamo parecchio ribelli eh"

"Sei ancora qui?" chiedo annoiata.

"Per fortuna ho provveduto ad informarmi prima di arrivare... Capelli bianchi, occhi verdi, sguardo sprezzante... sei la nuova studentessa giusto?"

"Se lo sai perché lo chiedi... ma che problemi hai?!"

"Ti stavo cercando per presentarmi... sono Ethan Davis, piacere... mi hanno detto che sei un bel tipo e così volevo verificare di persona"

Ah ecco. In effetti i modi del cazzo per piacere alla rossa psicopatica li ha.

"Si,in effetti stamattina mi sentivo molto come un prodotto del supermercato, in vetrina per farmi vedere" dico, sarcastica.

"Non volevo dire questo" continua,impassibile.

"Primo giorno e già ti trovo in mezzo alle palle Davis?"

Nathan si avvicina e si mette di fianco a me con fare minaccioso. Oh oh.

"Bennet, da quanto tempo! È sempre un piacere rivederti... come sta Hayley?" chiede il tizio nuovo, tirandogli una evidente frecciatina.

"Non lo so e non che mi importi. Ho altro a cui pensare"

A mano a mano che Nathan parla mi si para sempre più davanti. Speriamo che non scoppi una rissa,non sono abbastanza sveglia per fermarli.

Ethan sostiene lo sguardo di Nathan, e poi solleva le sopracciglia e sposta lo sguardo su di me.

"Ohh capisco... non hai perso tempo con la nuova arrivata vedo. È nel tuo stile d'altronde"

Sento che Nathan sta per mollargli un pugno sul muso. Non avrebbe tutti i torti.

"La nuova arrivata sa decidere da sola dove e con chi andare, grazie" commento.

"Ne sono sicuro. Una volta viste tutte le opzioni la scelta sarà quella più ovvia"

"Senti brutto.."

Fermo Nathan all'ultimo dato che ormai lo stava per prendere per il collo.

"Ripeto, ce la faccio da sola, grazie" dico, tirandolo un'occhiataccia, rivolgendomi poi a Ethan, "e comunque non è una gara. Insomma cresci un po' e piantala di dire certe scemenze. Dai, andiamo"

Prendo Nathan per un braccio e lo trascino via. Accidenti, neanche i bambini all'asilo sono così problematici.

44. LIMONATA DAL NASO

Sono finalmente riuscita ad arrivare in mensa dopo una giornata abbastanza movimentata. Per fortuna sono riuscita a calmare Nathan dopo la discussione con Ethan. Se vado avanti così rischio di finire in mezzo ad una rissa sul serio. *Devi essere discreta.* Le parole di Scott mi risuonano nel cervello come un martello pneumatico. Non sono proprio capace di tenermi fuori dai guai.

"Dite che oggi le fanno le patatine?" chiede Wade, sovrappensiero.

"Pensi sempre alle patate" gli tira una frecciatina Ben.

"No, quello è Alan" commenta Mason, ridacchiando.

Non avrei mai pensato di dirlo, ma menomale che ci sono loro quattro. È bello avere qualcuno con cui parlare e ridere ogni tanto.

"Mi stai dando del pervertito Mason?" chiede il belloccio del gruppo.

"Eleonore!" squittisce la voce di Betty in lontananza. La vedo al tavolo con altre due ragazze, che si sbraccia per farsi vedere. Al suo fianco ci sono una ragazza vestita abbastanza strana, stile figlia dei fiori e una che invece sembra appena uscita da Moulin Rouge. Il termine g*onna girofiga* non esprime abbastanza la sottigliezza di quella che indossa.

"Venite a sedervi con noi!" urla per mezza mensa.

"Wow, quella ragazza ha una voce assurda" commenta Mason.

"Ma è così carina..." si lascia andare Ben.

Noi altri gli lanciamo un'occhiata maliziosa.

"Cioè è carina normale,non carina...non capite male!" si corregge subito il ragazzo.

"Puoi ammetterlo se ti piace Benny, nessuno te ne farà una colpa. Personalmente punto a quella dai piccoli vestiti e dalle grandi tette. Andiamo!" esclama Alan.

Alzo gli occhi al cielo, ignorando beatamente l'affermazione appena fatta. Prima o poi finirà molto male.

Andiamo a sederci con le ragazze, e in men che non si dica conosco anche le due sconosciute: quella più *hippie* si chiama Alice, mentre quella più prosperosa, da Alan nominata *tette a mongolfiera,* ho capito chiamarsi Lisa. A quanto dice Betty saranno loro le mie compagne di stanza.

"Beh quando saremo in campeggio potremmo venire a farvi visita. Non riusciamo a stare lontano da Eleonore per troppo tempo" salta su Alan ad un certo punto. Brutto lecchino che non sei altro.

"Beh perché no" dice Lisa, esibendo un sorriso a 32 denti. Fatti l'uno per l'altra.

"Basta che non fate cagnara e per me potete fare come vi pare" commento io.

"Oppure potremmo fare delle passeggiate al lago..." propone Ben, riservando un'occhiata di riguardo per Betty.

"Oh, io adoro il lago!" squittisce lei.

Bevo una sorsata di limonata per digerire l'atmosfera.

Ho capito, mi toccherà dormire sotto ad un acero per non sentire la gente che scopa di notte. Qualcuno, per mia sfortuna, esterna il mio stesso pensiero, ma in modo differente.

"A proposito Eleonore, gira voce che tu ti veda con Bennet senior... se hai bisogno del bungalow libero avvisaci" mi dice Alice, facendomi l'occhiolino.

"Tranquille, vi avviseremo per tempo" dice una voce maschile alle mie spalle.

Dall'imbarazzo per poco non mi strozzo con la limonata sputando tutto e iniziando a tossire. Mi volto e, come al solito nei momenti meno opportuni, Nathan è alle mie spalle che mi fissa divertito. Le altre ragazze sono basite, mentre i miei quattro compari se la stanno ridendo sotto i baffi, Alan in special modo.

"Quando hai finito di annaffiare il tavolo con la limonata vieni alle macchinette che dobbiamo fare due chiacchiere su ieri sera" dice, andandosene così come era apparso.

Appena mi giro vedo Alan con gli occhi sgranati e la bocca spalancata, che mi fa un gesto strano con l'indice che va avanti e indietro tra l'indice dell'altra mano e il pollice.

Sgrano le palle degli occhi e mimo un *no* con la bocca, scuotendo la testa e facendogli segno di piantarla. Naturalmente le mie compagne di stanza stanno assistendo alla scena, anche se non so che chiave di lettura stia passando. Mi alzo dal tavolo per andare incontro al mio destino, e appena lo faccio sento il tavolo intero scoppiare a ridere.

Che figure del cazzo.

45. SFIDA

Arrivo fino alle macchinette strisciando i piedi dall'ansia. Non so cosa Coglionathan voglia dirmi, ma sicuramente sarà un colpo basso, come suo solito. Per la prossima missione mi assicurerò di essere mandata in un posto senza adolescenti di sesso maschile. A pensarci bene forse è meglio senza adolescenti, punto.

Lo vedo appoggiato alla macchinetta delle bibite che mi aspetta. La tensione si taglia col coltello ancora prima che io possa spiccicare parola.

"Hai finito di sputare limonata dal naso, principessa Eleonore?" mi prende per il culo.

Divento bordeaux in faccia.

"È colpa tua che hai l'abitudine di merda di arrivarmi alle spalle"

"Veramente sei tu che ogni volta che mi avvicino stai parlando di me in modo poco casto signorina" mi dice, con una vocetta irritante.

Il bruciore alle guance aumenta e nel frattempo un piccolo John Cena ha cominciato ad usare il mio stomaco per allenarsi col salto alla corda.

"Arrivi sempre al momento sbagliato"

"O al momento giusto, dipende dai punti di vista"

"O mi dici cosa vuoi o torno nel mio angolino a sputare limonata dal naso" dico, imbronciata.

Lui incrocia le braccia e solleva un sopracciglio.

"Veramente dovresti dirmelo tu che succede, prima mi dici che non ti fidi, poi mi baci così a caso, poi mi eviti... Mi vuoi spiegare?"

Non dire cazzate. Non dire cazzate. Non dire cazzate.

"Sono schizofrenica"

M*a porca puttana.*

"Okay, seriamente, qual è il tuo problema? La tappa dell'imbarazzo dovevamo averla già superata"

"E questo chi lo avrebbe deciso?"

Nathan si guarda un attimo intorno, probabilmente per essere sicuro di non farsi sentire.

"Lo abbiamo deciso io e te sul tuo divano. Ci mancava poco che mi slacciassi i pantaloni o sbaglio?"

La tonalità *rosso pomodoro* della mia faccia viene ufficialmente bypassata, raggiungendo un bel colorito melanzana. Qualcuno prenda una pala e mi sotterri, adesso.

"Beh in effeeetti... non senti anche tu un po caldo?!"

Comincio a tirarmi il colletto della maglietta. Sto sudando peggio di un toro portoghese e per la prima volta in vita mia mi mancano davvero le parole.

Nathan mi osserva confuso per qualche secondo, poi scoppia a ridere di gusto. Io non so che ci trovi di divertente.

"Che c'è?!" chiedo a denti stretti.

"Quando ti imbarazzi diventi peggio di un cartone animato, sei assurda"

"Io non sono imbarazzata..." dico con la voce strozzata. Faccio pena a recitare quando sono nervosa, lo ammetto.

"Ah no?" chiede lui, con tono di sfida.

"No" rispondo puntualmente. Mannaggia al mio orgoglio del cazzo.

Nathan coglie la palla al balzo e si avvicina precipitosamente. Io strizzo gli occhi, riluttante e allo stesso tempo speranzosa di un contatto tra le nostre labbra. Dopo qualche secondo però apro un occhio e noto che il ragazzo mi ha perculato alla grande. Mi sta fissando da vicino, con un sorriso vittorioso. Scoppia a ridere poco dopo.

"Sei un cretino!" commento scocciata.

"Dovresti vedere la tua faccia" ridacchia, divertito.

Gli tiro un buffetto sul braccio, ma per poco non scappa da ridere anche a me.

"Ma perché non ammetti che ti piaccio e basta? Sarebbe tutto più semplice" mi chiede alla fine.

"Te l'ho detto, non sono più interessata dopo la nostra litigata"

Menzogne. Enormi, giganti menzogne.

"Mmmh... io non ne sono così convinto"

"Beh abituatici"

Ma perché sono così cocciuta?!

"Beh, c'è un solo modo per capire chi ha ragione. O meglio, per farti capire che ho ragione io"

Gli rivolgo uno sguardo fintamente annoiato. Il solito egocentrico maniaco.

"E quale sarebbe?"

Il suo sorriso si trasforma in un'espressione malvagia e perversa. Non so cosa abbia in mente, ma credo di essermi fregata con le mie mani.

"Lo scoprirai durante la gita. Se avrai ragione non succederà niente. Se avrai torto..."

Sgrano gli occhi. Questo pazzo scellerato mi manderà al manicomio.

"E cosa avresti intenzione di farmi di preciso? Vorrei ricordarti che lo stupro è ancora illegale"

"Sai che non faccio certe cose. Inoltre anche se fosse, non servirebbe. Verrai tu da me, vedrai"

Aggrotto le sopracciglia.

"E me lo stai dicendo con così tanta sicurezza perché...?"

"Vedrai"

Detto questo fa per andarsene come se niente fosse.

"Ehi,ma dove vai,aspe.."

La campanella di fine pranzo suona e io rimango appesa ai miei dubbi come un pesce lesso.

"Ci vediamo Brontolo" mi dice solo, prima di sparire tra i centinaia di studenti sparsi per i corridoi.

Grandioso. Dovrò portarmi lo spray al peperoncino in gita.

Qualcosa comunque mi dice che non finirà bene per niente.

46. SBIRCIATA GALEOTTA

"Mettete le valige di sotto e poi prendete posto!"

È finalmente arrivato il gran giorno della gita, e io non sono proprio nel *mood*. Ho una valigia grossa quanto casa mia e mi sembra di dover partire per Dubai. Ho deciso di indossare per il viaggio una maglia bianca, dei pantaloncini neri e corti, un paio di occhiali da sole, identici a quelli di Crowlye in *Good Omens*, e un paio di converse nere.

Mi sono portata dietro anche un cuscino di quelli portatili, ideali per collassare in viaggio. Il campeggio è distante ben otto ore di viaggio e io ho l'impressione di non potercela fare. Troppo tempo.

Grazie a Dio la macchina di Mason è abbastanza grande, per cui in un modo o nell'altro abbiamo portato tutte le valigie a scuola. Questo viaggio sarà estremamente lungo.

"Ehi Eleonore!"

La voce di Betty mi risuona nei timpani come una sveglia poco simpatica. Anche se sto caricando la valigia sul pullman sono ancora in coma.

"Ciao" borbotto.

"Stiamo vicine sul pullman?"

Annuisco debolmente, senza esagerare con i segni di vita. Voglio collassare male.

Finalmente partiamo e la prima cosa che faccio è fare un lungo pisolino, della durata di ben 3 ore, interrotto poi da una sosta bagno. Praticamente passo tutto il viaggio tra il sonno e il dormiveglia e decido di svegliarmi solo quando bisogna scendere a fare pipì o a mangiare. Se solo il pullman fosse comodo per dormire sarebbe l'ideale.

Arriviamo finalmente in campeggio di sera e, come si era già capito, mi ritrovo in bungalow con Betty, Alice e Lisa. Devo ammettere che come compagne non mi dispiacciono affatto. Poteva andarmi molto peggio: potevo finire in camera con quella fuori di melone di Juliette o con Hayley. Sarebbe stata la fine dei miei giorni di vacanza.

Sistemiamo le nostre cose abbastanza velocemente e poi usciamo sul pianerottolo del bungalow per prendere un po' d'aria. Tutti si stanno sistemando e anche se è sera tardi stiamo facendo un macello incredibile.

Io e le mie tre compari decidiamo di farci velocemente una doccia per levarci di dosso il sudore del lungo viaggio, ma decidiamo di andare nelle docce pubbliche del campeggio. Ci metteremmo tre anni ad usare la piccola doccia del bungalow.

Prepariamo le nostre cose e ci avviamo piano piano, trovando alle docce altre nostre compagne, felici di aver intrapreso la stessa nostra strada. Per fortuna le docce sono numerosissime, e riusciamo più o meno ad entrare tutte.

Il getto d'acqua calda che mi investe credo sia la cosa più bella che mi sia capitata negli ultimi giorni. Sento i miei muscoli distendersi e anche se il chiacchiericcio delle altre (riescono a parlare anche da una doccia all'altra, incredibile) mi disturba un po', riesco comunque a rilassarmi. Devo cercare di non fare troppi danni durante questa vacanza. Scott è stato molto chiaro in merito. Ho lasciato a lui le indagini in paese, mentre io cercherò qui. In un'indagine dovresti per prima cosa individuare le cose strane. Il problema? Qui sono tutti assurdamente strani.

Ad un certo punto il mio flusso di coscienza viene interrotto da un piccolo dettaglio che attira la mia attenzione. Dallo spazio tra la porta della doccia e il terreno vedo delle gambe che camminano. Tante gambe. Che ci sia un'altra scolaresca arrivata a quest'ora? Mi sembrano dei piedi un po' grandi per delle ragazze. E alcuni sono decisamente troppo pelosi.

La mia teoria viene confermata quando il grido di una nostra compagna di classe ci fa automaticamente uscire tutte dalle docce, per fortuna con indosso gli accappatoi. Riusciamo a beccare i colpevoli in flagrante: tutti i ragazzi partecipanti alla gita, capeggiati niente poco di meno che dalla squadra di football, avevano deciso di spiarci mentre ci stavamo facendo la doccia. Tra questi, il mio sguardo ricade proprio su quelli che peggio affronteranno la mia inquisizione: Mason, Ben, Wade e Alan mi rivolgono un sorriso di scuse. Appena sarò vestita in modo adeguato giuro che li appendo per le mutande alla bandiera del campeggio e li lascio lì a penzolare.

Il mio sguardo furioso naturalmente ricade anche su quella che scommetto sia una delle teste che ha partorito l'idea: Nathan, nonostante si stia prendendo le peggio parolacce da tutte le ragazze presenti, cerca il mio sguardo e mi sorride beffardo. Gli mostro un dito medio chiaro come il sole e poi sposto lo sguardo.

Se è una guerra che vuole, una guerra avrà.

47. MAIALI PERVERTITI

"Geniale" bofonchia Alice, mentre stiamo finendo i preparativi per la nostra vendetta ufficiale.

Abbiamo appena finito di cenare e i professori hanno deciso di lasciarci la serata libera. I ragazzi si stanno organizzando per fare non so cosa, ma noi ragazze abbiamo optato per un piano diverso. Ci siamo consultate e abbiamo improvvisato un piano di vendetta niente male.

"Allora hai finito?" chiede Betty a Lisa, che sta finendo l'ultima opera.

"Fatto!" esclama lei soddisfatta.

Afferriamo tutti gli assorbenti che abbiamo adeguatamente aperto e su cui imperversano le parole *maiali pervertiti*, scritto ovviamente col rossetto. Tutte le ragazze li stanno preparando a loro volta e ci siamo divise i bungalow su cui andranno attaccati. I nostri sono rispettivamente quello dei quattro traditori e altri due della squadra di football.

"Forza ragazze, è il momento"

Piano piano ci addentriamo nella via di bungalow dove soggiornano i ragazzi. Con noi ci sono altre ragazze, tra cui Hayley e Juliette.

"Non credevo che potessi partorire un'idea così assurda" mi rivolge la parola Hayley, sottovoce. Strano, io ero convinta che ci saremmo ignorate fino a fine vacanza.

"Le menti diaboliche vanno stroncate sul nascere" mi limito a commentare, senza farmi sentire.

"Non ti sopporto Parker, ma in questo momento sono molto più arrabbiata con queste teste calde. Tregua fino alla fine della vacanza e ci prendiamo la rivincita?"

"Andata. Ma comunque mi stai sul cazzo"

Finito di parlare ci sparpagliamo e cominciamo ad appiccicare assorbenti sulle porte dei bungalow degli uomini. Sto per appiccicare l'ultimo assorbente, quando vengo raggiunta da Betty e Hayley.

"Hai fatto?"

"Quasi"

"Ci resteranno malissimo" ridacchia Betty.

Tempo una decina di minuti e tutte le porte dei bungalow maschili sono inondate da assorbenti appiccicati. Fantastico.

Torniamo alle nostre postazioni e con la calma che viene prima dalla tempesta, attendiamo il risultato del nostro lavoro. Ci mettiamo a letto come se niente fosse. Quando si sveglieranno capiranno che enorme errore è stato venirci a spiare in doccia.

La notte passa senza che nessuno noti nulla, ma come previsto l'indomani mattina volano parole e occhiatacce.

Io ho gli occhiali da sole, una felpa col cappuccio e le ciabatte e sono a fare colazione al tavolo preparato per la nostra colazione. Betty, Lisa e Alice sono di fianco a me, anche loro in stato vegetativo. Sto pucciando una gocciola nel latte, quando la calma della mia mattina viene urtata in modo irreparabile.

"Assorbenti e scritte col rossetto? Una tua idea scommetto"

Alzo gli occhi e noto che davanti a me si è seduto Nathan, accompagnato da due tizi della squadra di football e dai miei quattro amichetti.

Sorrido senza neanche togliermi gli occhiali.

"Una trovata di classe, eh?"

"Sei sicura di voler giocare a questo gioco, Parker?"

"Avete cominciato voi" mi difende Alice.

"Giusto, se non foste entrati nelle docce delle donne non sarebbe successo nulla" conferma Betty.

"Oh, era solo uno scherzetto dai" cerca di mediare uno dei due energumeni del football.

"Anche il nostro lo era. Uno a uno palla al centro idioti" sento dire alle mie spalle. Hayley e la squadra intera di cheerleader si sono schierate dietro di noi. Anche i ragazzi del football stanno cominciando ad affluire. Avverto un certo clima di tensione.

"Bene. Allora che vinca il migliore" commenta Alan, rivolgendomi un occhiolino di riguardo.

Qualcosa mi dice che finirà male.

"Sappiamo già chi vincerà,non preoccuparti" continua Alice.

Il fischietto del professore ci riporta alla realtà e per un pelo non abbiamo sfiorato la rissa. Questa vacanza si prospetta meno rilassante di quello che pensavo, ma se i ragazzi hanno intenzione di andare avanti con le loro cretinate non mi tirero di certo indietro.

Finalmente potrò sfruttare qualche trucchetto.

48. BOMBARDATE

Torniamo dalla giornata lerci e distrutti. Abbiamo passato praticamente tutto il giorno a fare biologia, o meglio giardinaggio. Non so che razza di scuola porta le proprie classi quarte e quinte a fare simili attività. Conoscendo il preside la risposta sarebbe *è un ottimo modo per imparare il rispetto della natura alla vecchia maniera.* Stupido vecchio.

Ho appena finito di vestirmi dopo la doccia e sto cercando il mio cellulare, ma stranamente non lo ritrovo attaccato alla spina dove l'avevo lasciato. Iniziamo male.

"Qualcuno ha visto il mio telefono?" chiedo.

"Alan ha detto che gli avevi detto che poteva prenderlo. Ce lo ha chiesto dieci minuti fa" commenta Betty.

"Sarà meglio che vada a controllare che sia ancora intero"

Esco dal bungalow per andare a recuperare il cellulare, pregando che non si tratti di un altro scherzo di quei beoti deficienti. Arrivo al bungalow dei quattro e noto che la porta è aperta e qualcuno dentro sta ridendo come un matto. Ma che succede?

Metto il naso dentro e scopro la provenienza della risata: Mason ha quasi le lacrime agli occhi dal ridere. Sollevo lo sguardo e mi ci vuole poco per capire la fonte del divertimento: Alan è in mutande, in piedi sul letto, con la testa vicino alle pale della stanza. Attaccato alle pale c'è un omino per i vestiti, con sopra appeso un altro paio di mutande. Praticamente ci sono delle mutande volanti che girano per il soffitto dato che le pale sono accese. Ottimo.

"Darwin si rivolta nella tomba ogni giorno più velocemente" commento, attirando gli sguardi su di me.

"Ehi, guarda chi si vede, il nemico!" commenta quello in piedi sul letto e in biancheria.

"Ciao El" mi salutano gli altri.

"Sono venuta a riprendermi il cellulare"

Per fortuna dopo l'ultima volta che Alan ci ha messo le mani ho criptato tutte le informazioni importanti. Almeno anche se ci hanno ficcato il naso so di non essere nei pasticci.

"Scusa, i nostri erano scarichi" commenta Mason.

"La prossima volta chiedete però. Ma portarvi un caricatore?" li rimprovero.

"Con tutti i preservativi che ho portato non ci stava nella valigia" mi dice Alan, porgendomi il cellulare con fare principesco.

Glielo levo di mano con espressione annoiata, dopo di che li saluto e torno nei miei alloggi. Quei quattro mi tireranno scema prima o poi.

La cena passa stranamente veloce, senza che nessuno cominci a tirarsi il cibo o cose del genere, per cui decidiamo di ritirarci presto e di stare un po' tra di noi. Serata tra ragazze insomma. Invitiamo alcune nostre compagne nel nostro bungalow e mentre spettegoliamo del più e del meno cominciamo a giocare a poker. Vinco a mani basse tre volte. Non si imbroglia l'imbrogliona.

"Ma come fai?!" si lamenta Betty.

"Attenzione, faccia di tolla e un bel po' di culo"

Siamo sul pianerottolo del bungalow e ormai si è fatto buio.

"Sei bravissima accidenti" si complimenta Lisa.

"Se stessimo giocando a soldi sarei già diventata povera" commenta una delle ragazze unitesi a noi, che ho capito chiamarsi Faith.

"Comunque è strano" dice Alice ad un certo punto.

"Che cosa?" chiedo.

"Quei beoti sono stati tranquilli tutto il giorno"

"Già.."

Rimango in silenzio per qualche secondo.

"Stanno tramando qualcosa, eh?"

"Probabile"

"Forse è meglio..."

Alice non fa in tempo a finire di parlare che la quiete della giornata trova subito la sua fine. Un grido di battaglia ci fa capire che saremmo dovute essere pronte al peggio.

"CARICAA!"

In un millisecondo la via viene invasa da ragazzi in pantaloncini, con in mano dei secchi.

"Ma che.."

Decine di proiettili cominciano ad arrivarci addosso. Gavettoni pieni di qualcosa di bianco e pastoso. Tra i guerriglieri ritrovo la mia arcinemesi, che mi guarda soddisfatto e mi lancia addosso un palloncino, che mi investe, lavandomi da capo a piedi.

"Aaaah! Che schifooo" urlano le ragazze.

Un odore familiare mi raggiunge appena vengo investita dalla poltiglia bianca. Sapone? Riusciamo a ripararci in qualche modo dall'attacco, ma ormai siamo belle che fradice. I ragazzi,una volta finite le munizioni, si ritirano così come erano arrivati. Bastardi.

Una volta finita la battaglia noto che sul nostro pianerottolo è rimasto un gavettone inesploso. Lo sollevo davanti alla faccia delle altre.

" È un..." comincia a dire Betty.

"Preservativo pieno di shampoo" finisco io, ringhiando. Ci hanno bombardato di preservativi pieni di shampoo per capelli. Che colpo basso.

In quello stesso momento sento il mio cellulare vibrare. È un messaggio dal nemico.

Due a uno per noi. A te la palla Parker. O forse dovrei dire il preservativo. Nathan.

49. GUERRA A COLAZIONE

La mattina dopo, appena arriviamo a colazione l'aria si taglia col coltello. Da un momento all'altro potrebbe esplodere una bomba grande quanto questo campeggio. Grazie allo scherzo cretino dei preservativi pieni di shampoo abbiamo dovuto farci una seconda doccia ieri sera, per cui oggi siamo esauste. Sto prendendo un po' di succo dalla macchinetta automatica, quando qualcuno ha la brillante idea di tirare fuori il discorso.

"Ehy Parker, bella sborrata ieri eh?"

A parlare è stato uno degli amici coglioni di Nathan.

"Aspettatevi della polvere urticante nel letto stasera" commento.

Lo vedo avvicinarmisi e già lo inquadro come rompicoglioni. Uno che parla così tanto alla mattina non può che essere questo.

"Veramente io preferirei un'altra cosa nel mio letto stasera"

Gli altri ridacchiano come delle scimmie.

"Lei è già occupata Downey" sento dire dall'altra parte del buffet. Figurati se non si mettono anche a marcare il territorio. Nathan arriva e mi sorride come se non fosse successo niente, ma appena apre bocca so già che sta per dire qualche scemenza, per cui intervengo subito.

'*Lei* ha una testa per decidere da sola dove andare e ho la netta sensazione che *lei* vi stia schifando entrambi"

"Io ti ammazzo!" sento gridare da uno dei tavoli.

Alice sta rincorrendo uno dei ragazzi. Deve averle detto qualcosa di cretino. Ad un certo punto ad Alice viene un'idea, che a sua insaputa avrebbe scatenato l'inferno. Afferra una delle brioche alla crema del buffet e cerca di centrare il tipo in fuga, ma per sbaglio becca in faccia un altro ragazzo. Senza neanche dirlo, quello si alza e gli restituisce il favore, ma con una fetta di prosciutto. Di rimando, Lisa e Betty afferrano le fette di torta e cominciano ad inondarlo di cibo. In meno di due minuti finiamo tutti a lanciarci uova, bacon, carne, succo e chi più ne ha più ne metta.

"Ragazzi cosa fate!"

I professori sono ormai in crisi e finché l'astio che si è accumulato in questi giorni non si consumerà la battaglia non sarà finita. Piena di crema e succo, decido per un attimo di nascondermi dietro alla parete del buffet. Ormai ho i bomboloni anche sugli occhi.

"Una guerriera in pausa. Allora nuova arrivata, ti stai divertendo?'

Alzo gli occhi e manco a farlo apposta becco quello squilibrato nemico mortale di Nathan.

"Ciao...ehm.."

"Ethan"

"Si, ecco, quello"

Continuo a non cagarlo, cercando di ripulirmi dal cibo. Che disastro.

"Una ragazza come te in mezzo a quel branco di idioti è sprecata" commenta all'improvviso.

"Se mi dai un buon motivo per cui tu dovresti essere considerato diverso potrei anche crederci" rispondo annoiata.

"Io non ho bisogno di stupidi scherzi per farmi notare a differenza di qualcuno"

Mi prende il mento e me lo solleva con due dita. La sua presa sembra quasi costrittiva. Mi levo immediatamente. Ma che problemi ha?!

"Ehi, giù le mani, chiaro?" ringhio.

"Giusto... tempo al tempo. Tanto prima o poi mi vogliono tutte. Vedrai che per te non sarà diverso" dice, andandosene subito dopo. Ma che cazzo ho appena visto? Davvero Nathan ha perso Hayley per questo decerebrato?

Devo dire che i suoi modi però non mi piacciono affatto. Avvicinare una ragazza quando è da sola non è un buon segno, e inoltre allunga troppo le mani per i miei gusti. Il fatto che sia un nemico dei Bennet inoltre mi fa salire qualche dubbio, e non solo riguardo al suo modo di fare.

Afferro il cellulare, che anche se un po' sporco è riuscito a salvarsi. Compongo il numero di Benjamin, che essendo in terza è rimasto a scuola a Bedminster.

"Pronto, Reel sei tu?"

"Si. Vorrei che mi cercassi informazioni su un tipo. Ethan Davis"

"Una delle celebrità della scuola?"

"Si lui. Voglio sapere tutto. È andato via proprio dopo la sparizione di Sarah, e adesso è tornato, inoltre non ha dei modi esattamente gentili. Vedi se ha qualcosa a che fare con Sarah, dove è andato quando è partito e se conosceva la ragazza morta suicida. Ci deve essere un tassello che unisce tutte queste cose"

"Capito. Mi metto al lavoro"

Chiudo la chiamata, sperando che nessuno ci abbia sentito. Sembra, dai rumori, che la guerra di cibo sia quasi finita. Chissà chi avrà vinto.

50. PASSEGGIATA SUL LUNGO LAGO

"Full!"

Sbatto le carte sul tavolo con fare trionfante. Mason mi guarda esterrefatto e mi mostra le sue carte. A giudicare dal tavolo di gioco avrebbe potuto al massimo fare doppia coppia.

"Assurdo"

"Io l'avevo detto di giocare ad altro. Eleonore ha troppo culo in questo gioco"

"Modestamente" commento io.

Io e le ragazze abbiamo deciso dopo cena di andare nel bungalow di Mason e gli altri per stare un po' tranquille. Dopo la guerra di cibo di stamattina ci siamo beccati tutti una lavata di capo dai professori, che hanno minacciato di metterci tutti in punizione per un mese se avessero visto un'altra bravata. Abbiamo esagerato un pochino stavolta. Una volta finito il rimprovero abbiamo silenziosamente accettato la tregua dato che nessuno aveva voglia di incappare in punizioni varie.

Io, Mason, Alice, Betty, Ben e Wade stiamo giocando a poker. Sembra che tra gli adolescenti vada molto. Per mia fortuna sono un asso.

Alan è sbragato su una delle sdraio del pianerottolo insieme a Lisa, che a quanto pare non vede l'ora di finire tra le sue braccia dato che è mezz'ora che, con la scusa dei grattini, si struscia su di lui. Buon per loro, una storia a lieto fine.

"Ehi ragazzi" ci chiama uno dei nostri compagni dalla via.

"Ehi Robby" lo saluta Mason.

"La squadra organizza una festicciola in spiaggia improvvisata tra un paio d'ore. Il prof si è appena addormentato. Venite?"

Ci guardiamo in faccia, ma non facciamo in tempo a dire niente che i due piccioncini si sollevano dalla sdraio dove stavano per copulare.

"Festa in spiaggia è il mio secondo nome amico!"

"Si festeggia!" gridano in coro.

"Che entusiasmo" commento io, osservando Alan con un sorrisetto soddisfatto. Lui mi rivolge il solito occhiolino e poi si alza dalla sdraio sgranchendosi le gambe. Che tipo.

"A te va?" sento chiedere da Ben a Betty. Che carino.

"Si, sarà divertente" risponde lei.

"Beh donne, è il momento di tirarsi a lucido allora" dice Lisa alla fine.

"Tirarsi a lucido?" chiedo, confusa.

"Non andremo mica così alla festa!"

Osservo i miei vestiti: felpone, pantaloncini della tuta corti, infradito. Non capisco proprio cosa ci sia che non va.

"E che dovremmo metterci scusa?" chiede Alice.

Lisa ci regala un sorriso pieno di soddisfazione e mistero.

"Lasciate fare a me. Andiamo! Ci vediamo ragazzi!"

Lisa ci trascina via in un secondo scarso, riportandoci al bungalow. Non so cos'abbia in mente ma tremo al solo pensiero.

"Sapevo che mi sarebbero tornati utili" bofonchia, cercando nella sua valigia.

Comincia a tirare fuori roba e tra le tante cose che trova, il risultato finale della ricerca sono quattro vestiti leggeri da spiaggia.

"Ma che..." si sorprende Alice.

"Ti sei portata dietro quattro vestiti da spiaggia?" domando, confusa.

"A dire la verità ne ho qualcuno in più. Non posso farmi trovare impreparata,no?"

"Sono bellissimi!" squittisce Betty.

Lisa distribuisce i suoi vestiti. A betty tocca un abitino a fascia rosso e bianco, con la gonna lunga più o meno fino a metà tibia, mentre ad Alice invece un vestito lungo e rosso, a tema floreale, con uno spacco chilometrico sulla coscia.

"Mio Dio.. " commenta lei, appena finito di indossarlo. Le sta benissimo, ma tutte sappiamo che lo stile di Alice è praticamente l'opposto.

Lisa tiene per sé un vestito sempre floreale, ma blu notte. Come previsto le sta d'incanto, come praticamente ogni vestito che indossa.

Alla sottoscritta invece tocca un abitino rosa pastello, con lo scollo a barca. Non mi sento mai a mio agio con la gonna, eppure sulle altre sortisco un buon effetto sorpresa.

"Oh signore..." commenta Alice.

"Sembra fatto apposta per te!"

"Mi sento più un surgelato dentro al domopack" rispondo io.

"Sciocchezze, hai un bel fisico. Dovresti mostrarlo più spesso"

"Dissento totalmente" continuo io, convinta. Non è affatto da me.

Lisa ignora totalmente le mie lamentele e ci trascina sul pianerottolo del bungalow per essere truccate. Non so quanto spazio avesse in valigia questa ragazza, ma dopo ciò che ho visto stasera sono più che sicura che la maggior parte sia stato occupato da trousse, vestiti e trucchi. Un'ossessione per l'estetica insomma.

Una volta finito il capolavoro, ci mettiamo in viaggio verso la spiaggia. Naturalmente, anche se Lisa ci ha pregato di non farlo, noi altre abbiamo abdicato verso sandali e scarpe, per tenerci strette le nostre infradito.

Arriviamo al luogo della minifesticciola, dove notiamo che i ragazzi hanno acceso un falò, giusto per rimanere in tema campeggio. Inoltre stanno girando bottiglie con dentro alcool di vario genere, anche se io ho intenzione di starne ben lontana. Ho già combinato abbastanza danni da ubriaca, non vorrei replicare.

"Eleonore Parker che porta una gonna? Se diluvia dovrai pagarci i danni" commenta Alan, venendo verso di noi.

"Non ho avuto scelta, mi hanno costretta" faccio spallucce.

"Dovresti mettere cose del genere più spesso" si aggiunge Mason.

"Non credo che succederà. Ho un amore incondizionato per i pantaloni" rispondo.

Poco dopo ci raggiungono anche Ben e Wade e dopo dieci minuti praticamente sono rimasta da sola a guardare il fuoco. Alan si è imboscato con Lisa, e non ho il coraggio di andare a vedere cosa stia succedendo, Betty e Ben sono andati a prendere da bere insieme e poi sono spariti. In ogni caso anche lì mi sentirei decisamente di troppo. Alice ha deciso di andare a scroccare da fumare ad alcuni dei ragazzi e non è ancora tornata. Risultato: sto guardando il fuoco da mezz'ora e ormai sono praticamente andata in fissa.

"Ma guarda guarda, la regina dei piani diabolici tutta sola davanti al fuoco"

Stacco lo sguardo dalle fiamme solo per qualche secondo.

"Ciao rompipalle, cominciavo a pensare che sarebbe stata una bella serata senza vederti"

Nathan si siede di fianco a me, e comincia a fissare il fuoco a sua volta. Sembriamo due fattoni in un viaggio da MDMA.

"Ti annoi?"

"Vorrei bere, ma credo che il mio fegato mi manderebbe a fanculo dopo queste settimane"

"Ti propongo una soluzione all'alcool. Vieni a fare una passeggiata con me"

"Che? Una passeggiata?"

"Sul lungolago"

"Se hai intenzione di concludere qualcosa ti conviene cambiare ragazza"

"Se volessi concludere qualcosa l'avrei già fatto senza svenarmi per una passeggiata"

Sollevo un sopracciglio e sposto lo sguardo su di lui.

"Touché. Ma se al ritorno mi fanno male i piedi mi porti in spagoletta, sappilo"

"Come desidera sua maestà" mi prende per il culo.

Ci alziamo e cominciamo a camminare sul bagnasciuga, al buio. Non si sente nessun rumore a parte quello delle onde che si infrangono sulla spiaggia. Il venticello leggero mi fa volare i capelli all'indietro, come una cometa bianca nel buio della notte.

"Ci pensi mai al futuro?" chiedo, in un lampo di malinconia.

"Come?"

"Al futuro. A cosa farai dopo il diploma"

"Beh si... penso che andrò in un college vicino casa. Alla fine ho praticamente tutto qui... E tu?"

"Ogni tanto, ma non ho le idee ancora chiare... forse sono più attaccata al passato di quanto credessi"

"Ti mancano?"

"Chi?"

"I tuoi"

Aspetto qualche secondo prima di rispondere. Non so bene quale sia la cosa giusta da dire.

"Non so che dire. A volte si, ma mio zio è un bravo genitore e mi piace vivere con lui. Forse se fossero ancora vivi io... non sarei io..."

Nathan mi mette una mano intorno alle spalle e istintivamente la mia testa ricade sul suo petto.

"A me piaci così. Mi piace che tu sia tu"

Mi scappa un sorriso flebile.

"Forse non mi conosci ancora così bene" commento.

"Forse no. Non conosco il tuo passato, è vero, ma ho visto quella che sei ora. Potrai anche avere un alone di mistero attorno, ma il comportamento di una persona è quello che è. Non si può cambiare"

Chissà se lo penserai ancora quando dovrò andarmene mi domando nella testa. Rimaniamo abbracciati fino a che, senza neanche che ce ne accorgessimo, l'alba illumina l'orizzonte. Nuova alba, nuovo giorno. Nuovi casini.

51. POSIZIONE

"Scotty Scottyy, sono tornataa" urlo appena entrata in casa.

"Si cominciava a sentire troppo silenzio in questa casa " commenta Scott, facendo la sua comparsa dalla scala.

Lo stringo in un abbraccio. Mi manca sempre quando non lo vedo per qualche giorno.

"Puzzi da far schifo. Fila a lavarti, donna selvaggia" mi rimprovera scherzosamente.

"Otto ore di pullman fanno il loro effetto. Prepara la TV, stasera maratona di serie"

"Potrei aver finito di guardare Gossip Girl senza di te" mi dice, con tono di scuse e di terrore allo stesso tempo.

Spalanco la bocca, in segno di offesa.

"Questo è un affronto!"

"Mi ero preso,non ce l'ho fatta a resistere tutti questi giorni, capiscimi!"

"Per punizione stasera farai tu i popcorn" sentenzio.

Lui scoppia a ridere di gusto.

"Solo se prima vai a lavarti perché non ti reggo così vuncia"

"Va bene papino, va bene, ora vado"

Mi infilo su per le scale e, dopo aver abbandonato la valigia in camera mia, mi spoglio e filo diritta sotto la doccia. L'acqua calda è una benedizione dopo lo stress del campeggio.

Mentre mi sciacquo il corpo, ripercorro questi ultimi giorni di eventi: è stata una vacanza epica. È durata poco, ma ci siamo divertiti come non mai.

Alla fine sono riuscita a legare con delle ragazze, che mi hanno inserito in un nuovo gruppo su WhatsApp, chiamato non so per qual motivo *Le adepte delle infradito*. Pensavo che fraternizzando con delle ragazze la mia vita sarebbe stata molto più tranquilla, e invece le due compagnie si sono unite, e ora è un macello, in tutti i sensi.

Ben e Betty, da quello che so, dopo la festa si sono ufficialmente messi insieme, mentre Alan e Lisa dovrebbero essere diventati una specie di scopamici, come d'altronde ci aspettavamo tutti quanti. Alice è rimasta la solita Alice, e a meno che non sia partita una cosa a tre con Mason e Wade, non dovrebbero esserci sorprese. Con Nathan invece la questione è un po' diversa. Non siamo più andati avanti a parlare dopo l'alba, e non c'è stata più occasione per stare insieme. Quel ragazzo si sta affezionando decisamente troppo e io non so bene cosa dovrei fare. O meglio, lo so, ma non so se è quello che voglio.

Esco dalla doccia e sento il mio cellulare vibrare. Guardo distrattamente lo schermo e noto che si tratta di un messaggio di Nathan. Per la precisione è una posizione, inviata tramite WhatsApp. Gli mando un punto di domanda, ma non ottengo nessuna risposta. Magari avrà sbagliato.

"Popcorn pronti! Muoviti a scendere!"

La voce di Scott mi distrae e abbandono il cellulare per asciugarmi i capelli.

"Arrivo!" gli urlo dalle scale.

"Se non ti sbrighi me li mangio da solo, lumaca!"

Mi asciugo i capelli il più velocemente possibile, e mi fiondo giù dalle scale. Nessuno si sbrana tutti i popcorn senza di me.

"Che guardiamo?"

"Assassinio sull'Orient Express"

"È un film,non una serie"

"È bello,fidati"

"Andata"

Mi sbrago sul divano e sequestro i popcorn a Scott. Finalmente un po' di relax. *O almeno così credevo.*

52. DOVE E' FINITO LUPIN?

Il giorno dopo la stanchezza del campeggio si fa sentire, e rimango per tutto il giorno mezza addormentata. Stranamente né Mason né Nathan stamattina si sono presentati a scuola. Magari avevano da fare. Gli altri sembravano tutti tranquilli, per cui non sono stata lì a preoccuparmi troppo. Passo tutta la giornata ad ascoltare la lezione in modo noioso, tra uno sbaciucchio e l'altro di Betty e Ben e una limonata e l'altra di Alan e Lisa. Si sono proprio trovati quei quattro.

La giornata passa in modo veloce, e appena le lezioni finiscono mi faccio accompagnare a casa. Quando arrivo nella mia via però un dettaglio attira la mia attenzione: Mason sta andando avanti e indietro nervosamente per il suo giardino, col telefono attaccato all'orecchio. Si passa una mano sulla faccia, come se fosse successo qualcosa di grave.

"Ehi" lo saluto.

Lui sembra accorgersi di me all'improvviso. Lo vedo chiudere la chiamata e fiondarsi verso di me, appoggiandomi le mani sulle spalle.

"Eleonore, devi dirmi una cosa, ma devi essere sincera"

Aggrotto la fronte. Ma che...

"Okay, ma che è successo?"

"Ieri sera quando siamo tornati mio fratello e mia madre hanno avuto una discussione su... questioni di famiglia"

Immagino già quale possa essere la questione.

"E?"

"Mio fratello ha preso la moto e non lo abbiamo più visto. È da ieri che non torna e non risponde al cellulare, né a lei né a me. Ho provato a cercarlo ma nessuno sa dove sia, per cui se tu lo sai devi dirmelo. Mia madre sta andando fuori di testa"

Sto per rispondere che non so niente di tutta questa storia, quando mi torna in mente un dettaglio. La posizione mandatami ieri sera da Nathan. Rifletto un secondo su quello che devo fare: se ne parlo a Mason sua madre si calmerà, ma è probabile che Nathan, una volta trovato, se ne vada di nuovo e stavolta non ci sia verso di ritrovarlo. Se non glielo dico però farei un torto enorme a Mason e alla sua famiglia, ma avrei una possibilità di scoprire dove si trova.

"Mi piacerebbe poterti aiutare, ma non sapevo niente di tutto questo... proverò a chiamarlo e ti farò sapere. Ora scusa ma devo andare... ho un po' di commissioni da sbrigare. Tienimi aggiornata, ok?"

"Ok grazie mille El"

Cammino a passo spedito, come se nulla fosse, ed entro in casa, lanciando lo zaino sul divano, per poi infilarmi su per le scale e direttamente in camera mia. Apro il baule ai piedi del mio letto e afferro una delle pistole che mi sono state date e attacco il fodero alla cintura. Scendo rapidamente e dopo aver preso lo stretto necessario dallo zaino apro la porta come una furia.

"Ma che succede?" mi domanda Scott, vestito col grembiule e col pelapatate in mano.

"Starò via per un po', ti spiego quando torno. Non aspettarmi per cena!"

"Ehi un momen..."

Non faccio in tempo a sentire le proteste di Scott che corro in garage a prendere una delle due macchine a nostra disposizione. Non mi piace eccessivamente guidare, per cui lo faccio solo quando sono costretta.

Imposto il navigatore rapidamente e prego Dio che non sia successo niente. Se è con suo padre sicuramente sarà nei guai, e se non lo è non so in che cosa di preciso si stia ficcando. Spero solo che vada tutto bene e che quel messaggio di ieri non sia stata una richiesta d'aiuto. Non ho ricevuto più risposta da ieri, per cui sono abbastanza preoccupata adesso che conosco il retroscena. Spero di arrivare in tempo.

Aspettami Lupin, arrivo.

53. SE VUOI CHE MI FERMI

Arrivo alla destinazione indicatami dal navigatore, e noto che si tratta di una piccola casetta in legno affacciata su un piccolo lago. Ho la pistola carica in mano, e non ho paura di usarla nel caso succedesse qualcosa. La preoccupazione mi sta logorando molto più del solito. Il sentimento è molto più forte, quasi da spaccarmi lo stomaco in due. La moto di Nathan è parcheggiata fuori dalla casetta, e non sembra in cattive condizioni. Salgo sul portico e mi preparo a sfondare la porta. O la va o la spacca.

Tiro un bel respiro e mollo un calcio alla porta, finendo quasi per buttarla giù. Appena apro però tutto sembra tranquillo.

"Ma che diavolo stai facendo?" chiede una voce all'improvviso. Giro la testa velocemente e individuo Nathan con... in mano un bicchiere di birra? Tiro un sospiro di sollievo e se prima la preoccupazione mi stava tirando scema, ora quello stesso sentimento si sta trasformando in rabbia.

"Ce l'hai fatta ad arrivare, li sai seguire i navigatori allora"

"Ma si può sapere qual è il tuo problema?!" grido, furiosa.

"Io..."

"Tuo fratello e tua madre stanno impazzendo perché non rispondi al cellulare e tu sei nel bel mezzo del nulla a bere birra?! Credevo ti fosse successo qualcosa, accidenti!" comincio a gridare.

Lui aggrotta le sopracciglia.

"Sono sparito solo per un giorno ed eri già così preoccupata? E quella tra l'altro dove l'hai presa?" mi chiede, indicando la pistola.

"Era nel cassetto di mio zio, ma lui non la usa mai... e comunque che domanda cretina è?! Certo che ero preoccupata, sono venuta fin qui di corsa, pensavo ti avessero rapinato, picchiato o chissà che altro, e ti garantisco che vedendo che lo hai fatto apposta mi viene molta voglia di picchiarti io adesso!"

Nathan ignora la mia incazzatura, il che mi fa solo andare fuori di testa di più. Fa il giro della cucina e si siede su una poltroncina proprio di fianco a quello che credo sia un letto. È un piccolo rifugio, carino, ma in questo momento sono troppo arrabbiata per apprezzarlo.

"Avevo bisogno di staccare un po' " dice solo, tirando un sorso alla media chiara.

" E non potevi staccare un po' avvisando qualcuno?! Mi farai morire qualche giorno!"

"No, ero troppo arrabbiato. È stato meglio così"

Tiro un alto sospiro, cercando di calmarmi. Mi passo una mano sulla faccia e rifletto. Qualcuno poi mi dovrà ricordare come ci sono finita in questa situazione.

"Va bene... appurato che hai fatto una coglionata e che tra cinque secondi chiamerai tuo fratello per avvisarlo se non vuoi che usi la pistola di mio zio per scopi perversi ed educativi, che diavolo è successo?"

Il viso di Nathan si fa più cupo. Avevo intuito che centrasse suo padre ancora prima di chiedere.

"Ha provato ad entrare in casa, mentre eravamo via"

Aggrotto le sopracciglia.

"E?"

"Ha citofonato di notte, ubriaco, e quando lei ha aperto lui ha cercato di entrare"

"E tua madre che ha fatto?"

"Gli ha richiuso la porta in faccia, ma non ha voluto chiamare la polizia. Dice che comunque è sempre nostro padre e che non vuole vederlo dietro le sbarre"

"Ah... questa parte non la sapevo"

"Come faccio io a sapere che è al sicuro se non riesce a badare a sé stessa? Stavolta non è riuscito ad entrare, ma la prossima volta... Io non so più che fare"

Vorrei trovare qualcosa di giusto da dire, come si fa in queste situazioni, ma le parole non mi escono. È una situazione terribile.

"Ero talmente arrabbiato che ti ho lasciato la posizione e poi ho spento il cellulare. Non volevo sentire nessuno"

"E perché a me hai lasciato la posizione?"

"Perché con te mi sento una persona migliore... o almeno posso fare finta di esserlo, insomma... sono così stanco..."

D'istinto mi avvicino a lui e lo stringo in un abbraccio. Ne ho vissute parecchie di situazioni come queste in polizia, ma quando si tratta di persone a cui vuoi bene ti rendi veramente conto di quanto sia pesante. Voglio proteggerlo. Farò il massimo, ma non voglio perderlo.L'abbraccio si allunga in tempistica, finché praticamente non mi ritrovo accoccolata sulle sue gambe, con la testa appoggiata al suo petto.

"Non sei una brutta persona" mi viene da dire alla fine.

"E chi te lo dice?" domanda lui.

"Non mi saresti piaciuto così tanto"

Sgrano gli occhi e mi rendo conto di averlo detto ad alta voce. Mi sono fatta prendere un po' la mano dalla sincerità.

Nathan rimane un attimo perplesso e il suo sguardo si sposta su di me. Siamo a due centimetri l'uno dalla faccia dell'altra e io sto cominciando a sudare roba al sapore di costine.

"Okay normalmente saprei cosa fare, ma a questo punto con te non ne sono più tanto sicuro" mi sussurra.

"Neanche io a dire la verità" dico, con voce tremolante.

I respiri di Nathan si fanno piuttosto profondi, e senza che neanche me ne accorgessi, io lo sto seguendo a ruota. Piano piano il suo viso si avvicina al mio, finché nostri nasi sono praticamente appiccicati.

"Se vuoi che mi fermi, questo è il momento di dirlo"

Rimango un attimo senza sapere cosa dire. Vorrei potermi rifiutare, ma non sarei sincera con me stessa. E non lo sono stata per troppo tempo.

Lascio che Nathan accorci la distanza tra di noi, e che le nostre labbra si tocchino. Sento le nostre lingue intrecciarsi in una danza sensuale, che mi fa fremere ogni parte del corpo. Mentre questo succede, le sue braccia mi sollevano e mi adagiano sul letto. Il suo corpo mi sovrasta e io mi sento una bambina alle prime armi per la prima volta in vita mia.

La sua bocca scende piano piano, accarezzandomi il collo, e succhiando pazientemente. In quattro e quattr'otto mi leva la maglietta e i pantaloni, e fa lo stesso con i suoi vestiti. Afferra una bustina di carta e la apre, infilandosi il preservativo velocemente.

Rimaniamo nudi, l'uno attaccato all'altro, in un intreccio di passione. Lo sento entrare dentro di me, ma la sensazione è quella di stare camminando su una nuvola. Mi stringe a sé come se non dovessimo staccarci mai più, finché non esauriamo tutte le forze. Ricadiamo sul letto, uno di fianco all'altra. Siamo sudati come due spugne, ma la sensazione che sto provando in questo momento è assurda. Ormai il sole è calato e non so neanche che ore siano. Osservo Nathan e il suo sguardo dolce mi fa venire in mente un solo pensiero: anche se ci ho provato con tutta me stessa, alla fine ci sono cascata. Mi piace in modo assurdo e non so come uscirne, o forse semplicemente non voglio.

Che cosa cazzo ho combinato.

54. RAGAZZO E RAGAZZA?

Sono seduta su uno dei tanti tavolini dell'ospedale. Mi hanno messo qui insieme agli altri bambini, per farci giocare un po'. Le infermiere hanno detto che posso prendere quello che voglio dalle scatole di giocattoli, così ho preso un cubo tutto colorato, da rimettere in ordine. Lo sto fissando da quindici minuti, eppure ancora non sono riuscita a rimetterlo in ordine.

Ad un certo punto sento un sacco di persone parlare in corridoio. Sento che stanno dicendo il mio nome. Adesso che mamma e papà non ci sono più non so neanche se voglio usarlo più, il mio nome.

Sulla porta compaiono le infermiere, insieme ad un uomo alto, con lo smoking e gli occhiali. Mi sembra di averlo già visto, forse con papà una volta, ma non me lo ricordo bene.

"Ciao" mi saluta.

Io gli faccio ciao con la mano, dato che non riesco ancora a parlare. Da quando mamma e papà non ci sono più anche la mia voce se n'è andata.

"Tu sei Reel, giusto?"

Annuisco debolmente.

"Ciao. Io sono Scott. Le infermiere mi hanno detto che sei una bambina molto brava. Posso diventare tuo amico?"

Lo squadro per qualche secondo. Non so se voglio degli amici.

"Sono molto bravo con i giochi. Posso giocare con te se vuoi"

Annuisco e vedo che afferra piano piano il mio cubo.

"Posso?"

Annuisco di nuovo. Lui osserva il cubo e in poche mosse mi spiega piano piano come metterlo a posto. È davvero bravo.

"Hai visto? Sono bravo?"

Faccio di nuovo di sì con la testa.

"Bene. Siamo amici allora?"

Rimango un attimo incerta, ma poi penso che non mi dispiace che qualcuno che risolve i cubi sia mio amico.

Lui mi porge la mano gentilmente e io faccio per afferrarla. Appena la toccò però sento come se il braccio mi andasse a fuoco. Sbatto le palpebre e in un secondo mi ritrovo in mezzo ad un incendio, con fiamme alte il doppio di me. Non so dove andare. Il signore che risolve i cubi è sparito e non so dove sono. So solo che va tutto tremendamente a fuoco.

Mi sveglio di soprassalto, cercando di prendere aria dai polmoni il più possibile. Sono tutta piena di sudore e mi sembra di stare per soffocare. Mi accorgo solo in un secondo momento del fatto che c'è qualcuno con me.

"Ehi Eleonore! Eleonore!" mi chiama Nathan.

Sbatto le palpebre più volte, finché capisco di essere tornata alla realtà.

"Scusa io non... non so che è successo" balbetto, ancora col fiatone.

"Stavi sognando... o meglio, stavi avendo un incubo a quanto sembra"

"Già..." confermo, calmandomi un attimo.

Nathan mi avvolge in un abbraccio caldo e dolce, che mi trasmette una calma che raramente avevo provato prima. Noto solo in un secondo momento che ha su solo i boxer, e che io ho su solo gli slip. Non porto neanche il reggiseno. Mi tornano in mente gli eventi di qualche ora prima e le mie guance prendono fuoco. Decido di stare zitta però, in modo da non rovinare il momento. Le braccia di Nathan mi stringono forte a lui, come se dovessi scivolargli da un momento all'altro, e con una mano mi sta massaggiando la testa.

"Vuoi parlarne?" mi domanda poi, riferito all'incubo.

"No, non credo.. era solo un sogno" commento, godendomi le coccole.

"Bene.. perché sai.. dovremmo parlare di quello che è successo"

Speravo non tirasse fuori l'argomento.

"Giusto" confermo io, non sapendo da dove cominciare.

"Giusto" ripete lui, con lo stesso tono.

Mi stacco lentamente da lui, nascondendo il mio totale imbarazzo.

"Beh, se ne dobbiamo parlare ho bisogno di alcool prima"

Mi infilo la maglia sopra alle mutande e insieme ci dirigiamo verso la cucina. Ci riempiamo due bicchieri di birra e poi usciamo sul pianerottolo. Per svariati minuti rimaniamo in silenzio, senza neanche guardarci in faccia.

"Che facciamo?" domanda poi lui.

"Buona domanda"

Tiro un sorso bello pieno alla birra, pregando che mi sussurri la risposta da dentro lo stomaco.

"Le scelte sono due. O usciamo di qui insieme, e stavolta sul serio, o usciamo da qui uno alla volta, e la piantiamo con questa storia" riflette Nathan.

Mi mordo la lingua molto forte. Non dovrei essere qui e non dovrebbe esserci in ballo un discorso del genere. Mi sono rovinata con le mie mani. Eppure le parole sembrano non volermi restare in gola.

"Non voglio andarmene da qui senza di te"

Finalmente riesco a girare lo sguardo verso di lui e per la prima volta riesco a vederlo sotto un'altra luce. Non riesco a non intenerirmi se lo osservo, e mi sembra che il mio stomaco stia facendo i salti mortali.

"Neanche io. Voglio essere qualcosa di più per te"

"Tipo?" chiedo, anche se so già la risposta.

Lo vedo fare spallucce.

"*Il tuo ragazzo* suona così male?"

"Quindi se io accetto, diventerei la tua ragazza?"

"Beh si"

Stiamo parlando di una relazione come si parla di una lista della spesa o di dove andare a mangiare a pranzo. Sono proprio negata.

"Non sarebbe così male" rispondo alla fine. È meglio che io non mi chieda che cosa sto facendo. So solo che voglio stare con lui ora.

Lo vedo cingermi i fianchi e darmi un tenero bacio sulle labbra come se fosse cosa più naturale del mondo.

"Ragazzo e ragazza allora?"

Non riesco a trattenere un sorriso di soddisfazione. È bello avere qualcuno a cui appartenere.

"E *ragazzo e ragazza* sia"

55. A CASA

Sono nella mia stanza e continuo a toccarmi il capelli nervosamente. Stamattina sono riuscita a riportare a casa Nathan, ma in compenso mi sono beccata una lavata di testa da Scott dato che siamo praticamente scomparsi per una notte.

"Visto che è la prima volta che ti salta in testa una cosa del genere passi, ma giuro che la prossima volta ti chiudo in casa per un mese in punizione!" aveva detto, alla fine della ramanzina. Mi dispiace di averlo fatto preoccupare, ma mi sono lasciata trascinare e ho perso la cognizione del tempo.

Dopo la sgridata però, avevo raccontato a Scott cosa fosse successo di preciso. O meglio, facendo due più due lo aveva capito da solo. Mai avessi tirato in ballo l'argomento: *hai usato le protezioni? Gli hai chiesto se avesse malattie prima? Guarda che i ragazzi di oggi sono degli irresponsabili. Nathan mi sta simpatico, ma il sapere che ha violato la mia bambina mi fa leggermente venire voglia di mettergli un localizzatore nel telefono.*

Il tutto naturalmente seguito da un piagnisteo su quanto la sua bambina fosse cresciuta e su quanto lui non se ne fosse accorto. Non so se i genitori normali reagiscono così, ma il mio è decisamente fin troppo strambo a volte.

Dopo la nostra bravata però devo dire che Mason invece mi ha comunque ringraziato per aver convinto Nathan a tornare. Spero che quella testa dura abbia parlato con sua madre e sia riuscito a chiarire le cose. A quella famiglia serve un po' di tranquillità.

I miei pensieri vengono interrotti dal citofono che suona. Dopo la nostra notte da dispersi abbiamo deciso di comune accordo di uscire ufficialmente come una coppia. All'inizio ero contenta della cosa, ma ora non so bene come reagire. Sembra che un pitone mi stia stritolando lo stomaco da quanto sono nervosa.

Tiro un grande sospiro.

"O la va o la spacca" commento, uscendo dalla mia camera e imboccando le scale.

Sulla soglia trovo Nathan e Scott, intenti a parlare del più e del meno. Scott ha un sorriso di cortesia abbastanza strano. Spero non stia pensando di fare una ramanzina anche a Nathan, perché potrei scavare un buco e sotterrarmi in salotto dalla vergogna. Certe volte se ne esce con delle cose allucinanti.

"Ehi" mi saluta Nathan. Ha uno sguardo dolce e penetrante, tanto che le mie ginocchia si trasformano presto in budino.

"Ehi" rispondo, cercando di essere il più naturale possibile.

"Noi andiamo" dico poi, rivolgendomi a Scott.

"Cercate di non sparire di nuovo voi due! E USATE IL PRESERVATIVO, SONO TROPPO GIOVANE PER DIVENTARE NONNO" urla Scott, mentre siamo ormai fuori dalla porta.Mi passo una mano sulla faccia in segno di resa.Nathan scoppia a ridere fragorosamente una volta che la porta di casa mia viene definitivamente chiusa.

"Imbarazzante" commento io.

"Fa spaccare, darei oro per avere un padre come lui" continua a dire, ridendo.

"Prova tu a sopportarlo quando comincia a volerti spiegare come funziona l'utero, poi ne riparliamo"

Scoppiamo a ridere entrambi, dopodiché ci lasciamo andare ad un piccolo bacio di saluto.

"Allora, dove andiamo di bello?" chiedo.

"Sorpresa Brontolo" mi dice lui, facendomi l'occhiolino e cingendomi con un braccio.

"Credevo che il soprannome *Brontolo* fosse caduto in disuso" commento.

"Se vuoi posso chiamarti *piccola* ma quello è più un nomignolo che uso con le ragazze di cui non mi ricordo il nome"

"Di cui non ti ricordi il nome?"

"Beh si, metti che sei nel bel mezzo di una sveltina ma l'hai appena conosciuta come fai a chiamarla? E poi..."

"Lasciaaamo stare, *Brontolo* va più che bene" ritratto.

Nathan solleva le sopracciglia.

"Sei gelosa per caso?"

"No, è solo che non mi va di sentire i racconti delle tue performance con altre ragazze" puntualizzo.

Lo vedo ridere sotto i baffi. Forse non gli dispiace che sia un pochino gelosa.

"Tranquilla Brontolo, le mie carte migliori sono pronte solo per te" mi prende in giro.

Divento ancora più rossa di quanto non fossi già dato che mi passano davanti varie immagini della performance del giorno prima.

"Ti sembrano cose da dire ad alta voce!?" mi lamento, sottovoce.

"No, volevo solo godermi la tua faccia bordeaux. Sei bellissima quando ti imbarazzi"

Gli mollo un buffetto su un braccio, ma non posso fare a meno di scoppiare a ridere. Saliamo in auto e finalmente partiamo alla volta del nostro primo appuntamento ufficiale.

Nathan Bennet, dove mi porterà la tua pazzia?

56. PIC NIC

Arriviamo in un posto abbastanza sperduto, dove non ci sono edifici, ma solo campi d'erba sterminati. Qualche albero sorge qui e là, come se una mano gigante avesse lanciato semi a casaccio e avesse aspettato che crescessero gli arbusti.Sotto ad uno di questi, un acero rosso per la precisione, noto che c'è qualcosa di strano.

"Andiamo" mi dice Nathan prendendomi per mano.

Sotto al grande albero si estende una tovaglia spaziosa e carinissima, con un cestino pieno di cibo e dei lumini spenti.Mi scappa una risatina, e per un momento mi sembra di essere entrata in uno di quei film romantici che danno in TV.

"Sorpresa!" dice poi lui, accendendo i lumini con un accendino che aveva estratto dalla tasca poco prima.

Non riesco più a trattenere le risate.

"Che c'è non ti piace?"

"No, è solo che non avevo mai fatto una cosa del genere"

"Non avevi mai fatto un pic nic?!" mi chiede.

"No beh, quello si, ma non di sera e sperduti nella natura. Il mio massimo è stato il parco di New York"

"Central Park?"

"Esatto"

"Andavi lì a scuola prima?"

"Diciamo di sì"

"Capisco... Noi ci siamo andati una volta sola. Avevano chiamato mio padre per un caso speciale e siamo dovuti partire per qualche giorno"

"Che significa *un caso speciale?*"

Mentre parliamo ci accomodiamo sulla tovaglia, e cominciamo a tirare fuori la roba dal cestino. Ho una fame da lupi.

"Prima di tutto questo macello mio padre lavorava in polizia. Lo hanno sbattuto fuori perché lo hanno beccato a lavorare ubriaco"

Rimango in silenzio qualche secondo.

"Capisco... Mi spiace" dico alla fine.

"Non devi dispiacerti... Ha scelto la sua strada, ora si dovrà beccare le conseguenze della sua scelta" mi spiega lui, "ma ora non parliamo di cose tristi! Mangiamo piuttosto"

"Giusto" commento.

Il cestino è pieno di qualsiasi prelibatezza che avessi potuto immaginare. Assaggiamo un po' tutto e devo dire che sono stupefatta. Per conquistare una donna devi attivare al suo cuore, per conquistare Reel Payn devi passare dalla sua pancia. Nathan in questo caso è stato promosso a pieni voti.

"Hai fatto tutto tu?" chiedo, addentando una pannocchia fatta alla griglia.

"Mi sono fatto dare una mano" dice, sorridendomi.

"Tua madre?"

"Già"

"Questo è barare Bennet"

"A dire la verità si è offerta lei, e poi mi sembra che il risultato non ti dispiaccia"

"Touché. Per stavolta sei scusato"

Finiamo di mangiare, e una volta digerito a dovere ci sdraiamo a guardare le stelle. C'è un panorama stupendo da qui. Nathan ha il suo braccio intorno a me e sembriamo, per qualche istante, una vera coppia.

"Guarda!"

Vedo passare una piccola striscia di luce e mi accorgo di aver appena visto una stella cadente.

"Esprimi un desiderio" mi dice Nathan.

Penso più volte a che cosa desiderare, finché poi non mi viene in mente che cosa davvero mi servirebbe in questo momento. Mi incupisco automaticamente. *Vorrei poter dire la verità a Nathan senza ferirlo.* Non so perché, ma credo di aver beccato una stella cadente farlocca. Non si può mentire a qualcuno senza ferirlo.

"Fatto" dico alla fine, sfoggiando un sorriso di facciata.

"Che hai?"

"Mmh?"

"Ti sei intristita di colpo"

"No nulla... Brutti pensieri"

"Vuoi parlarne?"

"Non credo sia il momento giusto"

Nathan si alza e mi prende il viso tra le mani delicatamente.

"Allora non ci pensare adesso"

Detto questo mi regala un lungo bacio, che in quattro e quattro otto *digievolve* in altro. Nathan mi afferra come se dovessi scomparire da un momento all'altro e inauguriamo ufficialmente la prima notte di sesso da fidanzati.

Vorrei che questi momenti potessero non finire mai più.

57. ALLO SCOPERTO

Tiro un respiro profondo e mi faccio mentalmente forza. Sto per andare a scuola, ma oggi non sarà un giorno come un altro. Io e Nathan abbiamo deciso di uscire allo scoperto, per cui non so esattamente come potrebbero reagire tutti gli altri.

Esco di casa facendomi coraggio e appena metto piede fuori vedo già Lupin in sella alla sua moto. Ero già stata su una moto prima di allora, e la so anche discretamente guidare, ma l'idea di fare il viaggio stretta a lui e con i bollenti spiriti nel bel mezzo di un droga party nei miei circuiti inferiori mi mette un po' di ansia.

"Ehy bambola, pronta?" mi prende un giro, vedendomi arrivare.

"Buongiorno Fonzie, ti sei dimenticato di mettere la brillantina sui capelli stamattina?" gli rispondo.

Ci diamo un tenero bacio sulle labbra, dopo di ché Nathan mi porge il casco, e la mia ansia sale. Salgo in groppa alla moto, e partiamo alla volta della scuola. Sento il mio cellulare vibrare più volte, segno che i quattro cavalieri dell'Apocalisse stanno facendo il tifo per me su *Bel culo*, mentre le ragazze mi stanno incoraggiando da *Le adepte delle infradito*. Un coro di ultras sarebbe stato più discreto.

Passo tutto il viaggio appiccicata alla schiena di Nathan, come un koala col suo eucalipto. Sento il cuore andare sempre più veloce e credo, dopo tanto tempo, di stare riscoprendo un lato sentimentale che avevo sepolto molto tempo prima. Non so se sia esattamente un bene,ma per il momento va bene così. Sto cercando di non pensare al futuro, perché probabilmente se lo facessi entrerei in crisi mistica. Sono molto felice, ma dentro alla mia testa risuonano le urla incazzate della mia coscienza, che ormai ha preso ufficialmente le sembianze del sergente maggiore Heartman.

Arriviamo a scuola, e scendiamo dalla moto. Nathan, una volta tolto il casco, è perfettamente in ordine, mentre io sembro *Goku Supersayan Tre*. Cerco di sistemarmi i capelli come posso, ma ogni tentativo si rivela vano.

Guardo l'entrata della scuola come un gatto che sta per avere uno scontro ravvicinato con un cetriolo.

"Sei agitata?" mi chiede il mio cavaliere dal destriero di metallo.

"Si vede tanto?" domando.

"Rilassati... Fai quello che hai sempre fatto"

Tiro un sospiro e Nathan mi prende la mano teneramente. Entriamo a scuola come se niente fosse, e devo dire che non è poi così male. Qualcuno ci guarda distrattamente, ma niente di più.

"Eccola, la coppia dell'anno!" grida una voce da dietro di noi.

Alan ci avvolge con le braccia e come al solito sembra essere ancora ubriaco dalla sera prima.

"Ce l'avete fatta eh?" commenta sorridendoci maliziosamente.

Vediamo arrivare dal corridoio anche tutti gli altri e io sono sicura di stare prendendo il colorito di una melanzana. Cerco di sorridere, ma credo che quella che ho in faccia sembri più una smorfia di agonia, tipo quella di un cane che sta per morire.

"Siete bellissimi!" squittisce Betty, anche lei mano per mano con Ben.

"Eleonore Parker e Nathan Bennet. Suona bene" commenta Wade.

In quel momento la mia coscienza subisce una coltellata non indifferente. Mi sono fregata con le mie mani.

"Foto per il giornalino!"

Il flash ci illumina, e non facciamo neanche in tempo a dire qualcosa. Il tipo del giornalino mi sta dando proprio sui nervi ultimamente.

"Due sfigati fatti l'uno per l'altro" sento dire, al di là del nostro gruppo.

"Una coppia perfetta" dice un'altra voce.

Localizzo il luogo da cui provengono gli sfottó e noto che i commentini idioti provengono dalla coppia che speravo proprio di non vedere: Ethan e Hayley, contornati da due o tre cheerleader ci stanno guardando sprezzanti.

"Io penserei alla mia schifosa vita sentimentale piuttosto che a quella degli altri" commento, lanciando un sorrisetto compiaciuto ad Hayley.

Il suo viso diventa bordeaux, e la vedo venire verso di me come una furia.

"Chi ti credi di essere?! Non l'hai ancora capito? Tu sei solo un rimpiazzo" mi dice a quindici centimetri dalla faccia.

Nathan si para davanti a me.

"Non ti azzardare a parlare così!"

Ethan supera Hayley e si mette a muso contro Nathan.

"Perché se no?!"

Per poco i due non arrivano alle mani, tanto che Mason, Alan e gli altri si mettono in mezzo. In questo momento pagherei oro per sdoppiarmi e mettermi in mezzo anche io, nelle vesti di Reel.

Riusciamo ad evitare la rissa e spedire via le sanguisughe. Che palle, non si riesce mai a stare tranquilli.

La campanella ci richiama ai nostri doveri, e filiamo in classe, col nervoso ancora addosso. Incredibile.

Passo un'ora e mezza a sbavare sul libro di storia dalla noia, fin quando non sento il cellulare vibrarmi nella tasca.

Messaggio da: Numero Sconosciuto.

< *Sono Benjamin. Ho trovato qualcosa su Ethan che dovresti vedere. Chiedi di andare in bagno e vieni nella sala computer di sotto, aula 3B, dobbiamo parlare*>

Forse ci siamo. Ethan Davis, Cosa nascondi?

58. SMS

Scendo nell'aula indicatami da Benjamin cercando di non farmi vedere da nessuno, e lo trovo lì attaccato ad un computer, che sta smanettando a destra e a manca.

"Allora Mr. Robot, dimmi tutto" dico, una volta richiusa la porta della stanza.

"C'è qualcosa che non va"

"Questo lo avevo capito"

"Ho frugato dentro ai file della sua famiglia grazie alla connessione internet al computer di suo padre, ma è tutto criptato"

"Criptato?"

"Già, e non è finita. Dai pochi documenti che sono riuscito a recuperare si parla di riciclaggio e accordi con alcuni gruppi mafiosi della zona. Niente di esplicito, intendiamoci, ma se il resto dei file è criptato non mi viene difficile pensare che dietro al blocco ci sia la conferma di qualcosa del genere. Questo spiega perché inoltre girino così tanti soldi in mano al padre di Ethan. Ha un'azienda molto ampia è vero, ma con un controllo accurato i conti non tornano"

"Lo terrò a mente, ma tutto questo di preciso cosa centrerebbe con Sarah?"

"Qui viene il bello. Sono entrato nell'archivio della polizia e..."

Gli lancio un'occhiataccia.

"Perché mai avresti dovuto farlo?! Li ho io tutti i documenti riguardo a questo caso, vuoi farti arrestare?!" gli intimo sottovoce.

"Lo so, lo so, ma avevo fiutato una pista e non volevo perderla. Inoltre a te hanno dato i documenti riguardo a Sarah, ma non riguardo a Myra Woods. Sono riuscito a recuperare i verbali di quel caso e senti senti, tutti i messaggi del cellulare, prima che si suicidasse sono stati cancellati"

"Alquanto insolito"

"Già. Così ho continuato a tentoni tramite ipotesi, e finalmente ho trovato quello che stavo cercando: sul telefono di Myra è stato cancellato tutto, ma su quello di Ethan no: i due si sono sentiti varie volte prima del suicidio di lei"

"E che c'è scritto in quei messaggi?"

"Non sono molto chiari a dire la verità, ma te li faccio vedere"

Benjamin apre un documento sul computer e io mi metto a leggere attentamente tutto. Per quanto sembri assurdo, le conversazioni sembrano del tutto normali, anche se in alcuni punti è palese che manchino dei pezzi. Che diavolo stavano combinando questi due? E perché Ethan avrebbe dovuto cancellare dei messaggi? Forse aveva qualcosa da nascondere sul serio. All'improvviso mi viene un'illuminazione.

"Non ci sono tracce sul telefono di Ethan di conversazioni con Sarah?"

"No, non che io sappia. Tutto quello che ho scoperto è questo"

Il figlio di un simil-mafioso, una ragazza morta, una scomparsa, e dei messaggi mancanti. Devo saperne di più.

"Controlla il telefono di Ethan da cima a fondo, e cerca di accedere anche al suo computer. Trova qualcosa su Sarah. Ci riaggiorniamo"

"Agli ordini"

"Io prenderò il problema di petto, se possibile"

Mi alzo ed esco dall'aula, salutando velocemente Benjamin. Mi infilo nel bagno delle ragazze, e compongo il numero di Scott.

"Pronto?"

"Sono Reel. Ho novità"

"Non dovresti essere a lezione?"

"Concentrati! È sul caso di Sarah"

"Uff.. E va bene.. Che tipo di novità?"

"Devi andare a dare un'occhiata alla famiglia Davis. Il padre è indagato per riciclaggio e associazione mafiosa, il figlio ha avuto dei contatti con un'altra ragazza morta, a cui sono stati cancellati i dati sul cellulare. Vedi se riesci a fare qualcosa"

"Capisco. Mi muovo subito e ti faccio sapere"

Chiudo la chiamata e mi dirigo verso la classe. Se veramente i casi di Myra e Sarah sono collegati, c'è solo una persona che può confermare o smentire questa teoria: il possibile carnefice.

59. COSA NASCONDE ETHAN?

Arriva l'intervallo, e io mi immetto nei corridoi per cercare Nathan. Sono costantemente sovrappensiero, e non ho ascoltato una sola parola di lezione. La mia mente sta lavorando per capire se ci sia qualche dettaglio che possa ricondursi a questa storia.

Giro l'angolo con la testa fra le nuvole, e la mia faccia impatta contro quella di qualcuno, facendomi prendere una capocciata non indifferente.

"Auch!" mi lamento, massaggiandomi il bernoccolo.

"Ma guarda guarda chi si vede"

Neanche a farlo apposta. Forse è la mia occasione.

"Ethan Davis, sempre in mezzo vedo" commento.

"Adesso non è neanche più concesso fare un giro per i corridoi?"

"Uuh, siamo permalosi oggi eh?"

Ethan fa un grande respiro e si massaggia una tempia.

"Scusa, è una giornata no"

"Come mai se posso chiedere?"

"Tante cose"

"Senti, scusa se te lo chiedo, ma girano strane voci su di te ultimamente e vorrei capirci qualcosa di più. Tu conoscevi una certa Myra Woods?"

Appena sente quel nome, Ethan scatta e mi afferra per un braccio e mi trascina in un angolino.

"Chi ti ha detto che la conoscevo?!" dice, prendendomi per le braccia.

"A dire la verità più di una persona"

Ethan sbuffa, mi molla e si passa una mano tra i capelli.

"Adesso mi ricordo perché me ne sono andato da questo paese. Troppi pettegoli"

"Si dice in giro che vi scrivevate"

"Shhhh"

Sembra che qualcuno abbia davvero qualcosa da nascondere.

"Non devi dirlo a nessuno, chiaro?"

"Perché no?"

Un altro sbuffo mi fa capire che c'è qualcosa sotto che non mi sta dicendo.

"Senti.. Non sono affari tuoi ok?! E comunque vedi di tenere la bocca chiusa"

Mi pianta lì, come se niente fosse e si defila dalla conversazione. Beccato.Non so se centri con la sparizione di Sarah, ma con quella della ragazza morta suicida c'entra di sicuro.

"Ehi"

La voce di Nathan da dietro mi fa trasalire per qualche secondo. Per poco non mi facevo sentire. Devo stare più attenta.

"Ehi!" squittisco.

"È tutto ok? Sembra che tu abbia appena visto un fantasma"

"Sono solo uscita da una lezione di storia non molto coinvolgente"

Nathan mi schiocca un piccolo bacio sulle labbra e mi sorride amabilmente.

"Volevo chiederti una cosa"

"Che cosa?"

"Ti va di venire a cena da noi stasera? Vorrei presentarti mia madre"

Il mio cervello cade in un buco nero di dubbi, perplessità e ansia di vivere.

"Non è un po' presto?" chiedo, cercando di non far trasparire l'ansia.

"Ho pensato che tu avessi sentito tanto parlare di lei, ma non l'avessi mai vista. Vorrei presentarvi. Puoi rimanere a dormire da me dopo se vuoi"

Divento tutta rossa, e ci penso un attimo sopra. Non mi hanno mai presentato come la *fidanzata* di qualcuno. Come ci si comporta con il genitore del proprio fidanzato? Gli andrà davvero bene una pazza coi capelli bianchi come fidanzata del figlio?

"Sei sicuro? Faccio piuttosto pena a fare bella figura" gli dico, sincera.

Nathan mi sorride amorevolmente.

"Lo so, per questo ci sono io. Non preoccuparti, andrai alla grande"

Gli sorrido timidamente e mi accoccolo a lui. Le sue braccia mi fanno sentire protetta e devo ammettere che come sensazione non è così male.

"E va bene, facciamolo"

Livello successivo:
operazione *faibellafiguraconlamadredeltuoragazzo* ha inizio.

60. CENA

"Non sarà troppo scollato?" chiedo, sistemandomi il vestito.

"Ti sta benissimo, dai, non preoccuparti" cerca di tranquillizzarmi Nathan, con un sorriso divertito sulla faccia. Più io sono in paranoia, più lui se la ride sotto i baffi. Stronzo.

"E se non le piaccio?"

"Ooh, ma quanti problemi! Ti ho detto che andrà tutto bene, su"

"Uffa, che ansia"

Nell'ultimo periodo *che ansia* sta diventando un mantra perenne. Sono più le volte in cui ripeto questa frase che altro.

Capendo la mia situazione, Nathan era venuto nel pomeriggio a casa mia, per darmi una mano. Lo avevo assillato per tre ore per scegliere il vestito che avrei messo, per poi optare per quello del nostro primo appuntamento. Il problema di Nathan riguardo alla scelta dei vestiti era semplice: secondo lui mi stava bene tutto. Il problema era che io non volevo sapere se mi stava bene tutto, io volevo sapere quale cosa mi stesse *meglio*. Ma d'altronde il genere maschile non si era mai distinto per particolare intelligenza. Da esperta di televisione e di nerdaggine, sapevo che gli unici veri maschi intelligenti erano quelli malvagi e quelli che di lavoro volevano fare gli scienziati. Un giudizio, come al solito, da persona matura e per niente prevenuta.

Respiro profondamente, prima che la soglia della casa di Nathan si spalanchi. Appena la porta si apre, il mio sguardo si incrocia con un paio di occhioni blu, contornati da una pettinatura ricciola e gonfia. La donna che mi si presenta davanti è di statura media, di corporatura esile, e con un sorriso amabile sulle labbra dipinte di rosso. I tratti somatici sono quasi uguali a quelli di Mason. Nathan invece possedeva tratti molto piu affilati, ma l'intensità di sguardo sembrava essere la stessa.

"Ciao! Tu devi essere Eleonore"

Sguaino un sorriso a trentadue denti, che sono sicura assomigli più ad una smorfia di una povera bestia in agonia che altro.

"Buonasera signora Bennet, molto piacere"

Faccio per tenderle la mano, ma lei mi avvolge in un abbraccio delicato. Sul momento la cosa mi sorprende, per cui rimango impalata, senza sapere che cosa fare. Dopo secondi che a me sembrano anni, l'abbraccio si scioglie, e la madre di Nathan mi osserva con un sorriso orgoglioso.

"Che bella che sei"

Arrossisco violentemente.

"Grazie mille" riesco solo a dire. Che imbarazzo, santo cielo.

Per essere una donna che ha subito delle violenze, devo dire che la signora Bennet è in gran forma. Le occhiaie stanche e gli acciacchi le si leggono da sotto al trucco, ma piano piano sta rifiorendo.

Mi fa accomodare, conducendomi fino alla cucina, dove trovo anche Mason, ai fornelli. È quasi tutto pronto, e Mason sta tagliando i sottaceti per quello che credo sia l'antipasto.

"Ehi El, ciao!" mi saluta, mantenendo la concentrazione sul suo compito.

"Accomodati cara, tra poco sarà pronto" mi dice la signora Bennet, gentile.

Io e Nathan ci accomodiamo a tavola, apparecchiata alla perfezione, e la cena comincia senza troppi fronzoli. La signora Bennet ha cucinato mezza fauna del New Jersey per questa cena: costolette alla salsa barbecue, alette di pollo, formaggio grigliato e chi più ne ha più ne metta.

È una donna molto affabile, per cui riesco ad intessere con lei una conversazione senza troppa fatica. Per tutta la sera andiamo avanti a parlare: io le racconto un po' di me e della mia falsa vita, non proprio falsa. Alla fine ho solo cambiato i nomi di alcune istituzioni, tutto qui. Lei mi racconta dei suoi figli, di cosa combinavano da piccoli, di come Nathan aveva rubato il cane al vicino e di altre cose divertenti che solo un genitore può sapere dei propri figli.

La cena passa piacevolmente, e pieni come ad un pranzo di Natale, arriviamo al caffè. Devo dire che mi aspettavo una cena molto più imbarazzante, invece la signora Bennet sembra dolcissima.

La felicità però è un momento di pausa tra un proiettile e l'altro. La signora Bennet mi sta raccontando delle scuole elementari di Nathan e Mason, quando sentiamo battere alla porta bruscamente. L'espressione di Nathan si indurisce di colpo. Mason sembra stare sull'attenti, mentre alla signora Bennet sembrano tremare le mani.

"Scusate" dice lei, alzandosi per andare ad aprire.

"No, stai lì, vado io" tuona Nathan.

"Nathan.."

Lupin non sembra neanche starla a sentire e va ad aprire la porta. Sento la voce ubriaca e malmessa di suo padre da qui. Accidenti.

"Vado a dargli una mano" dice Mason, raggiungendo il fratello.

Questa cena si sta trasformando in un dramma familiare in cui io non dovrei essere presente.

"Ragazzi, aspettate!" dice la signora Bennet, mettendosi una mano sulla bocca.

"Ci pensiamo noi, lei stia qui e non si preoccupi, ok? Torniamo presto" dico, prendendogli le mani e provando a tranquillizzarla. Sta tremando come una foglia. So che vorrebbe andare ad aiutare i suoi figli, ma purtroppo peggiorerebbe solo la situazione.

Raggiungo Nathan e Mason e non faccio in tempo a sentire la fine della discussione che vedo il pugno di Nathan raggiungere la faccia del padre.

Si susseguono una serie di immagini che in cuor mio sapevo di aver già vissuto: Nathan ha lo sguardo infuocato, e sono convinta che se potesse avrebbe messo le mani al collo del vecchio. Il signor Bennet puzza di alcool da fare schifo e immagino abbia cercato di entrare. Cerco di mettermi in mezzo, finché non riesco a far riprendere il ragazzo e a staccarlo. L'uomo è conciato male, e prima che chiunque possa raggiungere il cellulare per chiamare la polizia, sparisce, infilandosi nella sua auto e andandosene, imprecando.

"Non finisce qui!" gracchia, sparendo nelle strade di Badminster. Ubriaco e conciato così al volante.

Riporto Nathan in casa con l'aiuto di Mason.

Seguono minuti di eterno silenzio, in cui rimbomba solo il suono dei pensieri dei presenti. L'orologio aveva appena suonato le dieci, e la serata era stata trasformata da una conoscenza formale ad una conoscenza intima e torbida in uno dei peggiori modi possibili.

61. REEL PAYN

Mi alzo dal letto con la mente piena di pensieri. Il sole mi sta praticamente accecando, ma nonostante siano passate ore intere dall'accaduto ancora mi sembra di stare vivendo in un incubo. Non sono riuscita a chiudere occhio stanotte.

Non tanto per ciò che è successo col padre di Nathan, ma per ciò che è successo *dopo*. Nathan era rimasto per un'ora fermo a guardare il muro, in preda a non so quali pensieri. Sia io che sua madre avevamo provato a farlo ragionare, ma non c'erano state risposte. O meglio, era arrivata una richiesta in privato, qualche minuto dopo.

Anche se dovevo rimanere a dormire da lui infatti, Nathan mi aveva esplicitamente chiesto di tornare a casa. Quando gliene avevo chiesto il motivo mi aveva abbracciato forte, immergendo la sua faccia nei miei capelli, e aveva detto con una vocina flebile che non avrebbe voluto perdere una delle poche cose buone che aveva, e che aveva bisogno di rimanere da solo per un po'.

Avevo accolto la sua richiesta senza battere ciglio, ma appena arrivata a casa mi ero resa conto di quanto quella domanda mi avesse scavato dentro. Mi aveva definita *una delle poche cose buone* della sua vita, eppure io gli stavo spudoratamente mentendo. Eleonore Parker non era mai esistita, e avere a che fare con Reel Payn a briglia sciolta non sarebbe stato semplice. Sempre se avesse ancora voluto vedermi. In ogni caso, se mi avesse conosciuto per quella che ero avrei potuto aiutarlo. Anche a costo di perderlo.

Era stata la prima volta in cui avevo pianto per amore, e per evitare che qualcuno lo scoprisse avevo spento il telefono. Non volevo sentire nessuno.

Mi dirigo verso il bagno e mi preparo controvoglia. Ho le gambe che mi tremano, gli occhi scavati dal senso di colpa e una brutta, bruttissima cera. Ho deciso: gli dico tutto. Devo farlo. Non posso continuare così, e a costo di lasciarlo andare devo dirgli la verità. Posso aiutarlo in qualche modo, ma lui deve sapere.

Decido di paccare Mason e gli altri, e di prendermi il mio tempo per capire come dirglielo. Mi infilo in distintivo in tasca come prova della mia colpevolezza, e parto per andare a prendere l'autobus.

Arrivo a scuola trascinandomi come un soldato mezzo morto lungo una sponda del fiume, cercando distrattamente il mio armadietto. Tiro fuori il cellulare dalla tasca, e noto che è ancora spento. Schiaccio il tasto dell'accensione, e inserisco il pin distrattamente.

"El!"

Quel nome oggi più che mai mi dà tremendamente sui nervi. *Reel, mi chiamo Reel!* Vorrei urlare. Ma non posso. I nervi a fior di pelle mi tengono al limite della lucidità. Se continuo così, non solo mi verrà un'ulcera, ma mi torneranno i sintomi della sindrome da stress post-traumatico. L'avevo sviluppata da piccola, ed era sempre stato un tallone d'Achille. In sostanza, un singolo evento scatenante mi avrebbe potuto condannare a rivivere più volte il trauma precedente, come in un tunnel senza uscita.

"Ciao" borbotto, esausta, verso Mason, Betty e tutti gli altri.

"Che brutta cera che hai" mi dice Lisa, preoccupata.

"Dormito male. Sai dov'è Nathan? Devo parlargli" rispondo nervosamente, rivolgendomi poi a Mason.

"È arrivato poco fa, ti stava cercando" mi dice, lanciandomi uno sguardo che dato l'accaduto potevo capire solo io.

"Eleonore"

La sua voce è come una freccia avvelenata per le mie ginocchia, che hanno un cedimento impercettibile. È ora.

Mi volto verso Nathan e credo, in meno di 24h, di stare per scoppiare a piangere una seconda volta.

Un dettaglio inquietante però attira la mia attenzione più di Nathan. Il mio cellulare comincia a vibrare senza sosta, ma non sto ricevendo una chiamata. Sono messaggi.

Apro distrattamente il contenuto, e scopro che si tratta di Benjamin. Ma che è successo?

"Ma che ha il tuo telefono?" mi chiede Alan, sbirciando.

Messaggio da Overlord:

"Ho scoperto cos'è inquietanti, e non su Ethan. Dobbiamo parlare"

"Ehi, ci sei?"

"È importante, dobbiamo informare tutti!"

"Reel, per dio, rispondimi"

"C'è qualcuno che sta organizzando una sparatoria domani. È urgente"

Due chiamate vocali perse

"Ma dove diavolo sei finita?!"

"Ho provato a chiamare la polizia, ma non mi credono! Aiuto!"

"NON ANDARE A SCUOLA DOMANI, PERICOLO"

Non faccio in tempo a finire di leggere tutto, che un colpo di pistola fa partire grida e urla ovunque.

"Ma che diavolo?"

Il mio cervello da tutto da solo. Non ho la pistola, non ho il taser. Ho solo il distintivo. Ce lo faremo bastare.

"Via! Seguitemi" urlo, mettendomi a correre. Seguo la calca di gente, cercando di non farmi sotterrare e cercando di non perdere tutti gli altri. Pensa Reel, pensa. Non so chi stia sparando, non so quanti sono né quante armi hanno. L'opzione fuga è la soluzione migliore. Anche se ottenessi una pistola ci sono troppi civili per poter scatenare uno scontro a fuoco, e non sono sicura neanche di poter vincere. Cerco di prendere vari corridoi secondari, in cui c'è meno gente. *Il tetto.*

Prendo le scale antincendio, e cerco di salire il più possibile. Nel correre tra un corridoio e l'altro spacco uno dei quadratini antincendio, facendo scattare l'allarme.

Afferro il cellulare e nel correre mando uno dei messaggi preimpostati sulla chat di Scott. *Allarme, uomini armati,* e in allegato la mia posizione.

La mia corsa verso il tetto però termina davanti all'ultima scala. Un teppista da quattro soldi, con una pistola in mano, ci sta mirando contro. Mi fermo di botto. *Game over.* Provo a riconoscere la sua faccia, e malauguratamente mi ricordo di averlo visto in più di un'occasione. La prima era stata la foto del mio sedere. La seconda, quando lo avevo steso come un salame.

"Eleonore Parker, ma che sorpresa! E io che credevo che coprire il terzo piano sarebbe stato noioso" ridacchia il coglione armato.

"Mani sulla testa adesso" dice poi, con un ghigno preoccupante. Normalmente, un poliziotto dovrebbe convincere il potenziale assassino a non sparare e a stare calmo. Il problema arriva quando l'assassino ti odia, e tu sei disarmato.

Il ragazzo mi si avvicina con fare viscido, e mi punta la pistola in fronte. Credo di non essere mai stata vicina alla morte come ora. Sento i singhiozzi di Betty e delle altre ragazze.

"Girati verso i tuoi amici"

Mi volto verso tutti quelli che c'erano dietro di me: Nathan è in uno stato di trance. Sembra voler fare qualcosa, ma sa che una mossa sola potrebbe costargli una vita. Gli altri sono paralizzati dalla paura.

Il teppista mi tiene la pistola puntata alla testa, ma sta volta mi si mette a lato. Forse è più stupido di quanto immaginassi. Devo solo pregare che arrivi il momento giusto per creare un'apertura. Possibilmente prima che prema il grilletto.

"Chissà che cosa direbbe il tuo ragazzo se ti vedesse morta" mi dice il viscido, prendendomi con una mano le guance e strizzandomele. Mi scrollo via il suo tocco. Mi fa troppo schifo.

Lo sguardo del teppista ricade su qualcosa che per mia sfiga, non avevo visto cadere.

"E questo?"

Si piega leggermente per raccogliere qualcosa da terra, ma il suo sguardo è sempre puntato su di me. Non posso muovermi.

I suoi occhi si staccano solo una volta tornato stabile, per esaminare il cimelio trovato.

"Un distintivo dell'FBI?" ridacchia, osservandolo.

Per un attimo il mio cuore ha un tonfo. Mi sento mancare, ma l'adrenalina del momento mi sta tenendo in piedi. *Non leggere. Non leggere quello che c'è scritto. Non leggere.*

"Reel Payn, agente speciale, unità di investigazione sul campo sotto copertura" legge il ragazzo, perdendo ad ogni lettera il ghigno che aveva fino ad un secondo prima.

Al risuonare di quelle parole, vedo i volti dei presenti incrinarsi, in delle smorfie terrorizzare e sorprese. Avverto lo squarcio nella loro fiducia, che si apre come niente.

"C-come agente dell'FBI.." balbetta Betty, mettendosi quasi a piangere.

"Ti non sei Eleonore?" chiede Lisa, basita e con un po' di delusione nella voce.

"Per tutto questo tempo ci hai preso in giro?" chiede Wade, esterrefatto.

Incrocio solo per sbaglio lo sguardo di Nathan, che mi dà il colpo di grazia. C'è talmente tanta delusione al suo interno, che avrei potuto annegarci dentro.

Un mix di emozioni mi attraversano la mente e il cuore. Rabbia. Delusione. Senso di colpa. Odio. Apatia. Decido dunque di sceglierne solo una, esattamente come avevo fatto in passato, per facilitarmi la vita.

"Era solo lavoro" dico, indurendo l'espressione.

Abbasso le braccia di colpo, e nel farlo sposto la pistola del teppista, che spara un colpo a vuoto. Mi sfiora la faccia, ma tanto poco me ne importa ormai. Ho perso tutto, e voglio ringraziare di persona chi lo ha permesso.

Gli levo la pistola dalle mani, e la afferro, puntandogliela addosso, ma in modo professionale.

Lui casca a terra, trascinandosi fino all'armadietto più vicino.

"N-no, ti prego, ti prego, non spararmi, non spararmi" grida come una ragazzina che fa i capricci.

"Beh, i giochi sono fatti ormai, per cui non devo più trattenermi grazie a te, razza di idiota. Hai compromesso un'operazione che sarebbe dovuta durare mesi, ma almeno adesso sai con chi hai avuto a che fare. Mi presento ufficialmente: Reel Payn, reparto speciale di investigazione sotto copertura dell'FBI. Non serve che io ti dica per chi dei due suona la campana" dico, impassibile.

"Ehi un secondo, vuoi spargli davvero?! Io non ci sto capendo più niente ragazzi" esclama Alan, passandosi una mano sulla fronte.

Io non mi mossi dal mio obbiettivo. In un lampo mi passarono davanti agli occhi milioni di immagini, tutte riconducibili ad una sola notte. Quella dell'incendio in cui persi tutto. Continuavo a rivivere quella sensazione di angoscia, come se stesse succedendo di nuovo. Il problema era che avevo una pistola in mano. Ed era carica. Passò un'eternità dentro alla mia testa. Nella realtà, per fortuna del malcapitato, furono solo pochi secondi.

"FERMI TUTTI, FBI!"

L'urlo di Scott mi fa tornare alla realtà di colpo. Abbasso la pistola.Mi volto distrattamente e lo vedo arrivare, con alcuni dei nostri al suo seguito. La nostra copertura è saltata definitivamente, e questo significa solo una cosa: che saremmo dovuti rientrare al quartier generale nell'immediato.

62. PROVACI ANCORA, BENJAMIN!

"È anche questa è a posto" dico, chiudendo uno scatolone e sigillandolo con lo scotch. Il camion dei traslochi dovrebbe arrivare tra un'ora circa.

"Cosa ti manca?" mi chiede Scott.

"Della mia stanza solo le armi. C'è da sgombrare il salotto" dico, con tono piatto. Di solito mi piace scherzare con Scott quando c'è da fare le valige, ma stavolta non ne ho nessuna voglia.

"Ok. Devo andare a comprare delle cose per il viaggio al supermercato, posso lasciarti da sola per un quarto d'ora?" mi chiede lui, accarezzandomi una spalla.

"Si, non preoccuparti" dico distrattamente.

Sto sfogando tutta la mia frustrazione contro gli scatoloni, e sto cercando di non soffermarmi a pensare. Non ho salutato nessuno dopo la sparatoria a scuola. L'edificio è stato evacuato, e per fortuna nessuno si è fatto male. I soggetti armati erano cinque, tutti della cricca del tonto che aveva provato a spararmi. Ora erano dietro le sbarre, a rispondere ad un sacco di domande. Gli adolescenti americani hanno qualche serio problema di testa.

Non ho avuto il coraggio di guardare nessuno, o di parlare con nessuno. Sono rimasta vicino a Scott, e ho compilato un verbale per la polizia, rispondendo ad alcune domande per fare chiarezza.

Me ne sono andata esattamente come sono arrivata, eppure sento come se il mio stomaco stesse per spappolarsi. Avevo sempre rifiutato la tristezza: avevo sempre preferito la rabbia o l'indifferenza. Eppure stavolta sembrava inevitabile. Di una cosa ero sollevata però: gli amici che mi ero fatta non sarebbero stati tristi nel vedermi andare via. Sarebbero stati troppo occupati ad odiarmi per ricordarsi di me, specialmente Nathan. Forse avrei dovuto dirgli che quello che avevo provato per lui non era stata tutta una bugia, ma ho preferito non farlo. È meglio così. D'altronde chi mi avrebbe mai creduto?

Sento Scott uscire dalla porta, e chiuderla dietro di sé. Scott aveva provato in tutti i modi a tirarmi su di morale, ma non ci era riuscito. Aveva preferito allora l'omertà. L'ultima cosa che mi aveva detto riguardo a questo discorso erano state delle scuse. *Pensavo che sarebbe finita diversamente* mi aveva detto. Forse anche lui un po' sperava di rimanere. Ma non è possibile. Siamo agenti, e gli agenti non cazzeggiano nei paesini come le persone normali.

Comincio a incartare la roba del soggiorno, andando avanti per una decina di minuti, finché un suono fastidioso non comincia a trapanarmi le orecchie. Qualcuno sta bussando compulsivamente alla porta.

"Arrivo, arrivo" dico, svogliatamente.

Apro la porta e mi ritrovo davanti il piccolo Benjamin, con in mano un computer aperto.

"Benjamin?!" chiedo, stranita.

Benjamin non dice nulla, si fa solo largo in casa mia e appoggia il computer sull'isola della cucina.

"C'è qualcosa che devi vedere"

Il ragazzo comincia a smanettare sull'aggeggio.

"Ho decriptato i file del padre di Ethan. Ho trovato cose varie su associazioni mafiose e altro, ma a parte questo, mi sono infiltrato nelle telecamere a circuito chiuso...e guarda un po' che cosa ho trovato"

Benjamin mi mostra trionfante un video. Nel video un'uomo in giacca e cravatta bianca è appoggiato ad una macchina verdognola, parcheggiata nel loro giardino. Il conducente non si vede. Ad un certo punto il tizio vestito di bianco si alza e sembra chiamare qualcuno al cellulare. Dalla casa escono due uomini in smoking, che aprono la portiera dietro e... Tirano giù un corpo?! La ragazza è bionda, e a giudicare dalle foto sembra proprio Sarah.

"Che cazzo...Aspetta un secondo, torna indietro"

Gli faccio rimettere l'immagine della macchina.

"Quella targa" dico solo. Sapevo di averla già vista da qualche parte. Ho un vago sospetto data la macchina, ma spero di stare sbagliando.

Benjamin si collega a internet, e in due secondi riesce a risalire al proprietario. Per poco a me non viene un colpo. Speravo che non uscisse quel nome sullo schermo.

"Samuel... Bennet?! Ma non è il padre di..."

"Prendi il computer" ringhio, infilandomi su per le scale.

Raggiungo la mia stanza e mi metto a frugare nel baule, rimasto solo nella camera spoglia. Afferro la più fidata delle mie pistole, e il mio distintivo.

Raggiungo Benjamin e insieme ci fiondiamo fuori dalla porta.

"Ma che vuoi fare?!" chiede lui spaventato.

Raggiungo la porta dei Bennet, e mi metto a bussare freneticamente. Ad aprirmi è Mason, che mi guarda come se avesse visto un fantasma.

"Ciao.. Ehm.. Che sta succedendo?"

"Mason ma chi è che..."

Nathan si blocca, appena mi vede. Io mi schiarisco la gola. Il lavoro è lavoro.

"Vostra madre è in casa?"

"Mason, Nathan chi ha bussato?" chiede la signora Bennet, che smette di parlare appena mi vede.

"Che cosa vuoi?!" sbrocca Nathan.

"Dovete andarvene subito!" dico, nervosamente.

"Come?" chiede Mason, stranito.

Sbuffo. Perché mai le persone non ascoltano quando serve?!

"Vi prego, dovete ascoltarmi, non sto scherzando, siete in pericolo"

"E perché dovremmo crederti scusa? Non ci hai raccontato bugie fino a qualche giorno fa?"

Tiro un respiro, cercando di calmarmi. E va bene, vuotiamo il sacco.

"Io e Scott siamo stati mandati qui per scoprire chi fosse il responsabile della sparizione di Sarah Jones" dico solo.

Il volto di Mason si contrae, e impallidisce di colpo. Nathan rimane un attimo interdetto.

"Sapete qualcosa?! Che cosa avete scoperto?!" mi chiede Mason, avvicinandosi.

"Abbiamo scoperto chi è stato, ma non è una bella notizia"

Mason si blocca. Lancia un'occhiata agli altri due. Sembrano scambiarsi sguardi di apprensione.

"Entra" mi dice poi sua madre.

Al mio seguito c'è Benjamin, che ha assistito muto a tutta la scena. Lasciamo la porta aperta dalla fretta. Non sarà una cosa lunga.

"E questo chi sarebbe?" chiede Nathan, sulle difensive.

"Quello che ha scoperto gran parte delle informazioni. Mason, signora Bennet, è meglio se vi sedete" dico, imperativa.

Benjamin clicca qualche tasto qui e là e mette in riproduzione il video. A mano a mano, le facce dei presenti si mummificano sempre di più. Gli occhi di Mason diventano lucidi, mentre la signora Bennet sprofonda in un trance ipnotico.

Una volta che il video finisce, cala il silenzio nella stanza.

"No...no,no.. Samuel non è un assassino.. Non è un assassino.." comincia a balbettare la signora Bennet. Nathan le stringe la mano, mentre a Mason scappano lacrime amare.

"Mi dispiace avervelo fatto vedere così, ma non c'è tempo. Adesso che la voce è girata e sa che c'è qui l'FBI sicuramente potrebbe fare qualcosa di stupido, il che significa che siete in pericolo. Tutti e tre"

"Che cosa dobbiamo fare?" mi chiede Mason, preoccupato.

Il rumore di un proiettile che si infrange su una delle pareti ci fa sobbalzare tutti. Lasciando la porta aperta, a nostra insaputa, avevamo lasciato un passaggio all'assassino.

63. COLPEVOLE

Mi riparo dietro all'isola, estraendo la pistola a mia volta e sparando due colpi a vuoto. I ragazzi e la signora Bennet si rifugiano dietro al divano, ma le vie di uscita non sono molte.

Samuel Bennet è in piedi nel salotto e rivolge la canna della pistola a sua moglie. Che gran pezzo di merda.

Mi affaccio appena, sparando alla cieca per evitare di farmi colpire. Non ho tantissimi proiettili, per cui non posso esagerare.

Il signor Bennet emette un gemito, ed io esco dall'isola della cucina, con la pistola alta e puntata. Lui sta facendo la stessa cosa. I miei proiettili non lo hanno colpito, e spero di non finire questo confronto in un bagno di sangue.

"Okay signor Bennet, adesso faccia il bravo e metta giù la pistola" dico, rimanendo immobile. Un passo falso e qui salta tutto in aria a colpi di pistola.

Lo sento fare una mezza risatina.

"Una ragazzina eh? E anche del reparto speciale. Doveva tenerci proprio tanto l'FBI"

Io non gli rispondo. Non ho intenzione di fare il suo gioco. Non so se sia ubriaco o meno, ma ha un'arma da fuoco in mano, e questo già mi preoccupa abbastanza.

"Sai ragazzina, all'inizio non ti avevo neanche riconosciuto... Me ne sono ricordato solo dopo aver saputo che c'era l'FBI in paese dove ti avevo già vista"

"Io non la conosco" dissi, fredda.

"Ma io conosco te. New York, caso speciale Winchester, appena due anni fa. Eri della divisione agenti speciali. Un simbolo d'orgoglio per l'america all'epoca. Avevo anche letto un dossier generale su di te, Reel Payn. Ti ho visto uccidere due persone a sangue freddo se non ricordo male"

"Come sa queste cose?" chiedo. Ma chi diavolo è quest'uomo?!

Ad un certo punto mi torna in mente quello che mi aveva detto Nathan tempo prima. Suo padre era in polizia, ed era andato a New York poco tempo prima di perdere il lavoro. Ecco spiegato l'arcano.

"Polizia del New Jersey. Mai sentita? Non che sia importante ormai.."

L'uomo lascia la frase in sospeso, e il suo sguardo ricade sul computer di Benjamin, col filmato di casa Davis rimasto aperto e in pausa.

"Oh, e così già lo sapete... Quell'idiota di Davis senior, non è capace neanche di restituirti un favore.." borbottó l'uomo, tirando su col naso.

"Perché l'hai uccisa?!"

Una voce proveniente da un angolo attirò l'attenzione dell'uomo. Mason si è fatto avanti, ed ha ancora gli occhi lucidi. Io tiro un'occhiata allarmata a Nathan, che per fortuna mi capisce e afferra il fratello per il braccio.

"Mason..."

"No! Lasciami! Voglio sentirlo da lui! Dimmi perché!" sbraita il ragazzo, scostandosi dalla presa del fratello.

Bennet senior si gira verso il figlio, continuando a tenere l'arma puntata verso di me.

"Io non volevo ucciderla. È stato un incidente"

"Un incidente?!" chiede il ragazzo, sempre più sull'orlo di una crisi di nervi.

"Quella... Se mi avesse ascoltato non sarebbe finita così"

"Che diavolo significa?"

"Ehh... Voi ragazzi non potete capire queste cose da grandi... L'avevo fermata per strada solo per chiederle di aiutarmi... Volevo rientrare in casa mia... Ma quella puttanella da quattro soldi mi aveva risposto che erano affari miei... Io l'ho strattonata .. È caduta, ha picchiato la testa... Non ho potuto farci niente, non è stata colpa mia. Per fortuna quel mafioso da quattro soldi mi doveva un favore, e l'ha fatta sparire. In ogni caso figliolo, non era quella giusta. Riuscirai a dimenticarla" spiegò il signor Bennet, con rabbia.

Avevamo seguito la pista sbagliata per tutto quel tempo, non accorgendosi di avere sotto al naso un abominio. E Myra Woods? Anche lei c'entrava con questa storia? E Ethan? Troppe domande senza risposta.

"Dimenticarla?! Tu sei un mostro!"

"Io non sono un mostro! Io ho fatto di tutto per rimettere insieme questa famiglia! Ma voi... Non importa. Se non volete seguirmi con le buone, mi seguirete con le cattive"

Il signor Bennet si rivolta di nuovo verso di me.

"Butta la pistola"

"Non credo proprio rispondo"

"Ah si?"

L'uomo sposta la pistola verso Nathan, caricando il grilletto.

"Fermo!" urlo io, sgranando gli occhi, "un altro passo e ti freddo".

"Nah, non lo farai... Lo avresti già fatto se avessi voluto. Ma non vuoi uccidere nessuno davanti a loro giusto? Chissà che cosa penserebbero di te, no? Vuoi uccidere il loro papà sotto i loro occhi? È questo che stai pensando?"

Rimango un attimo sbigottita. Probabilmente la vecchia Reel avrebbe sparato senza esitazione, ma per come sono ridotta adesso non sento un briciolo di forza di volontà nelle mani. E in un secondo, realizzo di non avere alcun potere su quest'uomo. Ha ragione.

"Avanti, butta l'arma"

Lascio andare la pistola, e alzo le mani. Mi ero ripromessa di non cadere mai nella trappola dei sentimenti, eppure in quel momento mi stavo seriamente rendendo conto di quanto ci fossi dentro e di quanto fossi nei guai.

"Brava bambina"

Bennet senior continua a tenere la pistola puntata contro Nathan, mentre si avvicina a me e mi allontana la pistola con un piede.

"Sai che c'è? All'epoca eri molto promettente... Peccato che tu sia così debole"

Detto questo sento uno sganassone arrivarmi in piena faccia, facendomi volare per terra. Intravedo Benjamin terrorizzato e immobile, dietro la cucina.

"No!" grida Nathan.

"Silenzio!" ribatte il padre.

Sento una mano sfilarmi qualcosa dalle tasche.

"Questi non ti serviranno più" mi dice Bennet, estraendo dalle mie tasche il cellulare e il distintivo e infilandoseli nella giacca.

Un calcio a piena potenza sulla pancia mi fa smettere di respirare per qualche secondo. Boccheggio con difficoltà, cercando di aspirare almeno una molecola di ossigeno. Il mio diaframma riprende la sua attività a fatica, ma ho un dolore lancinante al ventre.

Vedo il signor Bennet afferrare una bottiglia di non so che cosa dalla cucina, e cominciare a spargere il suo contenuto in giro. Sembra olio o alcool. Ho la vista abbastanza sfocata.

"Nessuno verrà mai a sapere niente" dice, buttando per terra qualcosa.

Capisco solo dopo il perché lo abbia fatto: ciò che ha buttato a terra era uno zippo, acceso. Vuole dare fuoco alla casa.

"VOI, IN MACCHINA, VELOCI!"

"Samuel sei impazzito?!" grida piangendo la sua ex moglie.

"Ho detto in macchina!"

Vedo tutto sfocato, ma riesco a distinguere le sagome di Mason, Nathan e della signora Bennet che escono dalla porta, minacciate dalla figura del marito, che esce anche lui, chiudendosi la porta alle spalle. Per fortuna si è dimenticato di Benjamin, rimasto accucciato come un cagnolino impaurito. Sento puzza di bruciato ovunque. Lentamente la cucina sta andando a fuoco, e presto tutta la casa farà la stessa fine. Alla vista di ciò, rimango quasi paralizzata. Non riesco ad alzarmi.

"Reel! Reel!" continua a chiamarmi Benjamin, scuotendomi.

"Vai... A chiamare.. Scott" dico a fatica, indicando casa mia dalla finestra.

"Vado. Ti prego, resisti, non morire"

"Muoviti,e porta con te il computer!" ringhio, cominciando a tossire.

Il ragazzo afferra il portatile e schizza fuori da casa, mentre io rimango lì, tentando di alzarmi.

Il fuoco divampa, e ormai non c'è modo di poterlo spegnere. Le fiamme stanno avvolgendo tutta casa. Io faccio un grosso sforzo e riesco a tirarmi in piedi, anche se piegata in due. Appena mi accorgo di essere vicino ad un fuoco tanto grande e senza controllo le immagini cominciano a scorrermi davanti alla faccia. Sento qualcuno che urla. Sono un uomo e una donna.

Ricado sulle ginocchia, lasciandomi andare a terra. Non riuscirò mai ad uscire. Ho le gambe paralizzate dalla paura. Stringo forte i pugni e chiudo gli occhi. È così che finisce allora?

64. CAPELLI BIANCHI

Tengo gli occhi aperti a fatica. È tutto ricoperto da fiamme gigantesche, e ho l'impressione che tra poco mi cadrà il soffitto sulla testa. Ho i polmoni pieni di fumo e faccio fatica a respirare. In mezzo ai lapilli incandescenti mi sembra di scorgere la figura di qualcuno: assomiglia ad una bambina. Ha i capelli castani e si sta guardando intorno.

"Mamma!" urla, non sapendo cosa fare.

Sollevo la testa. È in pericolo.

"Ehi tu! Esci di qui!" dico a fatica, tossendo come non so che cosa.

La bambina si gira verso di me: ha gli occhi pieni di lacrime ed un viso familiare. I suoi lineamenti mi portano a riconoscerla come uno dei miei ricordi: avevo ancora i capelli normali prima dell'incendio.

Ad un certo punto qualcosa scoppia, e vedo la piccolina mettersi ad urlare. I suoi capelli piano piano perdono colore, e diventano bianchi. La vedo voltarsi verso di me con fare impaurito

Si mette a correre per raggiungermi.

"Che fai?! Vattene subito!"

"Io non ti lascio qui" dice. La sua voce ha un suono strano. Sembra quasi quella di un'uomo.

Scott mi scuote con energia e io sbatto gli occhi più volte, riprendendomi dalle allucinazioni. Che brutta esperienza.

L'uomo mi solleva e lo sento correre fuori dalla casa. Mi appoggia a terra, e appena una folata d'aria pulita mi entra nei polmoni mi metto a tossire, riprendendo a pensare lucidamente. Quanto sono stata lì dentro?

"Reel! Stai bene?" mi chiede Scott, appoggiandomi le mani sulle spalle.

"Più o meno" dico, dopo aver finito di sputare un polmone.

"Che diavolo è successo?"

"Il padre di Nathan, è lui che ha ucciso Sarah. Ha dato fuoco alla casa con me dentro pur di mantenere in segreto"

"E dov'è adesso?"

"Ha rapito i due figli e la moglie. Non so dove sia diretto"

"Cazzo.." sospira lui.

"Io avrei un'idea per trovarli" sussurra la voce di Benjamin. Non avevo notato la presenza del ragazzo fino ad ora.

"Cioè?"

"Il signor Bennet ha preso il tuo cellulare, ma sono sicuro che non si è ricordato di spegnerlo. Possiamo rintracciarlo via GPS"

"Tu lo sai fare?" gli chiede Scott.

"Direi di sì"

Io cerco di mettermi in piedi a fatica.

"Tu non ti muovere, sta arrivando l'ambulanza" mi dice il mio patrigno.

"Io vengo con voi" ringhio, con la voce di un fumatore sessantenne.

"Non credo proprio, non ne sei in grado, potresti essere intossicata"

"Correrò questo rischio" dico, cominciando a camminare verso casa nostra.

"Io non posso permetterti di..."

Mi volto verso Scott, con una delle mie espressioni più convinte.

"Ce la posso fare. Sono Reel Payn dopo tutto, no?"

Scott mi guarda, indeciso sul da farsi: legarmi all'ambulanza pregando che i medici siano tanto bravi da non farmi scappare o portarmi con lui.

"E va bene. Andiamo a prendere quel figlio di puttana" dice, sospirando.

Tenete duro ragazzi, stiamo venendo a prendervi.

65. RECUPERO OSTAGGI

"Accelera!" esclamo, indicando la strada. Siamo su quella che dovrebbe essere una strada statale, ma è piuttosto deserta.

Stiamo seguendo il segnale GPS impostatoci da Benjamin tramite il mio cellulare, cercando di trovare una strada alternativa per bloccare la macchina. Abbiamo allertato anche altre unità vicine che dovrebbero arrivare a minuti.

"Gira a destra! A destra!"

"Non urlare, ti sento per dio" si lamenta Scott.

Sembro un gatto isterico col pelo rizzato. Sento una stretta angosciosa al petto, che mi impedisce di pensare a mente lucida. I due puntini (uno rappresentato dalla nostra macchina, mentre l'altro rappresentato dalla macchina del padre di Nathan) stanno per incrociarsi e speriamo che non sia troppo tardi. Abbiamo preso una stradina sterrata in mezzo a tantissimi alberi, che non so dove ci stia portando esattamente.

"Come li fermiamo?"

"Nell'unico modo possibile. Reggiti" mi dice Scott, accelerando a manetta. Non so se voglia suicidarsi con me di fianco o cosa, ma cercherò di fidarmi. Non ho altra scelta. Mi reggo forte alla portiera, e mi scappa un urlo di paura quando vedo il muso della nostra auto sfiorare quello di un altra macchina, che d'istinto inchioda.

Appena il rumore dell'inchiodata termina mi accorgo che la macchina si è fermata. Se non avessi avuto i capelli già bianchi credo che li avrei sviluppati dopo questo.

"Sei impazzito?!"

"Era il modo più veloce per fermare quella" dice Scott, indicando la macchina ferma vicino a noi. Il GPS della nostra macchina coincide con quello della macchina che stavamo inseguendo. Ci siamo.

Scendiamo velocemente, estraendo le armi prelevate prima di partire.

L'uomo scende dalla macchina con la moglie e i figli a seguito, continuando a tenere la pistola puntata alla testa della signora Bennet.

"Okay, game over. Mani sulla testa e nessuno si farà male" sento dire da Scott.

"Fate un passo verso di me e lei muore!" urla il pazzo.

Nathan e Mason sono pietrificati dalla paura e dall'ansia. So che vorrebbero fare qualcosa, ma la situazione potrebbe peggiorare.

"Non fare cazzate, ci sono altre pattuglie che stanno arrivando, non aggravare la tua situazione"

"Ho detto che non dovete muovervi, cazzo" ringhia lui.

Io rimango zitta, cercando di mirare attentamente. Ho esitato troppo a lungo la volta scorsa, e non ho intenzione di lasciar andare di nuovo questo figlio di puttana. Respiro attentamente e cerco di isolarmi mentalmente. Mi concentro sul mio battito cardiaco. Affino la vista e prendo la mira. Tre. Due. Uno. Sospendo il respiro.

Premo il grilletto e vedo il proiettile partire. O la va o la spacca. In un secondo vedo il bussolotto penetrare la mano dell'uomo, facendogli saltare la pistola dalle mani. Un urlo sordo mi conferma di aver centrato il bersaglio. Ricomincio a respirare e mi rendo conto che per fortuna è andata bene. Ce l'abbiamo fatta.

"Correte!" urla Scott.

Nathan, Mason e la signora Bennet si rifugiano verso di noi, con delle facce ancora incredule. Il primo mi si presenta davanti con una faccia sconvolta e mi abbraccia forte.

"Sei viva... Sei viva.." continua a ripetersi, con la voce incrinata.

"Ci vuole più che qualche fiammifero per farmi fuori" dico, stringendolo. Chissà che cosa deve aver passato.

Nonostante la felicità l'occhio mi scappa sull'auto del padre e sulla figura che ha appena riafferrato la pistola. Scanso Nathan appena in tempo.

"TUTTI DIETRO LA MACCHINA" urlo, un attimo prima che una pioggia di proiettili ci investa.

Riusciamo a rifugiarci dietro la nostra auto proprio prima che qualcuno venga colpito,accovacciandoci in modo da non essere presi di mira. Scott si sporge di poco appena c'è un attimo di pausa, e molla tre colpi verso il signor Bennet, che cade a terra con una gamba ferita. Nonostante questo prova ripetutamente a sparare, ma il caricatore è completamente vuoto. È finita.

Ci alziamo tutti, tirando un sospiro di sollievo. Nathan si gira verso di me in segno di vittoria, ma quando mi vede la sua faccia si contorce in una smorfia d'orrore. All'inizio non capisco la sua espressione, finché non abbasso lo sguardo verso i miei pantaloni. Una macchia di sangue si estende dal mio ventre fino ai miei pantaloni. Un buco da proiettile nella parte destra del mio addome sta facendo sgorgare sangue ovunque. Sento caldo. Troppo caldo. Mi gira la testa. Lancio uno sguardo a Nathan in panico. Per la prima volta ho seriamente paura di morire, e non per colpa di un incendio.

Cado a terra e perdo lentamente conoscenza tra le braccia di Nathan e di Scott, accompagnata solo dalle sirene delle volanti dell'FBI in lontananza.

66. L'ALTRO LATO DELLA MEDAGLIA

Nathan

Rimango seduto per ore su una sedia del pronto soccorso di Badminster. Le persone passano, i volti cambiano, ma a me sembra che tutto sia particolarmente ed estremamente grigio. Sono rimasto con il patrigno di Eleonore, o per meglio dire Reel, in attesa di risposte dai medici. Una fitta al petto mi impedisce di stare fermo, e nonostante prima della sparatoria il mio unico desiderio fosse tornare a casa, ora non me ne andrei neanche se fosse l'esercito a chiedermelo. So che mi ha mentito, so che niente è mai stato vero, ma so anche che ho bisogno di lei. Ho bisogno che sia lei a dirmi che se ne va, e ho bisogno di vederla camminare con le sue gambe per arrivare alla meta.

Vengo distratto dai miei pensieri appena vedo Scott tornare dal colloquio con l'equipe che si è occupata di Reel. Non so se corrergli incontro e chiedergli come sta o aspettare che sia lui a dire qualcosa. Ha la faccia scavata dalla fatica, gli occhi gonfi e il corpo stanco. Appena mi vede mi rivolge un sorriso accennato, quasi impercettibile, e si lascia cadere sulla sedia accanto alla mia. È esausto.

"Le hanno detto qualcosa?"

"Sei sicuro di essere pronto per la risposta a questa domanda?"

"Io devo saperlo"

Scott si inumidisce le labbra e si china in avanti, appoggiando i gomiti alle ginocchia.

"Il cervello è rimasto senza ossigeno per troppo tempo"

Per un attimo mi sento mancare la terra sotto ai piedi.

"E questo che significa?"

"Significa che è entrata in coma, Nathan. L'encefalogramma non è piatto, ma è molto debole"

"Sanno quando si sveglierà?" chiedo, incredulo e con la voce incrinata.

"Impossibile da dire. Ma una cosa me l'hanno detta: se passa la soglia delle 72h le probabilità diventano minime nella sua condizione"

Ragiono un attimo sulle parole che ho appena sentito. La ragazza dai capelli bianchi che aveva piegato una scuola intera ora stava lottando per la sua vita contro sé stessa, e stava perdendo. Se non stessi per scoppiare in lacrime probabilmente apprezzerei l'ironia della cosa. Eppure non c'è mai niente di ironico quando si parla della vita reale. Vorrei dire qualcosa a Scott per tirarlo su di morale (dato che quello che sta più male di tutti qui è sicuramente lui), ma non saprei come fare. Che cosa è giusto dire in questi casi? Esiste veramente qualcosa da dire seriamente?

"Vieni, andiamo a prendere un caffè. Ne abbiamo bisogno" mi dice l'uomo, alzandosi.

"Non dovremmo rimanere qui?"

"Non possiamo farci niente ragazzo. È una battaglia che Reel deve combattere da sola"

Rimango un attimo in silenzio.

"E se perdesse?"

"Mmh... Non sono un medico, ma la conosco meglio di chiunque altro. Se le importa davvero, Reel non perde mai"

Mi alzo dalla sedia e comincio a seguire Scott, mentre le sue parole mi rimbombano nella testa come fossi in trance. Arriviamo al bar dell'ospedale e prendiamo due caffè, per poi sederci ad uno dei tavolini bianchi sbiaditi del posto.

"Parla, dì quello che pensi. Fa bene all'anima" mi dice Scott, dopo svariati minuti di silenzio.

"Mi sarebbe piaciuto conoscerla. Come Reel intendo, non come Eleonore"

A Scott scappa una risata stanca.

"Oh ma l'hai fatto ragazzo. L'hai fatto davvero"

"Non credo che un agente segreto abbia un qualche interesse nello stare con un disperato come me"

"Mettiamola così: professionalmente dovrei darti ragione. Da padre però posso dire che non ho mai visto mia figlia più felice, agitata e adolescente di questo periodo"

"Che significa?"

"Significa che per la prima volta l'ho vista metterci letteralmente *due ore* per prepararsi per il ragazzo che le piace, l'ho vista uscire con degli amici... E l'ho vista sputare popcorn dall'agitazione dopo aver letto un messaggio. Credo che quest'ultima sia sempre merito tuo"

Anche se sto cadendo dal pero faccio finta di capire l'ultimo riferimento. Forse è stato per il messaggio che le ho mandato quando l'ho sentita parlare con Alan. Ops.

"Il punto è che quelle cose non sono finte. Non le fai se stai fingendo, e Reel fa abbastanza schifo a raccontare palle se vuole bene a qualcuno. Io credo che, missione o no, per lei tutto quello che avete vissuto fosse reale. Ed è quello che ho sempre voluto per lei, in fondo. "

Non so perché, ma le parole di Scott mi sollevano un piccolo pezzo di cuore. Allora era reale? Non era una bugia?

Forse, dopo tutto, il segreto dietro a quei capelli bianchi non era poi così brutto.

Per scoprirlo avrei dovuto parlare con Reel, il che significava che avrei aspettato quanto serviva, con il cuore pieno di speranza.

Tieni duro Brontolo, so che ce la farai. Io ti aspetto.

67. RITORNO

Apro gli occhi di scatto e in un primo momento non vedo quasi nulla. È tutto estremamente sfocato e mi sembra di non riconoscere alcuna forma. Sento un sacco di voci intorno a me, ma non riesco a differenziarle. Non so dove mi trovo e ho un sacco di immagini confuse che mi frullano in testa.

Cerco di sollevare il capo, ma appena lo faccio avverto una fitta al collo. Mi tiro su a fatica e riesco a mettermi seduta, ma appena lo faccio una seconda fitta al ventre mi fa gemere.

"Oh dio, è sveglia!" sento dire da un uomo sulla quarantina, con gli occhiali e la giacca nera.

"Reel, ehi, guardami... Chiamate un dottore!" dice l'uomo, accarezzandomi una mano.

Cerco di capire chi sia, ma nonostante mi sforzi, non mi viene in mente nulla. Niente di niente.

"Chi.. Chi sei?" chiedo, con un filo di voce.

L'uomo sembra congelarsi all'improvviso. Di fianco a lui c'è un ragazzo moro, giovane e dall'aspetto stanco.

"Reel,non ti ricordi?"

Dei signori vestiti di bianco entrano nella stanza e allontanano l'uomo, dicendo varie cose su fatto che *se ne sarebbero occupati loro.*

In poco tempo vengo sommersa da domande, visitata e subito dopo mi viene spiegato l'accaduto da quello che penso sia il dottore a capo del reparto.

Mi hanno sparato. Sono rimasta in coma per 68 ore di fila. Mi chiamo Reel Payn e ho diciotto anni. Per ora sono le sole cose che mi hanno detto.

I medici escono dalla mia camera e fanno rientrare i due individui lasciati fuori poco prima. Dalle loro espressioni corrose dalla fatica comprendo che devono aver passato molto tempo qui, aspettando il mio risveglio. Eppure io non mi ricordo di loro. Non mi ricordo come si chiamano o chi siano.

"So che non ti ricordi di noi ora Reel, per cui faremo le cose piano piano... Io sono Scott e sono il tuo patrigno adottivo"

"Patrigno adottivo?" ripeto.

"Si. Ti ho adottato molto tempo fa"

"E i miei genitori?"

"Non è importante ora. Sappi solo che vivi con me e ti ho cresciuto io. Lui invece è Nathan"

Osservo il ragazzo e mi sembra che abbia gli occhi più lucidi e arrossati di prima.

"Hai pianto?" chiedo, spontaneamente.

"No" mi dice lui, anche se non so perché mi sembra mi stia mentendo.

"Hai pianto per colpa mia?" chiedo, imperterrita.

Il ragazzo mi osserva, e scoppia in una piccola risata.

"Sei appena uscita dal coma e ti preoccupi del fatto che io pianga?"

Ha un sorriso davvero bello. Non so perché ma sento una sensazione calda nel petto.

"Scott...Nathan.." ripeto, sfregandomi il mento. Ho delle emozioni collegate a questi nomi, eppure non riesco a ricordarne il motivo.

I due passano ore e ore insieme a me, raccontandomi del più e del meno e narrandomi cose su di me che non sapevo. I racconti vertono su cose abbastanza strane, come *quella volta che ho sputato i popcorn in soggiorno* oppure *quella volta che ho picchiato uno dei giocatori di football della scuola*. Ero una persona davvero così strana?

I racconti terminano verso sera, quando mi ritrovo esausta e chiedo gentilmente di essere lasciata sola per schiacciare un pisolino. È stata una giornata dura. Se è vero che la notte porta consiglio, mi conviene dormire. Ne ho un gran bisogno.

68. ADDIO?

"Okay, okay prova di nuovo" mi dice il ragazzo bruno tatuato.

Sono in ospedale da tre giorni, ma ancora la mia memoria sembra non voler collaborare. Ci sono un sacco di persone che sono venute a trovarmi, eppure non ricordo chi siano, né come io le abbia conosciute. Tutto ciò che so mi è stato raccontato da altri: mi chiamo Reel, ho diciotto anni e lavoro per l'FBI. Ho i capelli di un colore strano rispetto agli altri, e sono un'orfana. Il mio tutore legale si chiama Scott, mentre i nomi dei miei amici ancora fatico a ricordarli. Uno di loro, Nathan sembra essere più di un amico, ma con tutte le visite che ci sono state in questi giorni non ci ho capito ancora molto.

"Okay allora tu sei Alan" dico, cercando di ripetermi mentalmente ogni nome che riesco a dire, "tu sei Mason, e loro due sono Ben e Wade"

"Ottimo!" esclama Mason.

"Beh, facciamo progressi" sorride il tatuato.

"Ora noi! Ora noi!" squittisce una ragazza bionda, dalla vocina acuta.

"Allora.. tu ti chiami Betty, tu Lisa e... Alice?" chiedo, incerta.

"Vittoria!" esclama la ragazza dallo stile dei figli dei fiori, sollevando le braccia al cielo.

Scoppiamo tutti quanti a ridere. Anche se non ho ricordi di loro mi sento particolarmente tranquilla ad averli intorno. Devono essere brave persone.

Il rumore di nocche sulla porta interrompe la nostra conversazione e noto che appoggiato allo stipite della porta c'è il signor Scott. Sorride placido, ma lo sguardo non è del tutto tranquillo.

"Vi state divertendo?" chiede.

"Oh si, e buone notizie! Abbiamo ripassato tutti i nomi e Reel se li è ricordati tutti!" esclama il ragazzo che dovrebbe chiamarsi Mason.

"Bene, bene. Sono contento. Ragazzi, devo chiedervi di uscire un secondo. Devo parlare in privato con mia figlia"

I ragazzi si guardano e annuiscono, uscendo poi dalla stanza facendomi dei cenni di saluto.

Scott lì lascia uscire e fa ufficialmente il suo ingresso nella stanza, insieme ad un uomo che prima non avevo notato. È basso, in carne e ha dei baffi neri come la pece. Porta uno smoking marrone e ha un'espressione molto seria.

"Buongiorno" dico, formale. Non so bene chi sia, ma mi sento un po' a disagio.

"Buongiorno Reel. Mi riconosci?" mi chiede il signorotto, sedendosi ai piedi del mio letto. Scott rimane in piedi con lo sguardo fisso a terra. Sento che qualcosa non va.

Scuoto la testa in segno di negazione. Dovrei ricordare?

"Okay, allora sarà meglio che mi presenti. Mi chiamo Michael Root e sono a capo della sezione delle indagini sotto copertura dell'FBI"

Rimango un attimo in silenzio. Il nome non mi dice proprio niente.

"Come stai?" mi chiede poi, tranquillamente.

"Beh, sto bene. Non ricordo nulla, ma sto bene" dico sommariamente.

"Mmh... Sai perché sono qui?"

"No"

L'uomo prende un piccolo respiro.

"Sei stata ferita durante un'operazione di recupero, in uno scontro a fuoco. I danni corporei non sono debilitanti, ma vorremmo assicurarci che la tua memoria torni integra"

"E come volete fare?"

Il signorotto lancia un'occhiata a Scott.

"Vorremmo che tornassi a New York. Potremmo farti seguire da degli specialisti del nostro campo"

Rimango un attimo interdetta. Mi volto verso Scott, ma il suo sguardo vitreo mi fa esitare.

"Tu che ne pensi?" chiedo, facendolo tornare vigile.

"In realtà signorina, la scelta non è opzionale. Il quartier generale ha già predisposto il tuo trasporto"

"Ma io..."

"Mi dispiace signorina Payn"

"Quindi mi porterete a New York?"

"Lì potremo trovare una soluzione alla tua amnesia. Sarai più controllata e più protetta"

Non faccio neanche in tempo a rispondere, che una voce maschile interrompe la conversazione.

"New York?" chiede la voce del ragazzo che avevo incontrato appena sveglia. Sembra incrinata da un emozione troppo simile alla tristezza.

"Lei chi è?!" chiede infastidito il signorotto.

"Chissene importa, volete portarla via?!"

Scott placca il ragazzo e cerca di calmarlo, ma lui continua a sbraitare.

"Fatemi parlare con lei! Voglio parlarle!"

Scott scorta il ragazzo fuori dalla stanza e io rimango sola col signore dagli strani baffi, in balia di un destino che mi avrebbe portato lontano da tutto quello che amavo, ma che non mi ricordavo di avere intorno a me.

69. IN MEMORIA DI UN LADRO

Nathan

Le parole del piccolo baffuto continuano a risuonarmi nella testa. New York. Me la stanno portando via, e tutto ciò che posso fare è salutarla senza che neanche si ricordi chi sono per lei.

Ieri sera sono dovuto andare a casa dalla rabbia. Avrei volentieri messo le mani addosso a qualcuno, ed ho desistito solo grazie a Scott. *Lo so come ti senti, ma capiscimi, sono un padre e ho bisogno di saperla al sicuro* aveva detto dopo avermi visto andare su tutte le furie. Non avevo potuto dire niente. Il suo dolore era sicuramente più grande del mio, e probabilmente avrei fatto la stessa cosa nei suoi panni. È solo che ancora non l'ho accettato.

Dopo essermi calmato Scott è venuto a parlarmi, dicendomi che l'indomani sarebbero partiti e che aveva convinto il suo capo a farmi salutare Reel nonostante tutto.

Le ho portato un piccolo regalo d'addio. Se non la rivedrò mai più almeno voglio rimanere nella sua memoria come un ragazzo gentile.

Reel

Sto facendo le valige e stare in piedi per la prima volta dopo giorni mi risulta parecchio faticoso. Mi vogliono portare a New York per curarmi. Forse così riuscirò a ricordare qualcosa.

I ragazzi che mi hanno tenuto compagnia in questi giorni sono venuti tutti a salutarmi, e sembrano parecchio abbattuti. Mi dispiace di non poter ricambiare il loro sentimento. Sembrano brave persone dopotutto.

Il primo che saluto è il ragazzo tatuato che mi ha fatto da insegnante per tutto il tempo.

"Ciao terremoto, quando ti ricorderai di me scrivimi, così ti rompo un po' le palle"

"D'accordo" dico, sorridendo.

Saluto ad uno ad uno tutti i ragazzi presenti nella sala, incluso un piccolo ragazzino dagli occhiali strani dall'aria leggermente nerd.

"Ciao Boss, è stato bello lavorare con te" mi dice, dandomi una placchetta sulla spalla.

Mi sento così a disagio. Vorrei poterli capire. Vorrei provare quello che provano loro. Vorrei poter piangere con loro. È come se non sapessi più chi sono o qual è il mio posto nel mondo. Ed effettivamente è così.

L'ultimo che saluto è Nathan: è rimasto a vegliare su di me per tutto il tempo che ho trascorso qui. È stato uno dei primi visi che ho visto. Non so perché, ma forse dovrei ringraziarlo.

Mi abbraccia forte e per un attimo sembra che stia assaporando il mio profumo. Il suo odore è piacevole. Mi sento al sicuro. È così strano sentire di stare bene con una persona senza conoscerla.

Quando mi stacco ha gli occhi lucidi e all'improvviso mi sento fortemente in colpa. Mi dispiace di non sapere. Vorrei poter capire.

All'improvviso lo vedo tirare fuori dalla tasca un sacchettino blu. Ha il disegno di una specie di frittella sul fronte. La scritta recita *waffles*.

"Per il viaggio" mi dice.

Il mio sguardo rimane fisso su quel piccolo pacchettino, che nonostante la sua semplicità, come un fulmine a ciel sereno, mi fa uscire dalla bocca delle parole. Delle parole molto precise.

"Un waffle rubato rimane un waffle rubato"

Nel pronunciare quelle parole sgrano gli occhi e la mia mente viene inondata da una serie infinita di informazioni. Milioni e milioni di immagini di susseguono nella mia mente e piano piano il guscio in cui ero richiusa sembra mostrare uno spiraglio di luce.

"Porca puttana!" esclamo, guardandomi intorno, confusa.

Mi annuso leggermente il giacchino.

"Puzzo di ospedale, santo dio, ma che ci mettono sui vestiti quando li lavano, bleah"

"Reel?" chiede Scott, sbiancando e sgranando gli occhi.

"Oh puoi dirlo forte.. EHI SONO TORNATA!" mi stupisco anche io.

Mi guardo in giro e vedo le facce deformate dalla felicità dei miei amici. Vengo circondata da un abbraccio di gruppo, e finalmente mi sento al posto giusto, al momento giusto.

"Oh, bambina mia" mi stringe Scott. So che sta cercando di non piangere. È un piccolo tenerone in fondo.

"Vi sono mancata eh?" chiedo ironicamente.

"Ehm, mi dispiace interrompere, ma è arrivato il momento. Questo di sicuro non cambia le cose. Payn, la macchina è pronta" sentenzia il mio capo, comparso sulla soglia come una chimera.

"Beh se la può tenere la sua macchina!" rispondo, incrociando le braccia.

"Come prego?!"

"Mi sono beccata un proiettile in pancia, sono quasi morta in mezzo ad un incendio e puzzo come il sedere di un bambino pieno di borotalco. Mi merito una vacanza" dico seria.

"Beh, sicuramente avrai dei riconoscimenti per questa missione, ma sei comunque un agente. Gli ordini sono ordini"

"E io mi ordino di rimanere qui" ribatto, strafottente.

"Mmh... Insomma! Non tollero che mi si parli così! Sono venuto in questo buco dimenticato da Dio apposta, e che ti piaccia o no tu verrai con me, ragazzina!" si infervora lui, agitandosi.

Sto per rispondere a tono, ma Scott mi anticipa.

"Un momento, nessuno parla così a mia figlia! Ha rischiato di morire, ed ha tutto il diritto di voler rimanere con i suoi amici e con le persone che ama"

"Un agente dell'FBI ha dei doveri che superano anche questo tipo di emozioni, e lei dovrebbe saperlo bene Scott"

"Ah si? Beh, io non metterò mia figlia al secondo posto per il lavoro. L'ho fatto per troppo tempo"

Detto questo, Scott tira fuori due distintivi e li pianta in mano all'uomo, incredulo.

"MI LICENZIO! E ora se vuole scusarci, mia figlia deve riposare"

Per poco a me non cade la mascella dallo stupore. Non avevo mai visto Scott così arrabbiato.

"Avrete mie notizie, presto!" dice il direttore con una smorfia, andandosene poco dopo.

Un applauso naturale si solleva nella stanza e Scott torna ad essere il solito tutore pacioccone di sempre.

"Okay... Adesso che siamo disoccupati che si fa?" chiedo, sorridendo incuriosita.

Scott mi rivolge un sorriso soddisfatto.

"Ci godiamo la vita" mi risponde, aizzando l'entusiasmo nella stanza, che si trasforma ben presto in un urlo di gioia.

Mentre tutti si abbracciano ed esultano, io mi accoccolo a Nathan, senza dire nulla, se non l'unica parola necessaria.

Grazie.

EPILOGO

"Shh, eddai sta zitto" dico, preparando le ultime cose. Ho sgobbato come una matta per tre settimane e non permetterò a nessuno di rovinare il mio operato proprio oggi.

"Ho solo detto che siamo pronti, insomma!" protesta Mason, sottovoce.

"Ragazzi, basta, sta arrivando" ci zittisce Betty, nascosta dietro all'isola della cucina.

"Su, su non agitatevi, vedrete che gli piacerà" ci rassicura la signora Bennet.

"Certo che gli piacerà, altrimenti potrei non rispondere di me" borbotto.

"Arriva, arriva!" ci avvisa Alice, sbirciando dal vetro vicino alla porta.

Devo ammettere che la nuova casa dei Bennet è molto più bella di quella vecchia. Non si è potuto fare molto per quelle quattro pareti andate in fumo: è crollato tutto poco dopo la nostra partenza per andare a recuperare Nathan, Mason e la signora Bennet.

Sono passati mesi da quella volta, e stranamente, per la prima volta dopo tanto tempo, tutto nella mia vita sembra essere tranquillo.

Vengo distratta dai miei pensieri dal rumore di una porta che si apre.

"SORPRESA!" urliamo tutti, saltando fuori dai rispettivi nascondigli.

Nathan rimane a bocca aperta e poi scoppia a ridere di gusto. La divisa del diploma gli sta benissimo, anche se il cappellino rende il tutto un tantino ridicolo. Spero che la festa gli piaccia dato che abbiamo dovuto muoverci super in fretta: non potendo destare sospetti siamo andati tutti alla cerimonia e poi con delle scuse idiote ci siamo defilati tutti di corsa, lasciandolo con i suoi amici a festeggiare un po'.

La madre di Nathan corre ad abbracciarlo, facendogli di nuovo le congratulazioni. Devo dire che in questi mesi è molto cambiato: è più tranquillo e ha cominciato a mettere la testa a posto. Le risse in corridoio sono finite e, dopo il processo di suo padre (che ha avuto l'ergastolo tra l'altro), ha potuto finalmente tirare un sospiro di sollievo. Ha anche trovato un nuovo amico piuttosto inaspettato: Ethan Davis, una volta scoperto tutto questo macello, è andato a scusarsi con Mason, chiedendo perdono per suo padre in tutte le lingue. Le cose infatti erano andate in modo molto diverso da come mi aspettavo: Ethan non sapeva assolutamente nulla di Sarah, a parte che era un'amica di Myra, sua amante durante la relazione con Hayley, motivo per il quale evitava di nominarla ogni volta che poteva.

Alla fine della fiera, suo padre era stato arrestato per occultamento di cadavere insieme al signor Bennet, per cui Nathan ed Ethan si erano avvicinati più di quanto non volessero ammettere.

"Vi voglio bene, ma a dire balle fate tutti pena" esordisce Nathan, mandando a vongole la mia convinzione di essere riuscita a far mantenere il segreto a tutti.

"Ehi! Ci siamo impegnati, apprezza lo sforzo" lo rimprovera Alan.

Raggiungo il mio neo-diplomato, e gli schiocco un piccolo bacio sulle labbra.

"Allora, sei ufficialmente un adulto adesso" dico sorridendo.

"Già. Adesso dovrai obbedirmi signorina"

"Non ti allargare Lupin, ti ricordo che so ancora come si usa una pistola " sorrido, beffarda.

"IN ARRIVO" gridano all'unisono le voci di Ben e Wade. Facciamo appena in tempo a voltarci per capire che stiamo per essere inondati da dello spumante. I due tornadi fanno saltare i tappi e per poco non ci prendono diritti in faccia.

"Ma che cazzo, siete dei pericoli!" mi lamento, ridendo.

I due si battono il cinque con aria trionfante, dopo di che iniziano a riempire bicchieri a profusione.

"Beh prima del brindisi potremmo fare un salto in camera solo io e te" mi dice Nathan, sottovoce, abbracciandomi da dietro.

Divento tutta rossa, ma vengo beccata da Alan che ci rimprovera in tempo zero.

"Ah no, oggi si festeggia tutti insieme! Il college di Nathan è a mezz'ora da qui, farete i conigli un'altra volta"

Scoppiamo entrambi a ridere, e aspettiamo che Ben e Wade finiscano di versare il vino, per poi brindare tutti insieme.

E così finiva una delle storie più importanti della nostra vita, e cominciava un nuovo capitolo fatto di amore, di disagio e soprattutto da una buona dose di pazzia, che ci avrebbe portato a vivere l'avventura delle avventure: il nostro futuro.

Fine

Ringraziamenti

Ringrazio tutte le persone che hanno collaborato alla pubblicazione del libro, a chi mi ha seguito fin dagli antipodi e ha visto la storia svilupparsi mano a mano sulla piattaforma di Wattpad. Ringrazio anche i nuovi lettori, che sono i benvenuti nel nostro piccolo mondo di follia.

INDICE

1. Prefazione — 3
2. Prologo — 5
3. Partenza — 9
4. Vicini Rumorosi — 12
5. Prigione Contieni-bambocci — 17
6. Ho visto Satana — 22
7. Lezione accelerata di educazione — 29
8. Operazione "rifornimento" — 32
9. Lupin — 36
10. Giocatori di football — 40
11. Doccia gelata — 46
12. Festa — 53
13. Mossa a tradimento — 62
14. Bel culo — 70
15. Sgabuzzino — 76
16. Punizione — 82
17. Overlord — 86
18. Casa sbagliata — 93
19. Ritorno dal mondo del sonno alcolemico — 98
20. Ricerca di informazioni — 105
21. Pasticca — 112
22. Sveltina in fumo — 119
23. Il cavaliere di Eleonore — 124
24. Quella povera bambina — 130
25. Segreti di famiglia — 135
26. Ritirata strategica — 145
27. Rinchiusa — 150
28. Malinconia — 155
29. Abbiamo fatto un'orgia? — 161
30. Scoperta — 166
31. Myra Woods — 174
32. Alan il consigliere — 182

33. Il ciondolo	188
34. Primo appuntamento	193
35. Usciamo, se no é la fine	201
36. Serata in compagnia	207
37. Rossa velenosa	213
38. Persa nelle indagini	218
39. Lasciatemi in pace	221
40. Nel letto di Alan	227
41. Fanculo, stronzi	232
42. Betty	235
43. Invito a cena	240
44. Baci sfuggenti	246
45. Una vecchia conoscenza	252
46. Limonata dal naso	256
47. Sfida	260
48. Sbirciata galeotta	265
49. Maiali pervertiti	268
50. Bombardate	272
51. Guerra a colazione	277
52. Passeggiata sul lungo lago	281
53. Posizione	289
54. Dov'è finito Lupin?	292
55. Se vuoi che mi fermi	295
56. Ragazzo e ragazza?	301
57. A casa	307
58. Pic nic	311
59. Allo scoperto	315
60. Sms	320
61. Cosa nasconde Ethan?	324
62. Cena	328
63. Reel Payn	333
64. Provaci ancora, Benjamin!	342
65. Colpevole	348
66. Capelli bianchi	355

67. Recupero ostaggi	359
68. L'altro lato della medaglia	363
69. Ritorno	367
70. Addio?	370
71. In memoria di un ladro	375
72. Epilogo	381
73. Ringraziamenti	386